U0091959

彩鳳迎春 1

文創風 459

芳菲 ㊔

目錄

自序

芳菲

如果一個女子穿越去了古代，成為了一窮二白、沒有半點倚仗的山野村婦，那能最快改變自己命運的辦法是什麼呢？

答曰：嫁個有能力的男人吧！

如果一個男人生在家徒四壁的古代人家，祖上只有幾畝薄田，年年都要鬧饑荒，那能最快改變自己命運的辦法是什麼呢？

答曰：考科舉！

科舉制度作為世界上延續最長的人才選拔制度，有一千三百多年的歷史。在這過去的一千三百多年中，人們信奉「萬般皆下品，唯有讀書高」。

作為現代學霸的趙彩鳳穿越了，成為一個真正一窮二白且守著望門寡的寡婦。在那個對女人苛刻、對男人寬容的時代，像趙彩鳳這樣的身分，已經很難再找到一個合適的配偶，母親楊氏便暗地裡想著，將她配給鄰居家的窮秀才宋明軒。

對於一個穿越女來說，這樣的包辦婚姻很顯然是無法接受的，況且家裡窮得都要賣孩子了，難道成親就可以改善生活條件嗎？趙彩鳳覺得，現在首先要解決的還是溫飽問題，至於個人問題，能拖幾天就拖幾天。

誰知那窮秀才雖沒用，卻也有幾分血性，折了筆、發了誓，說是等考上了舉人就一定回來求娶趙彩鳳！看著他一本正經、滿臉通紅的樣子，趙彩鳳倒是有些心軟了。

莫欺少年窮，便是做不成夫妻，將來有個當舉人老爺的鄰居，也是一件體面事！更何況十幾年的寒窗苦讀，只為金榜題名的那一刻，這跟現下的高考制度何其相似？

再對比一下現在的考試環境和宋明軒的考試環境，趙彩鳳決定，好人做到底、送佛送到西，若是宋明軒真的能考上舉人，她也算是做了一件積德事。

至於將來要不要在一起……這世上陳世美太多，趙彩鳳還沒有想那麼遠。

於是說幹就幹，經過高考洗禮的趙彩鳳，考試對於她來說不過也是小菜一碟，雖然時間緊迫，但臨陣磨槍，不亮也光，趙彩鳳給宋明軒制定了一系列的複習迎考計劃，嚴格按照現代制度，務必要讓宋明軒享受最完備的科舉環境。

在這個過程中，租房子、學手藝、開麵鋪、在寸土寸金的京城安家落戶，趙彩鳳幹得熱火朝天，宋明軒也跟著頭懸樑、錐刺股的用功，卻不想，突如其來的意外卻一一發生了……

且看趙彩鳳如何從一貧如洗的農家女，努力迎來自己的春天！

第一章

趙鳳坐在木柵欄圍成的小院中，手裡的粗布衣裳在搓衣板上用力地揉了幾下，聽著隔壁宋家又傳來男子嗚嗚的哭聲，只氣得把濕衣服往木盆裡頭一扔，嘴裡沒好氣地罵道：「哭哭哭，整天就知道哭！一個大男人怎麼就這慫樣?!」話才說完，從隔壁的院子裡走出來一個六十歲開外的婆子，是趙村老李家的婆子，這村裡頭最熱心的人。

只見李阿婆一邊走一邊回頭往那房裡看了一眼，開口道：「二狗他娘，妳別著急，我們再去把大夫請來，給如月再瞧一瞧，這孩子還小，若是能留住一條命也是好的。」

趙鳳這時候面無表情地看著她出來。隔壁人家很慘是不錯，可她現在顧不得同情別人，得先同情同情自己。說起來也真是倒了八輩子楣了，別人穿越不是當公主、小姐就是貴女、嫡妻的，偏她穿越到了這樣一個鳥不拉屎的村子裡來，家徒四壁也就算了，這原身的死因也恨不得讓她買塊豆腐一頭撞死。不過眼下就這家裡的光景，只怕連買豆腐的多餘銅板也沒有呢！

原來這原身名叫趙彩鳳，和隔壁村的林家打小就結了娃娃親，只等著成年了把事情辦一辦，也就完事了。可那短命鬼活到了十六歲竟然就開始病了起來，林家眼見兒子活不成了，急忙連蒙帶拐地攛掇著趙家把婚事給辦了，正好可以沖一沖喜，二十兩銀子的聘禮也送了，誰知道轎子抬到半路上的時候，林家那小子就嚥氣了！趙彩鳳這年紀輕輕的閨女，還沒過門就守了望門寡，在當地可是極不吉利的事情，所以退親的轎子還沒抬到家門口呢，她一個想不開，就投河死了。

她死了原也不打緊，可作為二十一世紀高知識青年的趙鳳卻因為一場車禍，莫名就穿越到了這趙彩鳳的身上。趙鳳認命地揉了揉手中那幾件快要被她搓破的粗布衣服，抬頭的時候還像往常一樣反射性的想要抬一抬眼鏡，忽然就想起自己這會兒已經不是趙鳳了，而是叫趙彩鳳。趙彩鳳年方十五，荳蔻年華，從來沒經歷過高考的壓榨，目測視力能達到1.5……

趙鳳嘆了一口氣，從今以後，她就是這守了望門寡的趙彩鳳了。

自家院子裡沒有井，所有的衣服都要到院外半里地之外的河邊上過乾淨，但是之前趙彩鳳投的就是那條河，趙彩鳳那守了寡的母親楊氏不敢再讓她一個人過去，生怕她一個想不開，又直接奔河裡去了。

這時候李阿婆已經到了趙家門口，看見趙彩鳳在門口洗衣服，就上前打起了招呼。自從趙彩鳳被人從河裡救起來之後，在家裡病了一場，又鮮少出門，所以李阿婆瞧見她的時候，還帶著幾分小心翼翼，深怕觸到了趙彩鳳的傷心事，弄得她心裡不痛快。

「彩鳳，身子可好了？弟妹們都在家不？妳娘在家不？」

新的趙彩鳳對這趙家村的人實在不算熟悉，但按照她的想法，這些個古代的農民應該都比較淳樸才對，所以見李阿婆來搭訕，也沒有露冷臉，只是不鹹不淡地回道：「弟妹們都在家呢，我娘下地去了。」

李阿婆看著趙彩鳳的眼神帶著幾分同情，又往她家門口走了幾步，正打算跟她閒嘮嗑幾句，這時候隔壁宋家的許氏從屋裡頭出來，瞧見李阿婆還沒走遠呢，只急忙從木柵欄裡走了出來，上前喊住了李阿婆。

「李奶奶，我想著，這大夫不如還是不請了，我們家也剩不了幾個銀子了，這錢要是都花在了治病上頭，萬一孩子去了，連一身體面的衣裳都沒有，我如何對得起她死去的父母？」許氏說著，只又哭了起來，瞧見趙彩鳳在院子裡坐著呢，才稍稍收斂了一點，從袖中拿了一個荷包出來，遞給李阿婆道：「李奶奶，這裡還有幾兩碎銀子，麻煩妳家全大兄弟去城裡買一口薄皮棺材回來，剩下的，給孩子做一身體面衣裳吧……」

李阿婆聽許氏這麼說，也只點頭應了，眼眶不免又紅了幾分，待正要走的時候，忽然，一個年輕男子從那破茅草屋裡頭衝了出來，幾步上前攔住了李阿婆。

「如月還沒死呢，娘妳不能這麼做！李大叔說了，明兒他會去京城走一遭，去請了寶善堂的大夫來給如月瞧病，如月的病一定能治好的！」

「你別傻了，請寶善堂的大夫，你知道得花多少銀子嗎？你爹留下的那些錢是給你考科舉用的，要是全搭在這上頭了，我們這家子怎麼過？我們大人餓肚子也就算了，你忍心讓寶哥兒挨餓嗎？」

這一席話說得那男子半點反駁的言語也迸不出來。

趙彩鳳朝著那男子看了一眼，頓時就忍不住要笑出來，只見那男子雖然長得瘦瘦高高的，但是臉上還帶著幾分稚氣，形容樣貌看起來絕對不會超過二十，不過就是一個高中生模樣的男孩子，偏生那話說得這般義正辭嚴，真是瞧著極不和諧得很。

男子遲疑了片刻後，咬了咬牙道：「錢沒了，可以再賺回來。可是人沒了，寶哥兒就沒有娘了……」這話才說完，男子的眼眶就嘩啦啦地落下了淚來。

趙彩鳳一聽這嗚咽聲，就知道剛剛在那屋裡傳出來的哭聲都是拜他所賜的了。也是，不過就是個高中生，這就要死了老婆，哪裡有不心疼的道理？

李阿婆聽了這話就有些為難了，扭頭看了一眼許氏，開口道：「二狗的話也有幾分道理，但看那孩子的情形，終究是不好了，只怕也是熬不過這一關的。不如這樣，這些棺材、壽衣，我先備著，省得孩子一閉眼，什麼都沒有，倒是讓人心疼。至於二狗說的寶善堂的大夫……我家全哥兒明兒確實要去一趟京城裡頭，能不能請來就不知道了，但可以去試一試，若是大夫肯來，那就把大夫帶回來，咱們再讓大夫瞧一瞧，畢竟姑娘還年輕呢！」

趙彩鳳這會兒聽得倒是有些不明白了，哪裡還有喊生過孩子的女人叫姑娘的？不過她這幾天光顧著鬱悶自己的事情了，也沒來得及管別人家的閒事，自然是不知道的。

原來，這宋二狗口中的如月並非是他的媳婦，而是許氏娘家的姪女。前年因為許家欠下了地主家的租子，所以這如月被鄰村的地主給看上了，搶回家給兒子當了半年的小老婆，他那地主兒子可是有元配夫人在的，這不，去年發山洪的時候，地主和地主兒子都給山洪沖走了，這喪事還沒辦完呢，元配夫人就把許如月給趕了出來，偏生她的爹娘也在山洪中橫死了，許如月走投無路，就來投奔了自己的親姑姑許氏。

所以，她們口中的寶哥兒，其實並不是這宋二狗的兒子，這許如月也不是宋二狗的媳婦，偏生宋二狗倒是一個多情之人，小時候又和這如月青梅竹馬的，一直想著娶她進門，奈何許如月還守著父母的孝，三年之內不能改嫁，故而這成親的事情就這樣耽誤了下來，誰知道這一耽誤，倒是又要耽誤出一條性命來了。

許如月生下了寶哥兒之後，身子骨就一直不好，病病歪歪的下不了地，前不久村裡頭農忙，這宋二狗又是個書生，手無縛雞之力，她勉強起來每日燒茶煮飯，又要照顧自己的孩子，不過一月勞碌下來，這病就又重了幾分。

趙彩鳳聽楊氏說了那隔壁宋家的事情，倒也忍不住對他們家多了幾分同情。

楊氏瞧見這幾日從來不過問別人家事情的閨女忽然問起了這個事情，心裡頭也是一陣高興，只勸慰道：「彩鳳，我前幾日聽說有個跟妳一樣守了望門寡的姑娘，最後還嫁到了大戶人家當少奶奶呢！彩鳳，妳又生得不醜，年紀也不大，千萬別想不開，這活著以後才能有好日子過啊！」

趙彩鳳瞧了一眼楊氏，不過三十五、六的模樣，眼角卻早已經有了幾道深深的皺紋。她沒穿越前，過了年也就三十了呢，怎麼那時候還覺得自己就是一個小孩子模樣……

楊氏給趙彩鳳又添了一碗粥，拿筷子挾了一塊醬菜放在她的碗上，看了一眼坐在一旁的大兒子、小兒子，並遠處在地上草蓆上爬來爬去的小女兒，開口道：「你們大姊姊這幾天病著，要多吃一些的。」

趙彩鳳想了想，拿起粥碗，將裡面能數得出米粒的粥分到兩個弟弟的碗裡頭。

其實在經歷了幾天這樣的事情之後，趙彩鳳發現，前世她的減肥理念完全是錯的，什麼運動啊、代餐啊、鄭多燕啊，哪裡有比直接餓肚子更管用的減肥方法？雖然這個身子已經瘦得剩不了幾兩肉了，可看著下頭的弟妹們，她實在張不開口，就算張開了口，也嚥不下去啊！

前年的山洪死了不少人，其中就包括趙家當家趙老大。原本這趙家還有一個老爺爺的，聽說兒子死了，一口氣沒上來，也跟著去了。那時候楊氏還不知道自己懷著小的，等把男人和公公的喪事給辦了，才知道自己的肚子裡還留著一個呢！

原本這次趙彩鳳嫁人，村裡頭就有人說呢，父親死了是要守孝三年的，可如今剛過兩年趙彩鳳就要出嫁，怪不得她男人死在她出嫁的半路上呢，一定是趙老大覺得女婿不孝順，乾脆把他給弄去親自在身邊調教了。楊氏對這說法將信將疑的，去佛堂裡燒了幾次高香，如今見趙彩鳳已經沒什麼大礙了，也放下了心來。

正當這時候，有人在外頭喊著楊氏，趙彩鳳一聽這聲音有幾分耳熟，應該是隔壁許氏的聲音。楊氏在田裡累了一天，這會兒正邁不動腿呢，趙彩鳳正好也吃得七七八八的，放下碗筷迎了出去，一看，正是隔壁的宋大娘。

許氏瞧見是趙彩鳳出來，臉上稍稍有些尷尬，只笑著道：「彩鳳啊，妳娘呢？」

「我娘在裡面坐著呢，這一天在地裡怪累的。」趙彩鳳其實很想為楊氏分擔，但是她上回背著楊氏拿了一回鋤頭，結果差點兒把自己的大腳趾給鋤掉了，從此以後她也只能心甘情願地在家裡帶孩子了。

許氏依舊還是帶著尷尬的笑，稍稍抬眸看了一眼趙彩鳳，硬著頭皮道：「我家的雞今兒也不知道怎麼了，竟沒下出個蛋來，寶哥兒餓了一天了，我想給他做個雞蛋羹吃的……」

許氏把來意說明白了，趙彩鳳就知道了。他們兩家前院後院都靠在一起，家裡頭養了幾隻雞，每天下幾個蛋都時常會交流一下。不過趙彩鳳剛醒那會兒，知道宋家的雞也不少，後來沒幾天就越來越少了，如今竟然沒有雞下蛋，只怕是後院已經沒剩下幾隻雞了。

趙彩鳳今天煮粥的時候，瞧了一眼一旁的竹籃，裡頭倒是有好幾個雞蛋。她並不像小孩子一樣嘴饞，反正該吃的好東西上輩子也都吃盡了，總不至於對著幾個雞蛋流口水。不過聽楊氏說，這一籃子的雞蛋是要存著給老三當束脩的。這個時代的人全靠科舉翻身，她小時候學過〈范進中舉〉，裡頭的秀才即便考不中進士，就是中了舉人，那都可以雞犬升天的了。所以，對於楊氏要把老三送去上私塾，她心裡是很同意的。

至於老二嘛……也不知道是楊氏懷孩子的時候吃錯了藥，還是後來孩子小病了沒在意，如今已經十四歲了，這智商還只有七、八歲的樣子，所以雖然老二叫趙文，但他這輩子只怕文不起來了，而老三按排行叫趙武，倒是真的要從文了這是。

雖然一個雞蛋算不得什麼，可趙彩鳳如今還沒進入角色中，總覺得趙家的東西也不是她自己的東西，不好作這主，所以乾脆讓許氏在門口等了一會兒，進去問楊氏。

「娘，許大娘來借個雞蛋，說是寶哥兒今兒還沒吃什麼東西，想做個雞蛋羹吃。」想想現代的孩子，再窮再苦，好歹還有三聚氰胺奶喝呢！這古代的孩子要是沒了母乳，那可真是要餓死的節奏啊！

楊氏聞言，果然忙應道：「那妳快從籃子裡拿兩個過來給許大娘送過去，讓她好好給寶哥兒蒸一個蛋羹吃！」

其實楊氏現在還奶著老四趙彩蝶，但是她整天在外頭忙，奶水也不豐厚，所以也不夠跑去給寶哥兒吃一頓好的了，便只這麼吩咐趙彩鳳。

趙彩鳳這幾日觀察下來，發現楊氏是一個有著中國傳統美德的勞動婦女，在家裡任勞任怨，如今雖然守寡了，養著四個兒女，卻也從來沒說一句累，趙彩鳳是打心眼裡佩服她的。

趙彩鳳這幾日每日睡醒的時候，都想著睜開眼時看到的是自家房裡的那張大床，可每次睜眼見的都是這趙家房頂的幾根茅草，日子久了，她也覺得似乎是回不去了，便開始有心想一些辦法，看看能不能讓這家裡的日子過好一些。

可理想是豐滿的，現實是骨感的。對於一個學法醫鑒定的現代人來說，趙彩鳳一點兒穿越的專業特長都沒有，她的那個專業，明顯就不是古代的常用專業。看著自己納出來坑坑窪窪的鞋底，趙彩鳳自我安慰——只要沒把針留在這鞋底裡禍害人，都是好的。

這日，她正在院子裡借著陽光做針線，就瞧見不遠處停著一輛豪華的馬車。

趙彩鳳如今已經適應了不戴眼鏡的日子了，遠遠就瞧見那宋二狗引了一個相貌俊美的男子往這邊來。原來通往他們兩家的路太窄了，馬車進不來，所以他們只能徒步走進來。

待那兩人越走越近，趙彩鳳才看清那藍衣男子有多帥氣！他大約有二十五、六的樣子，看起來沈穩英俊，除了身子有些單薄，並沒有那種健美的身形外，簡直是趙彩鳳心中完美男人的化身，不過如今她穿越到了這樣的人家，對著這種男人，也就是流幾滴口水而已。

他們兩人從趙彩鳳門口經過的時候，趙彩鳳才又看清了一點。她把視線移到宋二狗的臉上，發現其實宋二狗也不算醜，但是一個沒長開的孩子，站在一個成熟的成年男子身邊，在趙彩鳳這樣一個剩女毒辣的眼光下，高低立見。

趙彩鳳低下頭，繼續做自己的針線，聽見宋二狗彬彬有禮地對那來人說話——

「能請到杜太醫親自前來，宋某真是三生有幸，只可惜家中簡陋，讓杜太醫見笑了。」

男子雖穿著華麗，臉上倒是神色淡淡，並沒有半分嫌貧愛富的做派，只開口道：「無礙，我先進去瞧一瞧病人。」

趙彩鳳見人進去了，便也沒再仔細看，可沒過多久，忽然瞧見許氏從房裡走出來，臉上神色悲戚，一時沒繃住，站在院子裡摀著臉就哭了起來。

趙彩鳳前天也去瞧過那個病人，按照她的判斷，那姑娘的病也確實沒得治了，這時候見宋家也不知想了什麼法子，連太醫都請來了，卻還只是哭，想必真的沒救了。

果然沒過一會兒，宋二狗送了杜太醫出來，臉色已沒了剛才那帶著幾分希望的樣子，一下子陰沈了不少，只聽杜太醫勸說道：「夫人的病已是藥石罔效了，只怕再好的藥也救不過來，還是準備後事吧。」

一直強自按捺住哭聲的許氏這時候哭得更淒慘了。

宋二狗這時候雙眸通紅，聲音也有些哽咽，但還是強自忍住了悲傷，繼續道：「多謝杜太醫肯跑這一趟，你的恩情，明軒沒齒難忘……」說完這句，他眼中的淚也已奪眶而出。

趙彩鳳這時候才聽清楚他的自稱，原來這宋二狗還有別的名字。她早就奇怪了，聽說宋二狗還是一個秀才呢，就這「二狗」的名字，豈不是要讓教書先生炸毛？

這時候整個宋家都處在一片悲傷之中，趙彩鳳坐在自家的院子裡，分明是想過去安慰幾句的，卻又不知道該怎麼安慰，畢竟人都快死了，說什麼也都是廢話了。

送走了杜太醫後，這時候趙家村老老少少的人都過來瞧許如月。雖說許如月並沒有和宋明軒正經成婚，但畢竟在趙家村住了這麼長時間，和幾個小媳婦之間的關係也都不錯，大家看她如今瘦得只剩下皮包骨，都忍不住紅了眼，又不想勾起她的傷心，大家夥兒沒坐多久就都走了。

臨走的時候，王家的三姑娘王燕在趙彩鳳的門口停留了半刻，見趙彩鳳忙進忙出的做晚飯，開口道：「彩鳳，我爹說王府的莊子上打算請幾個粗使丫鬟，妳要是想去的話，我讓我爹帶上妳一起去瞧一瞧。如今我原來的二嬸子成了我原來姑父的續弦了，那莊子我姑父管著呢，好歹還能說得上幾句話。聽說王府裡頭每年還到莊子上選丫鬟，要是弄不好還有機會進王府去呢！」

趙彩鳳從這個身體原來的記憶中得知，她和這王家三姑娘是手帕交，兩人要好得很，能有這樣的機會，簡直是天上掉餡餅了！可是趙彩鳳一想起自己這癡呆的弟弟、走路還走不穩的妹妹，以及算起來最懂事不過也才八、九歲的趙武，還是搖了搖頭。

「我家裡頭沒人，要是我走了，我娘又要下地、又要帶孩子，脫不開身。到了農忙的時候，還要去給趙地主家當短工，家裡沒有個燒茶煮飯的人怎麼行呢？」

王燕聽趙彩鳳這麼說，也覺得有些道理，她是真心想幫著趙彩鳳才特意過來說的，可彩鳳家目前這光景，也確實抽不開個人手。

灶臺上熬著小米粥，昨天楊氏從田裡頭摘了一把青菜回來，雖然上面都是被小蟲咬過的洞洞，但是趙彩鳳本著有機食品分外營養的想法，一一洗乾淨了，用菜刀切碎，放到了粥裡頭，這才開了兩滾，已經有淡淡的菜香出來了。吃了這麼多天白粥加醬瓜的趙彩鳳一時沒忍住，肚子咕嚕一聲，居然叫了起來。

怪不得古人有一碗飯餓死英雄漢的說法，這吃不飽肚子當真是讓人覺得很憂傷的一件事情。昨天見楊氏痛快地給了許氏兩個雞蛋，也知道她們這兩個寡婦平常很是互相照應，沒想到小小的一個趙家村，寡婦還扎堆了！加上那個快活不成的許如月和宋家的老奶奶，她們五個寡婦湊一桌麻將還嫌人多呢！

趙彩鳳熬好了粥，見楊氏還沒帶著老二趙文回來，就讓趙武先看著趙彩蝶，自己尋了一只看上去好一點的碗，盛了一碗粥給隔壁送過去。趙彩鳳觀察了一天，今兒宋家的煙囪就沒冒過煙，大人還不打緊，這小孩子可是餓不得的。難得今兒熬了像樣的菜粥，她尋思著打算給許氏送一碗過去，好歹讓娃兒給吃飽了。

趙彩鳳端著粥到宋家院子裡的時候，來瞧許如月的人都先後走了。

許氏這會兒也傷心過了，神色淡淡的，見趙彩鳳端了一碗粥進來，忙不迭道：「怎麼好意思又讓你們送吃的過來。」

趙彩鳳便笑著道：「方才聽見寶哥兒哭呢，許是餓了，正好我家裡剛熬了熱粥，就給他端過來一碗。」這宋家除了寶哥兒一個小娃兒之外，還有一個斷了一條腿的奶奶，平常也不大能勞動，趙彩鳳上次來的時候見過，所以盛粥的時候故意多了一些，這樣孩子吃不完，正好老太太也能吃一些。

許氏看著那一碗粥，心裡到底是感激的，接過了碗。

趙彩鳳等著她把粥倒出來之後再把碗拿回去，實在是家裡頭也沒有什麼像樣的碗，所以只好先等一等了，好在宋家的後院有一口井，許氏洗起來也很快。趙彩鳳瞧見許氏拿著碗出去，正預備略等等時，就聽見裡頭房裡有一個氣若遊絲的聲音傳來——

「是趙家妹子來了嗎？進來陪我說說話吧……」

趙彩鳳知道這許如月的病，橫豎不過就是這兩天光景，現如今她還能說出一句整話來，大概也是因為迴光返照的緣故。想想她不過十七歲的樣子就要死了，也真是可憐。趙彩鳳生出了惻隱之心，撩起擋在面前的一塊土黃色布簾，往裡頭進去。

房裡頭搭著一個檯面，放著許多瓶瓶罐罐的，許如月就躺在炕上，裡頭還有一個大約十來個月的孩子，正安然睡在她的邊上。

許如月看見趙彩鳳進來，勉強撐了撐身子，卻沒能起來。

趙彩鳳連忙上前道：「妳快躺下吧，好生歇著。」

趙彩鳳沒穿越前看的都是死人，難得看到幾回快死的人，反倒不知道應該說什麼好，一時間就有些冷場了。

許如月如今瘦得已是皮包骨頭，見了趙彩鳳，眉梢卻還透出些許的笑意，開口道：「以前常聽姑母說……隔壁趙家妹子是個好模樣……如今當真是越發出挑了。」

趙彩鳳瞧著她這說一句喘三下的光景，都什麼時候了，竟還想著聊什麼長相？莫非還真的要同我閒聊不成？趙彩鳳正想接她的話茬，卻聽她繼續道——

「只可惜，和我一樣……是個苦命的人兒……」

趙彩鳳看了眼許如月，心想：我好歹比妳還強些，至少還活得好好的，身體啵兒棒！至於別的那些，如今也是不敢想的。

正說話間，許氏已經洗好了碗，見許如月拖著趙彩鳳說話，便開口道：「妳歇著吧，還有幾個力氣說話？快別折騰了。」

許如月這時候卻只是搖頭，忽然一把拉住了趙彩鳳說：「我表哥雖然木訥了些，可我知道……他是個好人，我這輩子怕是瞧不見他過好日子了……趙家妹子，妳若願意，我倒是可以給妳保個媒……讓我那表哥娶了妳，如何？」

趙彩鳳哪裡知道這一碗粥居然引發了如此「慘案」，嚇得差點兒就要臨陣脫逃了，幸好她也算是素來鎮靜的人，才沒真的做出什麼過激的舉動來，且那許如月一雙瘦成了雞爪一樣的手一直拽著她的衣襟，她一時間也沒辦法脫身。

「這哪行呢？許姊姊是病糊塗了吧？等過年出了孝，妳就要和二狗哥辦喜事了，這時候怎麼亂說這些渾話呢？」趙彩鳳忙給許氏遞了個眼色。

許氏方明白過來，急忙道：「乖孩子，妳又瞎想了，妳和二狗雖然沒成禮，可妳在我心中已經是我們老宋家的人了，再不能亂說這些話，一會兒讓二狗聽見了，可要不高興了。況且彩鳳還是黃花閨女，妳這樣說，讓她怎麼好意思呢？」許氏雖然這樣勸著，可她抬起頭看了一眼趙彩鳳，心裡卻忍不住有了和許如月一樣的想法。趙彩鳳雖然如今算是守了望門寡，名聲上不大好聽，可這跟她自己壓根兒也沒什麼關係，是當時那邊提親的人沒說清楚男方家的病情，這才吃了這麼大一個悶虧，已經夠可憐的娃兒了，弄得又是投水又是病的，如今好容易好了些，也是該把以前的事情放一放了。

許如月這會兒已經沒了什麼力氣，鬆開了抓住趙彩鳳的手，只伸手摸了摸躺在她身邊熟睡的寶哥兒的臉頰，乾涸的雙眸中湧上了熱淚，似乎完全沒有把許氏和趙彩鳳的話聽進去，自顧自道：「我沒有什麼好求的，只求妳善待我們家寶哥兒……他沒爹沒娘的，以後要怎麼活呢……我的寶哥兒要怎麼活呢……」說話間，許如月的氣就弱了下來。

趙彩鳳本能的就上去翻了一下許如月的眼皮，只見她的雙眸微微睜開，瞳孔已經開始放大，趙彩鳳一驚，急忙喊了許氏道：「許大娘，快去打水來，只怕許姊姊熬不過今晚了！」

許氏聞言，摀著嘴哭了起來，急忙往外跑去，一邊跑一邊喊。「二狗，你表妹不行了！」

這時候兩人都忘了方才許如月說的一番話，趙彩鳳伸手摸了一下許如月的手，還帶著溫度，但在她耳邊喊了幾句，卻已經是半點反應也沒有了。寶哥兒還在邊上睡著，也不知道什麼時候許如月就要嚥氣，總不能讓孩子和一個死人睡在一起吧？趙彩鳳想了想，伸手把寶哥兒抱了起來，打橫抱在懷中。寶哥兒這會兒正睡得香甜，感覺到有人抱他，便又往她懷裡鑽了鑽，模樣甚是可愛。趙彩鳳只覺得鼻子有些酸，眼淚就忍不住落了下來。

這時宋明軒從門外進來，瞧見趙彩鳳抱著孩子，滿眼含淚的模樣，頓時就有了些愣怔。

許如月安安靜靜地躺在床上，許氏請了李阿婆過來，把一早準備好的壽衣、鞋襪都拿了出來，又請了村裡有經驗的、專門幫人操辦喪事的人來，大家夥兒等在外頭廳裡，等著許如月嘸氣。

楊氏也已經回來了，正和許氏兩個人一起幫許如月擦身子。

趙彩鳳一手抱著寶哥兒，一手抱著自己的妹妹彩蝶，坐在廳裡頭的小凳子上等著裡頭的消息。

約莫過了半盞茶的光景，房裡頭傳來許氏撕心裂肺的哭聲。

等在大廳裡的眾人雖然見慣了這樣的場景，還是都忍不住帶著幾分傷心。

趙彩鳳這時候也覺得分外傷心，一半是為了許如月，另一半卻是為了自己。也不知道穿越到這樣一個醫學不發達的時代，自己還有沒有機會壽終正寢？

許如月的喪事辦得很簡樸，可再簡樸，該有的東西一樣也不能少。在宋家停靈五天之後，李阿婆託自己兒子想了辦法，在許如月娘家的方廟村找了一塊墳地，正好就在許如月父母墳頭的邊上，也好讓許如月入土為安了。

宋家本來就貧苦，辦完了許如月的喪事後，一貧如洗的家裡越發沒了一點生氣。許氏坐在堂前一張破舊的椅子上，看著自己兒子宋明軒從裡頭出來。

宋明軒眼睛浮腫，雙眸帶著血絲，一看就是幾日未睡的樣子，這時候瞧見許氏愣怔怔地坐在裡頭，只當沒看見一樣，往右邊他平常看書的次間裡去了。

許氏便叫住了他。「我知道你心裡怨我，沒把你表妹葬在宋家，可是你那幾個叔伯說的話也有幾分道理，你們畢竟還沒有走過明禮，她還算不得是我們宋家的人，若是葬了進去，確實也不合情理。況且，這事情怎麼都還要你爺爺點頭，自從咱家從祖宅那邊分家出來後，就連當初你爹下葬，他都是那副樣子，你還能指望他們會讓宋家的祖墳裡葬一個外姓人嗎？」

宋明軒抬起頭看了許氏一眼，愣是沒有說話，但臉上似乎還帶著幾分幽怨。

許氏瞧他這副樣子，忍不住落下淚來，捶著胸口道：「原也是我命苦，你舅舅、舅母死了之後，我原本以為我們一家合力，以後總能有好日子過，你安心唸書，如月又會針線，再加上你爹的那些積蓄，我們娘倆死活也是要把你供出來的，可如今倒好，銀子全花光了，人也沒了，還欠了好幾家的外債，這日子要怎麼過下去？入秋就是鄉試了，你拿什麼考舉人去？」

宋明軒看見自己的母親這般樣子，也早已淚流滿面，跪下來道：「娘，是孩兒不孝，可是孩兒實在捨不得月表妹！孩兒從小和她一起長大，如何能捨得她年紀輕輕就去了呢？」

「這世上難道就你一個人捨不得她？只是她這病，是治不好的。」許氏見自己兒子跪在地上哭得傷心，也不忍心苛責他，起身將他扶了起來道：「好了，這日子再窮還是要過下去的，若是沒有寶哥兒，我去附近的莊子上打個短工，也算是個營生，如今倒是邁不開腿了，你又要安心備考，我更是走不開。我說一句你不愛聽的話，我細細想了想，我們這家裡，當真還缺一個人。」許氏雖然對許如月的死很傷心，但她很快就恢復了鎮定，相反地，這幾日忙過之後，她把那天許如月臨死前說的話想了想，發現許如月說的確實有幾分道理。如今趙彩鳳守了望門寡，想要再嫁也是難上加難的，除非對方人家不在乎她這過往，可如今真正不在乎的人家又能有幾家呢？自己家雖然窮，但兒子是秀才，以後沒準還能考上舉人，眼下正是家裡度難關的時候，也就不計較這些了，好歹趙彩鳳是她看著長大的，知根知底的，也放心些。許氏的如意算盤打得極好，她料定了楊氏肯定會應下這門親事，卻不知道趙彩鳳早已經不是原來的那個趙彩鳳了。

宋明軒聽許氏這麼說，當即就拉下了臉道：「月表妹屍骨未寒，我如何能做這等事情？斷然是萬萬不可的！」

許氏見宋明軒不肯，忙道：「你以為這是我的主意嗎？這是你月表妹的主意，人她都幫你看好了，就是隔壁的彩鳳，你若是不嫌棄她是個守望門寡的，等你月表妹過了七七，我就幫你求去？」

宋明軒急忙搖頭道：「娘，此事萬萬不可！」

許氏倒是沒料到宋明軒會連趙彩鳳也看不上，以為他嫌棄她是個望門寡，便開口道：「你一個讀書人，怎麼也信這些東西，如何就嫌棄起你彩鳳妹子了？」

「娘，我不是這個意思！我是……」宋明軒急得直跺腳。「我如何敢嫌棄彩鳳妹子？可如今我不過就是一個窮秀才，家裡還有一個嗷嗷待哺的孩子，彩鳳妹子青春年少，一進門就讓她帶上一個拖油瓶，這不是耽誤了人家嗎？」

「這有什麼好耽誤的？她在自己家還不是也帶孩子嗎？帶一個是帶，帶兩個、三個一樣是帶。」許氏這會兒心裡頭已有了念想，便打算等著許如月過完了七七，就去提這件事情。

宋明軒一時也拿她沒有辦法。

趙彩鳳這幾日在家裡也沒閒著，正絞盡腦汁想著怎麼才能找一個合適的營生，把這一家人的生活改善一番。正巧楊氏攢了兩籃子的雞蛋，這天氣往熱裡頭走，時間長了雞蛋也就擺不住了，所以這日楊氏便帶著趙彩鳳，去了離這邊最近的河橋鎮上趕集。

河橋鎮雖然是個不小的鎮子，但是趕集也不是天天有的，一個月也只有逢一的三天才有大集市。

趙彩鳳這還是第一次在古代趕集，前世看書的時候聽說趕集都是要走上幾十里山路的，當趙彩鳳抄著一籃子雞蛋走完十幾里山路的時候，她頭一次覺得，原來寫書的作者也沒算太誇張……

河橋鎮在兩座山的峽谷中間，又靠近附近的幾個莊子，雖然地方不大，但也還算繁華。

趙彩鳳和楊氏天沒大亮就開始走，走到鎮上的時候，已經是中午了。楊氏熟門熟路地把雞蛋賣給了一個酒樓後，便帶著趙彩鳳到處逛一逛，買一些油鹽醬醋回去。

兩人一路上只啃了乾糧，這會兒早已經餓了，楊氏帶著趙彩鳳來到一處麵攤邊上，靠近了麵攤才喊道：「爹、娘，今兒生意可好？」

趙彩鳳抬起頭，看見一個鬍子白花花的老人正在一旁的木案上拉麵，另外一個頭髮花白的老婦人則在一旁下麵條。麵攤很簡陋，不過就一個爐子、一口鍋，邊上放著幾張小桌子，是給客人吃麵用的。

「剛忙過了午市，這會兒正歇著呢！今兒妳怎麼出來晚了？」楊氏的老爹楊老頭問道。

「彩鳳說想跟我一起出來，所以路上就多歇了一會兒。」

趙彩鳳聽了這話，未免就有些臉紅了，原來楊氏是因為照顧自己，才一路上停了好幾次的。不過也是，這一路走來，自己臉上分明就寫著「我很累」三個大字呢！

楊老頭看了一眼彩鳳，眼裡有些心疼。

這時候楊老太已經端了一碗熱麵條上來，送到了楊氏和趙彩鳳的跟前道：「趁著妳弟弟和弟媳婦不在，你們快吃吧！我方才偷偷地藏了一勺子肉末，就放在這麵下頭呢！」

當那碗熱騰騰的肉滷麵端到自己跟前的時候，趙彩鳳第一次不受控制地嚥了嚥口水。

這時候楊氏遞了筷子過來，對趙彩鳳道：「彩鳳，快吃吧！」

趙彩鳳瞧著楊老太只端了一碗麵來，又聽見方才她說的話，心裡便有些明白了，她大概是有一個吝嗇的舅舅，以至於楊氏回娘家吃一碗麵都要背著他們。趙彩鳳也抽了一雙筷子給楊氏，雖然她以前是一個很有潔癖的人，可是和填飽肚子相比，這些舊習慣似乎一點兒也不重要了。「娘，咱一起吃吧！」

楊氏瞧著趙彩鳳的樣子，心裡一陣高興，母女倆就著一只碗吃起了麵來。

這會兒正好沒什麼客人，楊老太就坐在兩人對面，和她們閒聊了起來。

「聽說你們村王大虎的閨女去了恭王府的莊子上當丫鬟了，鳳姊兒，那燕姊兒可是妳的好姊妹，她二嬸如今是莊頭劉老三的續弦，妳有沒有讓她問問，他們莊子上還缺人不？」

小地方沒啥新聞，但凡有一丁點兒，倒是比微博傳播得還快，趙彩鳳聽到這話，沒來由的就噎了一下，她都差不多快把這件事情給忘了。

「我好像聽她說起過，說是去莊上做粗使丫鬟的，還要不要其他人我就不清楚了。家裡頭人多，脫不開身，我也就沒問了。」

楊老太聽了，臉上便透出了幾分可惜，開口道：「妳應該問問的，要是有個正經差事，也比待在家裡強些，妳娘一個人如何養得了你們四個？」

這話沒說錯，趙彩鳳也正愁這事呢！可她初來乍到的，還沒完全適應古代生活，再大的志向也要慢慢開始。「姥姥說得沒錯，我也正想找個活兒，看看能不能既照顧家裡頭，又能賺些銀子。」

「天底下哪裡有這麼好的事情？依我看，妳還是老實些，趁著這幾年妳這事情沒淡，沒人敢向妳提親，不如出去找個活計，給妳娘分擔分擔。」

天底下沒有不心疼閨女的娘，所以楊老太這麼說，趙彩鳳也很能理解。

楊老太又繼續對楊氏說道：「蝶姊兒我已經幫妳聯繫好人家了，就在這河橋鎮上，不是本地人，是前幾年來這鎮上做小生意的，家裡雖然算不上富貴，可好歹有生意傍身，養一個孩子也是可以的。妳若是願意，過幾日就把蝶姊兒抱來吧。」

趙彩鳳聽這意思，竟是要把老四趙彩蝶送人去，而且這事似乎楊氏也是知道的！趙彩鳳這幾日穿越過來，雖然吃不飽、穿不暖的，可每日裡在家裡幫忙照顧那幾個孩子，也生出了幾分感情，這會子聽楊老太提起這個來，頓時就不答應了，放下筷子，轉頭問楊氏。「娘，妳真的要把小四送人嗎？她才剛會走路，前兩日才會喊娘呢！」

「這會子送人最好，既不吃奶了，也會走路，不然等養熟了，就越發捨不得了。」楊老太開口道。

「家裡就差小四這一口吃的嗎？」趙彩鳳雖然知道家裡頭清苦，但還沒到食不果腹的地步啊！她如今都習慣了一天只吃兩頓，頓頓都是小米粥的日子了，覺得熬一熬也能過下去，真的沒必要弄到賣兒賣女的田地。

「這事情我也想了很久了，可眼下也沒有別的法子，總不能為了一個小四把妳困在家裡吧？以後小三要上私塾，家裡的開銷還要加大，光靠我一個人，實在有些應付不來。」楊氏說的是實話，她這樣沒日沒夜的幹，身子也是吃不消的。

古代是男尊社會，為了趙武那個摸不著邊的將來把趙彩蝶賣了這種事情，古代人是絕對做得出來的，但趙彩鳳心裡卻還是不忍心得很。把孩子賣掉說得輕巧，以後卻不是自己家的人了，是死是活都和趙家沒關係，她雖是個現代人，也不至於冷血至此。

「娘，咱再想想其他辦法，總不至於山窮水盡了吧？」趙彩鳳心想，這會兒有楊老太在楊氏身旁吹耳邊風，沒準楊氏又要心動了，只好採取緩兵之計，等回去之後再好好地勸一勸楊氏。

楊老太見趙彩鳳攔著，也不好再說什麼了，畢竟趙彩蝶是他們家的孩子，自己也不好插口，只略略地嘆了一口氣。

這時候楊老頭拉完了一團麵條，洗了手走過來，在她們娘倆的面前坐了下來，蹙眉道：「實在不行，也別送老三去唸什麼私塾了，把他送到我的麵攤上來，當我幾年的學徒，以後好歹還會個手藝。這年頭多的是唸了十幾二十年還考不出個屁的窮書生，你們家也費不起這些銀子，不如存下來做些正經生意。」

趙彩鳳倒是覺得楊老頭這話說得還有幾分道理，在古代學好一門技術可是傍身的好物，若不是趙彩鳳沒選好專業，也不至於穿越了過來後連自己的營生都搞不定。早知道自己會穿越，當初就應該選農業學，少不得也要每天看個致富經節目啊！現在好了，兩眼一抓瞎，啥都弄不成了。

趙彩鳳正鬱悶時，攤子上又來了幾個吃麵條的人，楊老太和楊老頭又忙了起來。等他們下完了麵條，客人們都吃上了，才又把趙彩鳳和楊氏吃得基本只剩下麵湯的碗端了過去，將那鐵鍋裡頭剩下的麵條又加了一些進來。

趙彩鳳這會兒已經吃得七、八成飽了，便把麵碗推給了楊氏。瞧這光景，嫁出去的閨女回娘家吃一碗麵條都不容易，大約也可以知道楊老頭夫婦其實也不是當家的，能在這麼多客人裡頭儉省出一碗給自己閨女吃，也是不容易的了。

「舅舅去哪兒了？他怎麼不在攤子上？」趙彩鳳瞧著老倆口這小心翼翼的樣子，推測那個吝嗇的舅舅估計就在這附近，便裝作隨口問道。

果然，趙彩鳳一提起「舅舅」兩個字，楊老頭臉上就透出幾分恨鐵不成鋼的神情來，只開口道：「這個時候他能到哪兒去？還不是去前頭八仙樓裡面吃酒去了！一上午賺的銀子，也不夠他這一頓開銷的。」

楊老太的臉上也不好看，但沒像楊老頭這樣直接就開口數落，見又有客人來，索性也不發話了，站起來就招呼客人去了。

趙彩鳳粗略地估算了一下，她們娘倆吃一碗麵這短短的光景，倒是來了五、六個客人了，況且這時候已經過了午市，方才若是在飯點上，沒準人還更多些，其實要是能開這樣一個麵攤也不錯。方才趙彩鳳也細細看了，只要一輛手推車、一個爐子、一口鐵鍋加幾張凳子、椅子就夠了，按照這裡的物價，成本應該不會很貴。

不過她如今也只是想一想，畢竟拉麵是技術活，以前她上班的地方下面就有一家蘭州拉麵館，她的確是在那邊吃過幾年的刀削麵和拉麵，每天也看著那拉麵小哥不停的拉，但當真說起來，自己卻是從來沒拉過。不過眼下楊老頭倒是一個現成的師傅，就是不知道他肯不肯教自己了？趙彩鳳正一門心思琢磨事情的時候，楊氏的麵條也已經吃完了。

楊老太上前收了碗筷，楊氏便走過去要給楊老太洗碗，楊老太忙推開她道：「妳快走吧，別一會兒讓妳兄弟看見了，回頭跟那喪門星說了，又囉嗦一頓了。」

楊氏見楊老太這麼說，便也不搶著做事了，只道：「爹、娘，那我就帶著彩鳳先走了，等下次趕集再來看你們。」

楊氏正轉身要走，楊老頭剛拉好了一碗麵條下鍋，急忙喊住了楊氏，從衣襟裡頭掏了一個紙包出來，遞給楊氏道：「這是我給孩子們買的貓耳朵，就知道妳今兒會過來，在胸口焐一早上了，妳拿回去給孩子們吃吧。」

楊氏也不推辭，接過了那紙包，放到自己隨身帶著的小包裹裡頭，謝過了楊老頭後，兩人開始往趙家村趕路。

這一路上趙彩鳳有意無意的跟楊氏閒聊了幾句，她對這個身體之前的記憶零零碎碎的，這時候聽楊氏又說了一遍，就更加清楚明白了。

原來趙彩鳳這位吝嗇的便宜舅舅還是楊老頭和楊老太的老來子，今年不過二十五、六的樣子，最是好吃懶做，又素來喜歡亂勾搭人，竟然把河橋鎮上最不知廉恥的女人給勾搭回家了。那女的原來是西街豆腐坊家的養女，從小就出來拋頭露面的做生意，這也不打緊，可關鍵是看見了男人就喜歡亂勾搭一氣，最後也不知道怎麼的，竟選了楊氏的弟弟嫁了，而且嫁過門才八個月，就生了一個小子出來，一家人雖然高興，奈何那小子長得不像趙彩鳳的舅舅……不過這些都是大家夥兒私下裡說的，明面上誰也不敢說。

因著這個事情，楊老頭原本就不爭氣的兒子越發不爭氣了起來，每天只知道喝酒賭錢，原本這麵攤是有一個門面的，也被他給賭輸了。那豆腐西施知道了這個事情，更是尋死覓活的，動不動就說要抱著孩子投河，更或者拿著菜刀要抹脖子，鬧得家裡頭不可開交。楊氏還有一個姊姊，嫁的人家還算不錯，也因這事早已經不和娘家來往了。

楊氏起先嫁給趙老大的時候，趙老大在趙家村當趙地主的短工頭頭，家裡頭其實還過得去，更勝在趙老大人老實，所以楊氏也就同意了。況且趙老大年輕時候就死了娘，又沒有嫡親的兄弟，楊氏進了門不用受婆婆的氣，公公和楊老頭又是故交，最是和氣的人，楊老太看中了這一點，才把楊氏許給了趙老大的。誰知道這趙老大究竟也是一個福薄的，前年山洪，趙家村幾個男人去方廟村幫忙，別人都回來了，唯獨趙老大一個人沒回來，過了好些日子，趙老大的屍首才被人從山谷中找回來，那時候都已經泡得不成樣子了，可楊氏還是一眼就認出了自己的男人。

趙彩鳳和楊氏走累了，坐在山路邊上的一塊山石上歇腳，從這個地方望下去，趙家村就在山谷之中，這時候太陽還沒落山，但已經有幾戶人家開始做晚飯了。趙彩鳳想起生前在現代，閒暇時她也喜歡開著車往這樣的小山村裡頭去體驗一下農家樂，如今倒好，只有農家沒有樂了。趙彩鳳看看自己的雙手，這樣一雙手去種地的可能性真的是太小了，只怕還是得學一些技術活。

兩人起身又走了幾步，忽然聽見後面有趕車的聲音，回頭看了一眼，卻是王燕的哥哥王鷹。他是村裡頭有名的大塊頭，這幾年王家在趙家村過得不錯，王家二叔雖然去得早，可王家的二嬸子熊大膽勾搭上了隔壁牛家莊的劉老三，原本的親家變成了一家人。那劉老三可了不得，如今管著京城恭王府的一處莊子，日子過得可火了。因為勾搭上了這一層關係，王家在趙家村的日子也越過越好了。

王鷹瞧見楊氏母女正在徒步回村，這山路不好走，兩人想必已經走得有些累了，便上前道：「趙家嬸子，上車來坐吧！」

那牛車上裝著籮筐包裹，雖然擁擠得很，但好在楊氏和趙彩鳳都是小身板，也還能擠得上去。趙彩鳳這會兒早已經腳底心冒火了，也顧不得許多，便想搭這麼一趟順風車。

楊氏一開始還有些顧慮，最後瞧見趙彩鳳實在招架不住了，便也答應了，兩人一同在王鷹的牛車上坐了下來，高高興興地往山下雲霧中的趙家村去了。

說起來趙鳳穿越之後，唯一覺得還算滿意的，也就是這趙彩鳳的容貌和身材了，不光年輕貌美，身材也窈窕得很，這讓在現代想盡了辦法減肥的趙鳳終於找回了一些自信。可偏生這樣的容貌卻這樣的命苦，還真是應驗了那句紅顏薄命的老話了。

其實這趙家村的男子都知道趙彩鳳長得好，奈何他們也知道趙彩鳳從小就定了親，所以再沒有什麼非分之想的。如今趙彩鳳出了這樣的事情，便是他們又想有些非分之想，只怕家裡頭人也忌諱，未必就能遂了他們的心思，所以現在整個趙家村的人其實都在觀望，看最後這趙彩鳳到底還嫁不嫁人？到底會嫁給什麼人？反正不能是自家兒子就成了。

「彩鳳，上回燕兒跟妳說的那個事情，妳怎麼不應呢？這麼好的機會。妳不知道，燕兒才去不久，恭王府的老太君正巧上莊子去玩，瞧見燕兒靈巧，如今已經讓燕兒上恭王府使喚去了，這才半個月工夫呢！她如今每個月還有一吊錢呢，比我賺的還多。」王燕和王鷹是兄妹，這事情自然和王鷹說起過。

可這事情楊氏並不知情，所以聽王鷹這麼說，頓時就覺得有些奇怪了。

這時候趙彩鳳也開始後悔怎麼就上了賊車，這樣一來這事情準要說破的！果然，她還沒來得及開口解釋，那邊楊氏就已經開口問了。

「鷹哥兒說的是什麼事情，我竟沒聽彩鳳提起過？」

王鷹也是一愣，萬萬沒想到這天上掉餡餅的事情趙彩鳳居然壓根兒沒有和楊氏說，一時間也不知道該怎麼回答，支支吾吾了半晌也沒說話。

趙彩鳳見瞞不住了，這才開口道：「前一陣子燕兒是跟我說過這事情，說是她二嬸的莊子上差兩個粗使丫鬟，問我去不去？可我想這家裡頭老二、老三、老四都離不開人，娘妳又天天外出去下地，所以就沒應下來。」

楊氏一時間覺得跟天打雷劈一樣，心痛得臉都皺了起來。

趙彩鳳看她的臉色，就像是強忍著要把自己打一頓的衝動似的。

楊氏慢慢地才憋出話來。「妳這傻孩子，天上掉餡餅的事情，妳怎麼就沒應下來？就算妳不想應，好歹也要跟我這個做娘的商量商量啊！老二、老三都可以自己照顧自己，如今也唯有老四還要人帶著，過幾日等老四走了，妳再託人捎個信兒，問問那邊還要不要人吧？」

王鷹聽楊氏這麼說，便知道她是很想讓趙彩鳳去了，又聽她說什麼「等老四走了」，覺得有些奇怪，這一個剛學會走路的奶娃子能走到哪兒去？難不成……王鷹正一邊趕車一邊聽那兩人說話，果然又聽見趙彩鳳開口。

「娘，老四還這麼小，我不同意妳把她送人。過幾日我就想辦法出去賺銀子，但是在我走之前，一定會把老四安排妥當的。她是我們趙家的孩子，怎麼能隨便送人呢？」

其實趙彩鳳知道楊氏自己也捨不得，奈何這日子當真過得清苦，一時沒想出解決的辦法，所以才會出此下策。眼前最重要的事情，就是要把趙彩鳳這個勞動力從帶孩子的事情中解放出來，只要趙彩鳳能空出時間做些能賺銀子的事情，趙彩蝶才有可能不被送人。但是一旦趙彩鳳不帶孩子了，趙彩蝶要給誰帶呢？這還真是死結一樣的一件事情。

楊氏聽趙彩鳳說話的口氣有些硬，也知道她是真心捨不得趙彩蝶，心裡又更難受了幾分，開口道：「眼下也沒有別的法子可想，老三已經九歲了，連個大字也不認識，別的孩子九歲都夠考童生去了。」

楊氏鐵了心要讓趙武走科舉之路，看來為了這件事情，她是做什麼都願意了。趙彩鳳一時也沒想出什麼能開解她的好理由，便道：「娘妳別著急，車到山前必有路，辦法總能想出來的。」

王鷹坐在車前頭聽著兩人妳一言、我一語的，也覺得她們確實不容易，便開口道：「彩鳳妳別著急，我過幾日給燕兒帶個話，問問看她原來的莊子上還缺不缺人，若是缺的話，咱去求一求二嬸子，總能讓妳過去的。」

趙彩鳳實在沒打算去當丫鬟，不過見他這樣熱心，也沒拒絕，只笑著道：「那就有勞王大哥了！」說話的時候微微一笑。

王鷹看著她微笑的樣子，只覺得心都變得軟軟的了……

第二章

楊氏和趙彩鳳回到家的時候，已經差不多日落西山了。楊氏臨走時給三個孩子做了煎餅，這會兒揭開鍋蓋一看，裡面還剩下一個沒動。趙文還跟以前一樣，坐在凳子上發呆；趙武已經揣著小籃子回來，裡面放滿了山坡上的野草。如今趙家窮得快揭不開鍋了，所以後院養的這些雞，全靠山頭上的野草過活了。

楊氏見小兒子這麼乖巧懂事，接過他的籃子問道：「你妹子呢？怎麼房裡不見她？」

趙武便回道：「中午的時候妹子不肯吃餅，哭得厲害，隔壁的許大娘就把她抱了過去，和寶哥兒一起喝了一些小米粥，我出門的時候看見她和寶哥兒一起睡在陳阿婆的炕上呢！」

宋家老奶奶雖然腿腳不方便，但照看兩個孩子的能耐也是有的，楊氏聽趙武這麼說，也稍微放下了心，喊了趙彩鳳去隔壁把趙彩蝶抱回來。

兩家的柵欄雖然是各自開口的，可中間公用的一部分只有一道，上頭原本就開了一個小門，趙彩鳳為了方便，就直接將那小門給打開了，從旁邊走過去。

這時候天色已經晚了，趙彩鳳過去的時候，就瞧見左裡間窗戶下面放著一張書桌，這個時辰光線昏暗，可宋明軒還在那邊看書，他的手邊並沒有紙和墨，手裡卻捏著一支筆，趙彩鳳無意間往裡頭瞟了一眼，見他案前放了一碟白水，他竟是拿毛筆蘸了白水在書桌上寫字，等那書桌乾了，原來的水跡也就看不見了。

窮得連紙和墨也買不起，看來這宋家和他們趙家真的是半斤八兩了。

趙彩鳳進屋裡去抱彩蝶的時候，陳阿婆也拄著枴杖出來，見了趙彩鳳便道：「彩鳳啊，幫我到後院打一桶水吧，後面灶房外頭的水缸裡沒水了。」

趙彩鳳便丟下了趙彩蝶，出去給陳阿婆打水。那井臺只有一尺來高，上面用木頭做了一個大蓋子，大抵是怕孩子沒事會過去玩，為了安全考慮才安上的，趙彩鳳這十幾歲的身板把它拿下來還花了不小的力氣。

趙彩鳳以前從來不是一個熱心腸的人，但這次她破天荒的就把水給打滿了一整缸。

等陳阿婆拄著枴杖出來的時候，就瞧見缸裡有了滿滿的一缸水，陳阿婆謝過了趙彩鳳，從米缸裡頭挖了一小勺的小米出來，拿清水洗了起來。

趙彩鳳見陳阿婆腿腳不方便，索性蹲到了灶裡頭，幫她把火給點上了，一時間煙霧瀰漫，趙彩鳳又被嗆得咳了好幾聲。好在古代的空氣很清新，每天就燒茶煮飯的時候被濃煙熏一次，應該也沒什麼大礙的。

陳阿婆見趙彩鳳咳嗽得厲害，便道：「彩鳳，妳回去吧，我讓我們家二狗來生火就好了，如今這事情難不倒他。」

趙彩鳳聞言噗哧地笑了起來，陳阿婆特意強調「如今這事情難不倒他」，看來這事情以前對他來說其實還是滿難的。不過素來都有老話說「百無一用是書生」，考不上舉人進士，那還真就是百無一用了，頂多也就做一個教書先生，沒準還沒什麼人願意請他呢！

「阿婆妳放心吧，這事也難不倒我。」趙彩鳳生好了火後，這才到前頭客堂裡領趙彩蝶回家，經過那房間的時候，瞧見宋明軒還在那邊用功，只是古代書上的字再大，這個時辰也看不清了。

「天都黑了，你還看什麼呢？別狀元沒考上，白瞎了一雙眼睛。」趙彩鳳以前可是出了名的學霸，高考的時候更是以全市前五的成績考進了名校，在她看來，學習是要講究方法的，比如這會兒沒了光線，看書就會吃力，時間長了還傷眼睛，一舉兩失。

宋明軒沒料到自己窗前會忽然冒出一個聲音來，嚇了一跳，想來也是因為看書看得太入迷了，一時沒注意到有人經過。這時候被趙彩鳳一提醒，他也覺得光線有些暗淡，伸手揉了揉眉心，想要解解乏。

這宋明軒分明長著一張尚未成熟的臉，但舉手投足卻又異常嚴肅老成，讓趙彩鳳覺得很有趣，興許古代的讀書人大多都是這樣的。

宋明軒抬起頭看了趙彩鳳一眼，想起那日許氏跟他說的話，忽然臉頰有些發熱，急忙低頭道：「多謝。」

趙彩鳳哪裡知道宋明軒這時候心裡頭的小九九，只覺得古人就算講禮數，可他們這小山村裡頭應該也不受那些什麼禮教所管制，用得著說一句話就臉紅成這樣嗎？趙彩鳳也不去理會他，道：「後頭正做晚飯呢，灶邊上火光亮，你可以去那邊看書，不過要當心火星子飛出來，把你的書燒著了。」

趙彩鳳走了之後，宋明軒果然就拿著書往後面的灶房去了。

陳阿婆瞧見宋明軒拿著一本書過來，急忙道：「你跑來這裡添什麼亂？等好了自然喊了你過來吃，趁著這會兒寶哥兒還睡著，你多看會兒書去。」

宋明軒也明白奶奶的好意，只是如今天色黑，實在看不清書上的字，便開口道：「房裡黑洞洞的，不如這灶前亮，我特意過來看書，您老到一旁歇會兒吧。」

陳阿婆聽宋明軒這麼說，才明白了過來，讓出她坐著的一小截板凳，指著邊上道：「來這兒坐，不用你燒火，你又不會做飯，一會兒等水開了，把你娘早上割回來的菜洗一洗，切碎了放在一起熬，加一些鹽巴，就成了。你在這兒看著火，我到外頭洗菜去。」

趙彩鳳回家的時候，楊氏已經做好了二十來個窩窩頭，夠他們一家吃上好幾天的，在灶臺上整整排了一整排，看著還挺壯觀的。但窩窩頭畢竟太硬了，並不適合牙齒還沒長全的趙彩蝶吃，所以楊氏單獨用熱水把窩窩頭煮軟了，在邊上細心地餵著趙彩蝶。

趙彩鳳如今養小了胃，吃了一個窩窩頭就飽了，歇下來打算洗碗筷的時候，被楊氏給喊住了。

「彩鳳，妳去隔壁雜物間的米槽裡面看看還有沒有麥子？」

趙彩鳳昨天去取小米的時候瞧見過，那底下還有大概一拳頭深的麥子，雖然趙彩鳳不知道這麥子怎麼吃，但是既然楊氏發話問起，便回道：「還有大約一拳頭深。」

楊氏嘆了一口氣道：「妳去挖一升過來，一會兒我舂了，然後拿一拳頭買回來的好麵粉混合了，待我和好了，明兒早上可以給你們做花卷吃。」

趙彩鳳明白了楊氏的意思，便去廚房邊上的雜物房裡頭拿了一升的麥子過來。

趙家有一個舂臼，這東西趙彩鳳倒是認識，以前在歷史書上見過，但是怎麼用她也不大明白。

楊氏示意她過來抱著趙彩蝶繼續餵飯，自己則到角落裡找出了一個底部嵌著石塊的木樁子出來，開始舂起了麥子。

趙彩鳳其實研究過那木樁子很久了，這時候瞧見楊氏用起來，才知道原來這東西是這樣用的。楊氏畢竟是女人，那木樁下面又墜著石塊，鐵定很重，不過舂了百十來下，她的額頭上就已經落下汗水來了。趙彩鳳瞧著過意不去，讓趙武帶著吃完了的趙彩蝶去外頭玩，自己到跟前想幫楊氏一把。

楊氏也不客氣，如今只有這麼一個成年的閨女，不靠她還能靠誰？就將手裡的舂子遞給了趙彩鳳。趙彩鳳壓根兒沒料到這東西居然這樣重，還沒接穩呢，整個身子便感覺被壓得要往那舂臼裡面倒進去了。

一旁的趙文看著好玩，哈哈地笑了起來。

趙彩鳳看了眼趙文，雖然是個傻子，但是四肢發達得很，索性朝著他招招手道：「二弟你過來，拿著這根棍子往這舂臼裡面砸，把這麥子砸成細細的粉，咱們明天早上就有早飯吃了，砸不細，那可就沒早飯吃了。」

楊氏瞧見趙彩鳳這樣對趙文說，笑著道：「妳何必哄他？他也未必能聽懂。」

趙彩鳳想想也是，便換了一種說法，自己揉揉肚子，指著那窩窩頭，又指著這舂臼裡的麥子，說：「那東西就是這個做的，好吃嗎？好吃就砸！」

這回趙文還當真聽懂了一樣，兩眼閃爍著興奮的光彩，一個勁兒地點頭，嘴裡含含糊糊地應了。

男孩子的力氣果真比女孩子大，趙文雖然比趙彩鳳還小了一歲多，但這舂子抓在手上實實的，一下砸去，力道比楊氏還大。

楊氏這會兒也放下心來，囑咐趙彩鳳看著趙文幹活，自己去前頭找兩個小的，讓他們早一點洗洗睡覺。

因為沒什麼錢點燈油，趙彩鳳從灶裡拿了一根未燒盡的木棍給趙文照著，瞧他一下一下地舂下去，看著麥子變成細膩的麵粉，感覺真是一件神奇的事情。可老這麼舂也不是個辦法啊，這樣下去趙文的一雙胳膊也是吃不消的，他現在不懂事，這才騙他幹一次活，以後要是他胳膊疼了起來，肯定不願意做第二次的。趙彩鳳想了想，覺得有必要改良一下這個舂子和舂臼。

楊氏出來外頭的時候，天上月光正皎潔，這時候是四、五月的天，不冷不熱。楊氏瞧見宋明軒手裡拿著一根樹枝，正在教趙武認字，而趙彩蝶正和寶哥兒一起，在邊上的一張破蓆子上爬來爬去的玩耍。

楊氏瞧見趙武用功認字的模樣，又看看全然不懂事卻又那麼乖巧的小女兒，心情一下子又沈重了起來。

這時候許氏正好從屋裡頭出來，瞧見楊氏站在屋簷下發愣，便開口喊道：「大妹子，妳過來一下，我有些事情想同妳說說。」

她們兩人都年輕守寡，平常也經常互相幫襯，感情是極好的，楊氏瞧見許氏這樣一本正經地找自己說話，也知道大抵是有什麼事情要說，便理了理鬢角，跟著許氏去了後院裡頭。

兩家的後院雖然各自分開，但中間的木柵欄早已經爛得差不多了，如今又沒有男人修葺，眼看著就要倒了。

「宋家嫂子，妳有什麼話就說吧，我們倆也沒有什麼不好開口的事了。」楊氏瞧見許氏眉間微微有些皺紋，以為是她又遇上了什麼為難事，先開口問道。

「這話我說出來不難，只怕大妹子妳生氣罷了。」

「好端端的，我能生什麼氣呢？我這輩子的氣也生得不少了，男人沒了，閨女好好的又守了望門寡，如今還有什麼事情值得我生氣的呢？」楊氏說起趙彩鳳的事情，還是忍不住嘆息起來。趙彩鳳原本要嫁的那戶人家，在朝山村還是個富戶，雖然知道那家孩子從小身子骨不大好，可也未料到是要去沖喜的，當時媒人來說親的時候，明明說的是他家的老太太只怕要不行了，若再耽誤下去又要守三年，這樣的話兩個孩子年紀都大了，也耽誤不起。楊氏想著對方也是為了孩子考慮，所以雖然趙老大的孝期還沒到，可他應該也不會怪罪，這才應了下來，誰知道轎子還沒進門，新郎官就嚥氣了……

楊氏想到這裡，心裡頭還帶著幾分憤恨，一氣之下連那家人給的二十兩銀子的彩禮都退回去了。不過楊氏痛定思痛之後，覺得趙彩鳳這一次雖然守了望門寡，也總比進了那戶人家後，沒兩天就真的守了寡強。按照這裡的風俗，要是真守了寡，再改嫁可就更難了，就算真的改嫁了，也免不了被人嚼舌根。那熊大膽是個素來厲害的角色，又找了個有能耐的，村裡的人趕著巴結她，這才看著風光，其實背地裡嚼她舌根的人可不少呢！

楊氏現在只盼著時間過得快一些，讓村裡人早些淡忘了這件事，到時候哪怕給趙彩鳳找一戶遠一些的婆家，總也好過一輩子守寡。

許氏瞧見楊氏臉上的表情，就知道楊氏在為趙彩鳳的事情犯愁，便笑著道：「我今兒為的就是彩鳳的事情……」許氏說了半句，又停了下來，抬起頭看著楊氏，眼神中閃爍著無比的真誠。「大妹子，我是看著彩鳳長大的，這姑娘模樣好，心性也好，在這趙家村也是頭一份的，如今遭了這樣的事情，雖然不光彩了些，但也不至於沒了後路。」

楊氏也是個聰明人，見許氏這麼說，心裡頭微微也有了些想法，問道：「大嫂子有什麼話，還請直說！」

許氏見楊氏問得直接，自己也不好意思再忸怩，況且方才她的話多少也透露了一些玄機，這會兒再遮遮掩掩也不像話，乾脆一股腦兒地將那天許如月臨死前說的那一番話原原本本的全說給了楊氏聽。

楊氏聽到一半，心裡已經微微有些心動，但終究沒露在臉上。

許氏說完這些話，也稍稍嘆了一口氣，繼續道：「我知道我們家二狗木訥，你們家彩鳳模樣好，讓她嫁過來是委屈了一些，可是我們家二狗也有他的好處。」宋明軒小時候身子不好，所以陳阿婆給他取了個小名叫二狗，希望他能跟小貓小狗一樣容易養活，所以雖然宋明軒有大名，但是大家夥兒還是喜歡喊他宋二狗。

「嫂子妳說的是哪裡話，光是你們不在乎彩鳳身上這事情，我都已經感激不盡了。如今整個趙家村的人誰不想看彩鳳的笑話？不是我說，我們家彩鳳的人品、相貌，哪裡就輸給別人了？奈何就是命苦了些。只是上回已經出了這樣的事情，這次卻不敢造次了，橫豎也不敢在孝期裡頭做這樣的事情，還是等她爹的孝期過了，咱再提這事如何？」

許氏聽楊氏的意思是應了下來，心裡稍稍放下心，想想還有一年半趙彩鳳也就出孝了，到時候若是宋明軒能高中舉人，正好還可以堵著那群村民的嘴，他們沒準還要說趙彩鳳是個旺夫的呢！

「既然這樣，那這事咱倆就算是這麼商定了吧？彩鳳臉皮子薄，妳可以之後再慢慢同她說，上回如月提起的時候，她就鬧了一個大紅臉，況且她那事情也才過去不久，只怕心裡還有疙瘩。如今只盼著我們家二狗這一次秋試能高中，當上舉人老爺，到時候再給妳家彩鳳下聘，看看還有誰敢說風涼話！」

許氏這一番話說得楊氏是心花怒發，心裡頭有一種趙彩鳳明兒就當上了舉人夫人的錯覺，連眉梢都翹了起來。等她從宋家出來，瞧見寶哥兒還在地上的草薦上爬來爬去的時候，才想起宋家還有一個拖油瓶呢！這趙家村人人都知道寶哥兒不是宋明軒的兒子，她剛才被許氏說得一時高興了，居然忘了寶哥兒的存在！這樣想一想，趙彩鳳能嫁給宋明軒是不假，可連帶著她也要做寶哥兒的後娘了！

楊氏稍稍找回了一些理智，慢悠悠地往家裡走，又站在門口想了好一陣子，這才想明白過來。趙彩鳳如今沾了這望門寡的名聲，以後要還想嫁得好，可能性也不大，宋明軒雖然如今是個窮秀才，還帶著個拖油瓶，但萬一他要是真的中了舉人呢？那彩鳳可就真的是正兒八經的舉人夫人了！到時候彩鳳當了舉人夫人，也能呼奴喚婢了，多養一個孩子算什麼？楊氏想到了這一點，頓時心裡頭又平順了一些，這便推門進去了。

這時候趙彩鳳已經哄了趙武和趙彩蝶睡覺了，自己正打了熱水坐在小凳子上泡腳。趙家太窮了，只有一個大木盆，一家人的腳都放在一起泡，這讓一向有些潔癖的趙彩鳳很是鬱悶。

楊氏進來，瞧見趙彩鳳坐在那邊，嬌小秀氣的臉上帶著放鬆的神色，雖然她也隱約覺得閨女自從投水之後和以前略有些不同，但是看著閨女一天比一天開朗，楊氏心裡頭也高興。不過許氏說得沒錯，這事不能先讓趙彩鳳知道了，不然以後抬頭不見低頭見的，她要是怕起羞來，不肯再往宋家去，倒是不好了。

趙彩鳳正好也有事情要找楊氏，見楊氏進來便開口道：「娘妳坐。」

「彩鳳是有什麼話說嗎？這一本正經的。」楊氏就著趙彩鳳身邊的小墩子坐了下來，伸手摟著趙彩鳳的頭，讓她微微靠在自己的膝蓋上。

「娘，我們家雖然窮，但還不至於到山窮水盡的地步。我這幾日想了想，不如我們也做一些小生意什麼的，在鎮上賣賣。我瞧著姥爺和姥姥的麵攤子生意很好，一碗麵十五文，一天下來少說也可以有一兩銀子的收入，扣除成本人工，一天純收入也能有三百文，一個月就是九兩銀子的收入呢！」

楊氏以前沒出嫁的時候，在麵店裡頭幫過幾天忙，一天下來的收入確實和趙彩鳳說的差不多，那時候老倆口就憑這一家麵店養活了三個孩子，當時在河橋鎮上，還算是過得好的，一年下來有上百兩銀子的收入，省儉一些，一年還能存下個二、三十兩的銀子呢！可她萬萬沒想到，趙彩鳳只今兒去了一回，坐一會兒，吃了一碗麵，就已經把帳算得這麼清楚了，著實讓自己吃驚不少。

「妳倒是算得精細，收入確也差不多有這些，只是妳那個舅舅，妳也知道的，成天喝酒賭錢，但凡有些銀子，也都被他給糟蹋了，如今妳姥姥、姥爺，也不過就是辛苦度日罷了。」

「我怎麼不知道？自家閨女回娘家吃一碗麵，姥姥和姥爺還精打細算著，生怕被舅舅知道一樣，可見我那舅舅是有多小氣的。」趙彩鳳看了一眼木盆裡自己泡得紅彤彤的雙腳，開口道：「我是想和姥爺學拉麵，就是不知道姥爺會不會答應？之前聽姥爺說，他是想教小三拉麵的，可小三是要唸書考科舉的，自然沒有空去學，而老二那腦子也學不會，不如我去學吧？」

趙彩鳳也不知道她提出這個想法是不是大逆不道，她現在想的就是趕緊找一門自己可以快速學會的手藝，好解決家裡的溫飽。況且在這樣的年代，能提供給女孩子學的手藝實在是不多，最正統的大約也只有學刺繡了，可那東西也不是三天兩頭能學會的，只怕等學出來的時候，自己都不知道什麼年紀了。

「這個……」楊氏有些為難了。他們楊家拉麵的手藝其實是傳男不傳女的，所以楊老頭說要教老三拉麵的時候，她想也沒想就拒絕了，當然首要原因確實是趙武要唸書，但其次的原因是——這事情要是讓她那個兄弟知道了，只怕又要鬧出事情來。更別說如今趙彩鳳想要學，那是更不可能的。

趙彩鳳瞧見楊氏這眉心的皺紋都快寫出個川字了，就知道這事情肯定相當為難，試探道：「怎麼？老三能學，我是個閨女，所以我就不能學？」

「也不是不能，只是不能讓妳舅舅知道，只怕也不方便吧。」

趙彩鳳一下子就明白了過來，不過她是現代的應試型人才，學東西還是很快的，只要不是有什麼秘方，估計她偷師起來也不會很慢，偷偷地學也不是沒可能。

「我就看看，不當著面學。」趙彩鳳斬釘截鐵道：「橫豎趙家村也沒有先生，之後少不得要給老三在河橋鎮上找私塾，只怕還要住在人家先生家裡頭，到時候我在鎮上照應著，也放心。」

趙家村確實沒有私塾先生，最近的私塾離趙家村還有十幾里地，是在朝山村。但是楊氏並不想讓趙武去那邊，因為原來和趙彩鳳結親的那家也有兩個兒子在那邊的私塾裡頭，到時候趙武去了，別說唸書了，只怕是天天去打架的，所以楊氏的確打算把趙武送到鎮上去唸私塾。

趙彩鳳接著道：「至於彩蝶，先讓隔壁的陳阿婆帶一陣子，等熬過這半年，我把手藝學上手了，改明兒我跟著王鷹的車去縣城裡頭，看看能不能找個地方住下，把小生意做起來。」

楊氏聽趙彩鳳說得輕巧，可心裡終究不放心。「做生意哪裡有妳想的這樣簡單？妳呀，還是乖乖地在家帶好了弟妹們，別的事情少操心好了。」

楊氏因為方才聽了許氏的那一番話，忽然間對未來充滿了信心，這時候也再沒提起說要把趙彩蝶送人的事情了。

趙彩鳳也覺得楊氏從外面進來之後心情似乎好了不少，便問道：「娘，妳怎麼才出去了一趟，回來整個人都精神了？」

楊氏知道趙彩鳳聰明，怕自己說漏了嘴就不好了，急忙起身道：「妳胡說什麼？我去後面灶房裡頭看看妳弟弟的麥春好了沒有。」

趙彩鳳見楊氏著急要走，便也沒再多問什麼，拿了一塊棉布擦乾了自己的腳，端了木盆到門外倒洗腳水。因為只有幾步路的距離，趙彩鳳並沒有把鞋襪穿戴整齊，只是趿著鞋跟往外走。

山村裡的空氣到了晚上就分外的清新，趙彩鳳將洗腳水潑在門前的小路上，忽然見不遠處槐樹下似乎有一個人影動了一下，她伸著脖子辨認了一會兒，等那人從樹影下走出來的時候，借著月光，趙彩鳳才認出來這就是她那窮秀才鄰居宋明軒。

宋明軒顯然對於在門外遇上趙彩鳳也很是意外，況且這時候趙彩鳳的樣子也確實不得不讓宋明軒意外，只見趙彩鳳的褲管挽到了小腿肚的中間，露出一截白皙均勻的小腿，尤其是那細細的腳踝，總讓人有一種柔若無骨的感覺。宋明軒的視線不自覺的就停留在了趙彩鳳的腳踝上，這大晚上的，除了月光，便只有趙彩鳳腳踝上的這一片白皙讓人覺得有些亮堂了。

趙彩鳳此時腰上還頂著一個木盆，瞧見宋明軒愣在自己跟前，便大剌剌地道：「你……這麼晚還沒睡？」

不說話嘛，有些尷尬，可怎麼說起話來竟越發尷尬了呢？趙彩鳳深深覺得自己這搭訕的本事真是遜斃了。人家一個大活人站在跟前呢，那自然是沒有睡的，自己還問什麼問呢！

「是啊。」宋明軒尷尬一笑，目光離開趙彩鳳白皙的小腿肚子，微微扭過頭，把握在手中的書卷揉了揉。「妳不也還沒睡嗎？」

趙彩鳳聞言，忍不住噗哧地笑了起來，心道：看來這秀才的搭訕手法也有待提高！他這麼一問，倒是讓自己怎麼回答好呢？兩個人總不能一直在睡不睡的問題上轉不出來吧？趙彩鳳正不知如何回答時，忽然看見宋明軒手上的書卷，便笑著問道：「這月亮底下也能看書嗎？」

提起看書，宋明軒顯然興奮了幾分，開口道：「能啊！從初十開始，只要天氣好，這月亮底下就能看書，若是天氣不好就看不見了。」

趙彩鳳抬起頭看了一眼今晚的月色，的確已經是大半個圓了，很符合宋明軒看書的標準，只是這月光再亮，終究還是沒有點一盞油燈在旁邊看來得容易。

趙彩鳳那也是經歷過義務教育、接受過高考特訓的人，自然知道考前衝刺的重要性，眼下雖然才四月分，可到八月分秋試其實也已經沒有多少日子了，放在現代，教室的牆角早已經開始放上高考倒數計時了。這樣的學習條件，這宋明軒要是還能考上，那就真的是天才了！

「你去睡吧，這種天氣大約丑時末刻就天亮了，你這會兒在月亮底下看書，還不如早些起來趕早看書呢！」

「這幾日丑時末刻天還沒亮呢，一般要到卯時初刻天才會亮起來。」宋明軒見趙彩鳳和他說了幾句話，頓時也不像剛才那樣緊張，稍微放鬆了一點心情回道。

趙彩鳳也不過就是按照自己的生活經驗總結了一下，她哪裡知道宋明軒對太陽升起的時間掌握得如此之精準，真是堪稱追著太陽的男人……趙彩鳳想到這裡，忍不住又笑了起來，可她忘了自己如今不是那三十歲的老姑娘了，而是一個十五歲的小姑娘，這一笑之下，臉上便露出了幾分俏皮的神色來，頓時又讓宋明軒紅了臉頰。

第二天一早，楊氏就去了田裡，這種日子，中午的時候天氣已經開始熱了，不適合在田裡長期勞作，所以只能早晚下地。趙彩鳳起來的時候發現灶上已經蒸上了花卷，雖然加了自家春的麵粉，吃上去沒那麼細膩了，但趙彩鳳也慢慢開始習慣了這種粗糧。

就著一碗白開水吃過了早飯之後，趙彩鳳把一家人的髒衣服收拾了一下，端著木盆打算去河邊洗衣服，正這時候忽然聽見院子裡面趙彩蝶哇哇地哭了起來，趙彩鳳出去一看，就見趙彩蝶渾身上下都沾著一種黏黏的、黃黃的、臭臭的東西，就連小臉上也沾了一點。

趙武從屋外跑進來，瞧見趙彩蝶這個樣子，哈哈大笑道：「小妹又跌到牛糞裡頭去了！」

趙彩鳳眼前頓時一亮，心道原來這就是傳說中的牛糞？她好像在書上看到過，這牛糞看起來髒不拉兮的，其實還是一種燃料呢！趙彩鳳頓時就有了主意，問趙武道：「小武，你知道咱們趙家村一共有幾頭牛嗎？平常這些牛都出門嗎？」

趙武平常和村裡的男孩們一起野慣了，家家戶戶的事情都很熟悉，但是趙彩鳳冷不防問起來，他還當真要想一想了。只見趙武瞇著眼睛想了半晌後，開口道：「我們村一共有十頭牛，白天的時候都在村口那條小溪邊上的岸邊吃草，到了晚上各家各戶的人才會把牛牽回去。」

趙彩鳳一聽，這些牛並沒有養在牛圈裡，那實在太好了，方便收集牛糞！

「小武，姊姊交給你一個任務，你今天帶著家裡的籮筐，去那牛群出沒的地方，只要瞧見哪邊有曬乾的牛糞，全部都給我撿回來！」

趙武一聽，不得了了，姊姊自從投河醒過來之後，做事情就奇奇怪怪的，這會兒又讓撿牛糞，簡直是……

「姊，不要吧？妳要那麼多牛糞幹麼？咱茅房裡的大糞已經夠澆菜地用的了……」

趙彩鳳一聽這話，頓時覺得一陣反胃。她也是穿越了以後才知道，原來古人真的是直接就用大糞澆菜地當肥料的，而最後，那些菜全進了他們兄妹幾個的肚子裡……

趙武雖然不理解，但對趙彩鳳的話還是言聽計從的，最後只得從家裡帶了一把掃帚、一個小簸箕，哼哧哼哧地去了村裡人放牛的地方撿牛糞去了。

趙彩鳳看著趙彩蝶那一身牛糞，鬱悶地嘆了一口氣。這時候天氣還不熱，要是直接用涼水洗澡，肯定會凍出毛病的，況且在這種人家，若是生病了那定是沒有銀子請大夫的，即便是一場感冒，都很可能是奪命的大病。趙彩鳳想了想，就算是浪費柴火，也要燒熱水給妹妹洗澡才行。

趙彩鳳搬了一張凳子，讓趙彩蝶在後院坐著，先幫她把手洗乾淨了，拿了半個饅頭過來給她吃。看著趙彩蝶一邊吃，那小手一邊在身上沾著牛糞的地方蹭來蹭去，然後又全然不知地把饅頭塞到嘴裡的動作，趙彩鳳決定，她還是直接躲在灶房裡面燒火比較好。

水才燒開，趙彩蝶的半個饅頭也已經下肚了，至於還附帶著吃下去一些什麼別的東西，趙彩鳳也沒空去理會了。趙彩鳳裝了滿滿一盆的熱水，急忙把趙彩蝶的衣服給脫了，所幸剛才灶房裡面生了柴火，這時候屋子裡都暖融融的。趙彩蝶也不知道多久沒洗澡了，高興地在水裡直撲騰，一個勁兒地格格格笑著。趙彩鳳朝著趙彩蝶洗乾淨的笑臉上親了一口，看著趙彩蝶大眼睛眨巴眨巴的可愛模樣，想起昨天說要把她給送人，還真的越發捨不得了。

沒過多久，楊氏和許氏一起回來了，兩個村婦扛著鋤頭，頭上包著的包頭布上都沾了灰塵。

楊氏瞧見趙彩鳳，就忙問她道：「我剛才回來的時候瞧見我們家老三在小溪的牛群邊上撿牛糞呢，說是妳讓撿的！妳讓他撿那些牛糞做什麼呢？」

趙彩鳳也不好直接說她知道牛糞可以燃燒，能做燃料用，於是就開口道：「今兒早上小蝶在門口的牛糞裡栽了跟頭，所以我讓小武去小溪邊上把牛糞撿了，省得他們下次去那邊玩，踩了一腳牛糞回來。」

楊氏笑著道：「他們也不常去那邊玩，妳如今倒是越發會指派妳弟弟了。」

不多時，趙武已經撿了一簸箕的牛糞，他力氣小拿不動，還回來喊了趙文一起，兩個人合力把牛糞給搬了回來。趙彩鳳在院子裡找了一塊地方，讓兩人把牛糞一塊一塊地挾出來，平攤在太陽底下曬乾。

做完這些的時候，趙彩鳳瞧見許氏從隔壁的大門口出來，直接走了小門回到趙家，手裡還拿著一整塊的花布，又喊了趙彩鳳過去。

「丫頭，這塊花布妳拿著，馬上就天熱了，正好夠妳和蝶姊兒一人做一條裙子。」

那花布是豆綠色的，上面夾雜著一些白色的小花，摸上去雖然不是滑溜溜的，但已經比普通的粗糙棉布好上很多。趙彩鳳看看這塊布，又看看自己身上穿的粗布衣裳，心想這一塊布對於他們這樣的人家，肯定也算是價值不菲的了。

「許大娘，瞧妳客氣的，這布我可不能收，妳還是留著以後給寶哥兒做衣服用吧！」

「寶哥兒是男娃，哪用得著這些？再說，寶哥兒的衣服都是你們家武哥兒穿下來的，夠他穿呢，妳拿去做裙子就是啦！」許氏說著，把這面料往趙彩鳳的懷裡塞。

趙彩鳳不想收，就和許氏推搡了兩、三回。

這時候正好楊氏從屋裡出來，瞧見了這面料，覺得既然許氏已經把趙彩鳳當媳婦看，那麼婆婆給媳婦一塊面料做新衣服也不是什麼大事，便笑著道：「彩鳳，妳許大娘給妳的，妳就收下吧！這兩年妳個頭也竄得快，只怕去年的衣服都不能穿了，是要給妳添兩件新衣服了。況且妳要去妳姥爺的攤子上幫忙，也不能穿得太不像樣了，那鎮上的人穿的可都是體面的。」

「怎麼，彩鳳要去河橋鎮上給她姥爺的麵攤幫忙嗎？」許氏聽楊氏這麼說，忍不住開口問道。如今她都把趙彩鳳當成是他們家的人了，自然是要問個清楚的。

楊氏笑著道：「正是呢！妳也知道，彩鳳她爹還在的時候，彩鳳便是從來不下地做農活的，這地裡的東西她也確實不會，就想著能不能學些別的手藝，所以先到鎮上去，在我老爹的攤子上幹一陣子，再想想看有沒有別的營生。」

許氏點了點頭。她並沒有大戶人家那種姑娘家不能出去拋頭露面的觀念，對於楊氏的這個決定也很是贊同。別的不說，聽說楊家姥爺年輕的時候在大戶人家做過廚房掌勺的，想必廚藝是不錯的，如今在家裡，每日除了吃小米粥湯就是窩窩頭，光會做這兩樣，實在算不得有什麼廚藝。

「到鎮上住一陣子也好。」鎮上的人不知道趙彩鳳守了望門寡，趙彩鳳出去一陣子，等再回來的時候，這事情與許也就淡了。

楊氏送了布料後便回家，看見宋明軒在房裡看書，可那眉頭卻還是皺著的。

「我說你表妹已經死了，那塊面料你留著也沒用，還不如送給彩鳳，讓她做件新衣裳，我這麼做可都是為了你以後考慮，你怎麼就不明白呢！」

宋明軒梗著脖子不說話，許氏見他這副樣子，嘆了一口氣，坐在他後面的炕上，伸手摸了一把正熟睡的寶哥兒，緩緩開口道：「我昨晚已經把你和彩鳳的事情同彩鳳她娘說了，她也贊同。不是我說，若是沒有寶哥兒，就算我們家窮一些，你好歹還是個秀才，也不至於找不到媳婦，可寶哥兒是你表妹留下的，我總不能把他送到別人家去吧？咱家要自己養這孩子，就必須得找個肯接納這孩子的姑娘。這事情我也想好了，趁著寶哥兒還小，以後他就喊了你們爹娘，這樣他長大了也不會讓人瞧不起。至於如月的事情，咱們也不用對這孩子講了。」

宋明軒聽完楊氏這一席話，越發覺得無力反駁，書也看不進去，扭頭瞧見寶哥兒熟睡的臉龐，一時心亂如麻。

趙彩鳳哪裡知道她的終身大事老早在莫名其妙中被楊氏和許氏都給算計好了。不過趙彩鳳作為一個穿越女，自然也不明白古代女人對作媒和嫁閨女這種事情的熱情程度，她下午主要的事情，是打算改裝一個比較省力的春臼。

阿基米德說過，給我一個支點，我就能撐起地球。如今只要能翹起木樁，讓前頭綁著嵌著石頭的木樁砸到春臼裡就好了，應該不算是什麼難事。趙彩鳳還記得高中學習槓桿原理的時候，曾做到過一道「舂米碓」的習題，雖然上面沒有全部的構造圖，但大致的造型還是有的，不過這事她自己是完成不了的，得畫一張圖紙，找村裡頭的木匠幫忙做一下。

趙彩鳳找了一根樹枝，在院子裡的沙地上先畫了幾遍圖紙的樣稿，按照記憶中的想法，又稍作了些修改，直到覺得這東西已經像模像樣的時候，才想著要拿紙筆馬上給畫下來，可是像他們這樣的人家，家裡哪裡會有紙筆呢？

趙彩鳳想了想，俗話說遠親不如近鄰，這會兒她算是體會到了。宋明軒是個秀才，雖然見他這幾天都是用清水寫字，但家裡頭不可能連一張紙也找不出來。只是，看他平常那副酸不拉嘰的模樣，肯不肯借給她紙也兩說了。

楊氏吃過了午飯後，見日頭不大，就帶著趙文到山上打野草去了；趙武在房裡帶趙彩蝶，兩個人玩累了，各自倒在炕上睡了。

趙彩鳳挺著急做這個東西出來的，畢竟每天晚上捶麥子是一個體力活兒，趙文的持久性實在太差，趙彩鳳又捨不得楊氏累壞了，可自己上又沒這力氣，所以她也顧不得多想，直接就找宋明軒借紙去了。反正這山裡頭人家也沒什麼好避嫌的，橫豎自己也沒穿越到那種要避嫌的人家去。趙彩鳳想通了這一點，也越發豁達了起來，她原本就是穿越過來的，也沒指望跟這裡的姑娘一樣，十五、六歲就嫁出去，雖然如今的身分是個守了望門寡的姑娘，但至少她自己一點兒也不覺得有壓力。眼前最重要的事情，是怎麼才能讓家裡的日子過得好起來！

宋明軒仍舊在左邊房間窗戶下的書桌前看書，手裡依舊是一支蘸清水的毛筆，毛筆頭上的毫毛都已經分叉了，看樣子也是用了好久的。

趙彩鳳就從小門上走了過去，在窗臺跟前探著半個身子問他。「你家裡連墨和紙也沒有嗎？你這樣寫能記得住嗎？」

宋明軒顯然是看書看得正專注，哪裡想到自己的這個鄰居居然又過來串門了。趙彩鳳沒出事之前，一直是一個比較怕羞的姑娘，兩家雖然是鄰居，但是兩個人也從來沒單獨在一起聊天超過十句話，可這幾日加起來，兩個人已聊了不止十句了。

一想起今天被許氏送走的那塊花布面料，宋明軒還覺得有些捨不得。那塊面料是他去年趕集的時候，從自己買筆墨紙硯的銀子裡儉省出來，買給如月做新衣服的，結果如月新衣服沒做出來，人就已經走了……宋明軒想起這些，心裡又忍不住酸澀了起來，嘆了一口氣。總歸是他和如月都沒有這樣的緣分，最後才不能共同走下去。

待宋明軒再抬頭時，就瞧見趙彩鳳正睜大著眼睛看他。趙彩鳳是趙家村數一數二漂亮的姑娘，容貌雖說比不上城裡頭那些體面人家的小姐，但在趙家村絕對是一朵村花。且那些小姐無非就是人靠衣裝，趙彩鳳若是也能揀幾件像樣的衣服穿上，定是不會輸的。宋明軒這樣一想，又覺得今兒那花布送給了趙彩鳳也沒什麼好遺憾的，他留著也不過就是壓箱底而已。

趙彩鳳瞧見宋明軒一副神遊天外的樣子，就知道他壓根兒沒仔細聽自己的話，又覺得自己拐彎抹角地問他家有沒有紙也確實彎彎繞了些，索性便直截了當地開口問道：「宋大哥，你家有紙和筆嗎？能否借我一用？等下次趕集，我買了還你。」趙彩鳳雖然沒有和這種酸腐文人打交道的經驗，但是從前世的經驗來看，一般這樣的文人都是比較小氣的，單純來要東西只怕不會給，需得借才行。

宋明軒這回算是聽清楚了趙彩鳳的話，也沒問她要了紙筆做什麼，先擱下了毛筆，再轉身往房裡頭角落的一個五斗櫃裡翻了起來。

只見宋明軒從裡頭翻出一小疊發黃的宣紙，上頭還有蛀蟲的斑點，看樣子是有些時日沒捨得用了。

宋明軒抽了一張紙出來，拿到書桌前放下，又將那碗裡頭的清水倒了一點至一旁的硯臺中，正要開始拿著墨碾磨起來的時候，就聽見趙彩鳳開了口。

「我會磨墨，我自己來吧！」

宋明軒便從窗子裡遞了硯臺出去給趙彩鳳。

硯臺並不輕，趙彩鳳原本以為她一隻手就能接住的，待探得了硯臺的重量後，只好兩隻手一起捧了起來。宋家的院子裡有一方石桌，石桌的邊上是一棵梧桐樹，平常天氣好的時候，宋明軒也會在這石桌上看一會兒書，這會兒趙彩鳳就把硯臺放在這石桌上。

這時剛吃過午飯，寶哥兒和陳阿婆都在睡覺，院子裡靜悄悄的，宋明軒便親自拿了宣紙送出來。

趙彩鳳接過宋明軒遞過來的宣紙，在石桌上鋪好了，又將那墨稍微磨得濃厚了一些，從宋明軒的手裡接了毛筆，開始畫她的「春米碓」。

宋明軒沒著急走，他這會兒也有了些興趣，在他的記憶中，趙彩鳳是大字不識一個的村姑，今兒破天荒找他借紙他就覺得奇怪了，所以他很想留下來看看趙彩鳳到底想做些什麼？

趙彩鳳並沒有搭理宋明軒，在她看來，她今天做的事情自然也是瞞不住的，她也沒打算瞞著什麼人，而且人在改變也是需要過程的，這種過程讓別人見證一下，也比忽然間就整個人突然改變了要強。

趙彩鳳前世雖然學過畫畫，但毛筆用得不怎麼好，用毛筆畫畫的時候難免就有些手抖，她想了想，索性放下了筆來，在地上重新撿了一根樹枝，對著院子裡的沙地寫寫畫畫了半天。

宋明軒饒有興趣地看著，忽然覺得她畫的這東西似乎有些意思，但他又不大好意思上前攀談，所以就擰著眉頭自己琢磨。

趙彩鳳在地上畫完後，將手裡的樹枝丟到一旁，開口道：「宋大哥，你幫我把這地上的畫用毛筆謄到紙上可好？我不會用毛筆。」

宋明軒雖然還沒完全領悟趙彩鳳畫的是什麼東西，但是他知道，至少趙彩鳳知道了她自己不會用毛筆的這個事實。

宋明軒拿起放在一旁的毛筆，又往地上看了一眼，稍稍疑惑地問道：「這是個什麼東西？瞧著好像是木頭做的。」

趙彩鳳便又重新撿了方才的樹枝，一邊指著，一邊向宋明軒講解。「這裡是一個支點，我加上了一根木棍，正好固定在這個架子中間，左右的兩根木樁子要稍微長一些，到時候固定在泥土裡面，上面裝一個橫樑，這樣人就可以趴在這上邊，只要踩動這木棍，前面的木樁就會翹起來，然後那石頭就可以打到春臼裡，裡面的麥子就可以磨成粉了。」

趙彩鳳說著，皺眉道：「我們家沒有牲口，那大石磨又貴，也買不起，昨晚趙文才舂了一回麥子，手心就磨出了血泡，所以只好想出這樣一個辦法，好減輕我娘的負擔。」

宋明軒這麼多年的書也不是白唸的，雖說平常都只看和科舉有關的書，但是一些雜記、常識類的書，他也曾看見過，好像確實在哪本書裡頭曾經看見過類似的裝置。聽說南方人吃大米的多，那邊比較普及，在這裡倒是很少見。

宋明軒畫好了之後，還將各個部位的連接圖畫成了立體的形狀，在紙的角落裡都標注了出來。趙彩鳳湊上前去一看，即使她說得不夠清楚，只怕木匠看了這圖也該會做了。果然這個年頭，多讀書總歸是有好處的。

趙彩鳳有些興奮地看著宋明軒把圖紙畫好了，高興地湊上前吹了兩口氣，讓那墨跡快些乾。

宋明軒道：「這兩根木樁瞧著挺笨重的，我們家後院正好有兩根，興許能派得上用場，不如就拿去用吧？」

其實趙彩鳳倒是不稀罕幾根木頭的，他們家後面沒幾步路就是山坡，上面多的是木頭，不過聽說那山頭是地主家的，偷木頭被人發現也是要挨打的。趙彩鳳本想趁著月黑風高去試試，有了宋明軒這句話，她倒也沒必要冒這個險了。

「那敢情好，我就把這東西做在院子裡頭，平常我家不用的時候，你們家也可以用，你還能趴在這兒一邊看書一邊幹活，豈不是方便？」

這話正合宋明軒的心意！他原本也想幫家裡做些事情的，奈何秋試近了，他前一陣子因為如月的病，已經荒廢了不少時日，如今好不容易有了閒暇可以看書，娘和奶奶是一點兒活也不肯讓他幹，他看著老娘辛苦，心裡頭也確實不忍心。如今要是真有了這樣好的工具，他便可以一邊看書，一邊幫家裡春一些米麵出來，那真是一舉兩得的事情了！

趙彩鳳將宋明軒畫好的圖紙捲了起來後，往自家房裡看了一眼，趙武和趙彩蝶還沒有半點要醒的意思。

宋明軒瞧見她的樣子，想必也是著急要把這東西做出來，便自告奮勇地開口道：「彩鳳妹妹若是想去找錢木匠，那就去吧，等小武醒了，我跟他說一聲。」

趙彩鳳倒不是對宋明軒不信任，只是想到他看起書來那聚精會神的模樣，到時候只怕又忘了自己答應過的事情了。

宋明軒見趙彩鳳瞧他的眼神中透著幾分不信任，便皺著眉頭道：「彩鳳妹妹放心，不過就是一句話的事情，我自然不會忘記的。」

趙彩鳳眉梢一挑，視線掃過宋明軒，道：「彩鳳妹妹、彩鳳妹妹，誰是你妹妹了？」

宋明軒被趙彩鳳這麼一說，又忍不住紅了臉頰。他原先和趙彩鳳說話的機會不多，且每次都有外人在場，並沒有意識到稱謂這件事，而許氏平常喊趙彩鳳的時候，不是說「你趙家妹子」，就是說「你彩鳳妹妹」，他一時不察，也就跟著這麼說了，並沒覺得有什麼不妥之處，如今聽趙彩鳳這麼一說，當真還覺得有些唐突了。

趙彩鳳瞧見宋明軒的臉一時間又可以開染坊了，也不難為他了，想來這古代的讀書人除了迂腐一些外，似乎臉皮也比常人更薄幾分。

「行了，那這事就交給你了，你可別忘了。」

趙彩鳳回了自己屋子，拿籃子挑了十來個雞蛋挎在手上。聽說趙家村的錢木匠是個鰥夫，家裡頭並沒有女眷，他平常除了幫村裡人做木工之外，淡季的時候還會上山打些獵物，就用那些獵物的皮毛換一些米糧。趙家如今是一窮二白，除了幾個雞蛋外，也沒什麼拿得出手的東西了，但既然是求人辦事，空著手上門自然是失禮的，所以趙彩鳳還是一咬牙，拿了幾個雞蛋當本錢。

第三章

錢木匠家在村子的最東頭，他又是一個鰥夫，自然和村裡的人鮮少來往。

說起來，錢木匠想要再找個老婆也不是啥難事，離這兒不遠的方廟村可是遠近聞名的寡婦村，趙彩鳳聽許氏提起過，那裡十幾年前曾經開過一處礦山，後來因為出了大事情，一下子死了有六、七十個礦工，這三五八村的壯漢差不多都快死絕了，尤其是方廟村，誰家沒有死了兒子和漢子的？

許氏說起這事情，還忍不住落下淚來。前年方廟村發山洪，有人就說那是原來礦山的地方又坍方了。但那個礦山早已經被遺棄了多年，官府的人便沒有深究，只以天災人禍下了定論，所以死了的村民，並沒有拿到幾兩撫恤的銀子。

扯了這一大籮筐遠的，其實就是想說一件事情——這錢木匠沒娶續弦，肯定不是因為找不到，而是自己不需要吧？趙彩鳳心裡頭對這鰥居了十幾年的木匠還挺有興趣的。

她站在門口就聽見裡頭有刨木頭的聲音，便提著嗓門喊道：「錢大叔在家嗎？」

裡面的人並沒有馬上回答，倒是刨木頭的聲音先停了下來，緊接著趙彩鳳才聽見一個陰沈的聲音傳來。

「門沒鎖，進來吧！」

趙彩鳳這時候心裡還有些惴惴不安，她也是頭一回沒帶著銀子就想來做生意，這對於從小就誠懇老實、從來不坑蒙拐騙，深諳傳統美德的趙彩鳳來說，還是頭一著呢！

趙彩鳳推開門，揣著個小籃子，臉上堆著笑道：「錢大叔好！」千穿萬穿，馬屁不穿，先在稱呼上熱絡幾分，總是沒錯的。

錢木匠和趙彩鳳心目中的形象倒也差不多，絡腮鬍子、虎背熊腰的，一雙眼睛炯炯有神，除了看上去比趙彩鳳想像的似乎精明幹練一點，還是很符合一個木匠的形象的。

院子裡堆著一堆的刨花，這會兒開門時風一吹，便散得滿院子都是，趙彩鳳忙不迭地回頭將那院門關上。

錢木匠問道：「趙家姑娘？妳來找我有什麼事嗎？」錢木匠雖然不諳世事，但對於趙彩鳳因為望門寡而投河的事情還是略有耳聞的。此時她一個小寡婦來找他一個老鰥夫，實在讓人疑惑得緊。雖然這山村裡面民風淳樸，但是趙彩鳳這個身分，即便是大白天，也是不方便來他家的，所以他得問個清楚。

「錢大叔，我來是想讓大叔幫忙給我家做個東西的，不知道大叔這幾天是否有空？」趙彩鳳先降低了姿態開口問道。

錢木匠聽了這話，越發覺得有點意思了，雖說趙家村的人請他去做木工那也是很尋常的事情，但一般他在趙家村接的也都是打嫁妝的生意，如今這趙彩鳳還沒嫁出去呢，平白無故的，難道趙家還有閒錢給家裡添置家具？

「妳想讓我做什麼東西，妳說吧，我做好了給妳家送去。」楊氏是寡婦、他是鰥夫，要真的跑去他們家裡做，多少還是有些不方便的。

「恐怕不行，那東西笨重得很，只怕做好了，我也沒力氣拿回家。」趙彩鳳也知道這錢木匠心裡頭想什麼，奈何那東西還真的得現成做，不說別的，要把那兩根木樁在土裡面固定住，那也得是男人才有力氣做的事情。趙家和宋家加起來倒是有四個男人，可惜一個是書生、一個是傻子、一個是毛孩，還有一個是奶娃子，這樣子的陣容，還真的沒辦法把這東西安好。

「是什麼東西，這麼重？」錢木匠放下手裡的木刨，走到一旁的水缸裡打了一瓢水洗手，饒有興趣地問起了趙彩鳳。

趙彩鳳這會兒總算沒進門時那樣緊張了，開口道：「其實也不算什麼難的東西，錢大叔你看一眼就明白了。」趙彩鳳拿著宋明軒畫的圖紙，在錢木匠的面前展開。錢木匠本來就是個木匠，裡面很多關於力學的原理，他自然是明白的。

一看這圖紙，錢木匠便拍手稱讚道：「這是個好東西呀！誰想出來的？難為還畫得這樣細緻。」

趙彩鳳知道這若說是自己畫出來的，錢木匠怕也不會相信，便笑道：「這是我家隔壁的宋秀才畫的。」

「怪不得呢！終究是讀書人才有這樣的腦子，我怎麼從來沒想到過這樣的辦法來？」錢木匠看著手中的圖紙，一時間已有些小興奮，拿了兩根木棍比劃了起來，發現真的和圖紙上畫的一樣，這若是真能做出來，當真可以大大的減輕人力了！錢木匠看著這圖紙，又抬眸看了一眼趙彩鳳，一副欲言又止的樣子。

趙彩鳳眉梢微微一動，笑著道：「宋大哥除了讓我把這圖紙帶給錢大叔外，還有些話也要我一併帶給錢大叔。」

「那妳快說！」錢木匠焦急地問道。

趙彩鳳想了想，開口道：「他說他家最近辦了白事，手上有些吃緊，所以就畫了這個圖紙出來，想請錢大叔做做看，若是能做出來，這圖紙就送給錢大叔了，只是以後若有別人也請錢大叔做這個東西的話，希望能把賺的錢分他五成。」趙彩鳳是從現代來的，自然知道知識產權也是要收費的，雖然她如今也是偷古人的精華，奈何她也找不到那個古人上繳知識產權費，所以這費用，就先自己收一收了。

錢木匠想了想，覺得這辦法可行，況且宋秀才家如今的光景，整個趙家村的人誰不知道？且不說他將來能不能考上舉人，便是作為一個村子裡的村民，互相幫助那也是應該的。「那敢情好，就這麼定了！明兒一早我就過去，先幫妳家做一個試試看。」

趙彩鳳完全沒想到錢木匠答應得這麼痛快，便只笑著把籃子裡的雞蛋往前推了推，道：「也不好意思讓錢大叔白幫忙，這些雞蛋就當是工錢吧？你也知道，我們兩家如今實在是……」趙彩鳳的話沒說完，臉上已經露出了難色。

錢木匠自然是知道的，笑道：「不用了、不用了！這東西若真的能做成了，那可是造福百姓的好東西啊！妳要這樣客氣，那可就小看了我呢！」

趙彩鳳哪裡知道這村裡人這麼實誠，居然還說不要就不要了，急忙道：「那可不行，你要是不收下，我也不好意思跑這一趟，若是我娘知道了，也定然會說我的。」趙彩鳳不等他說話，忙不迭就放下籃子跑了。她剛才說了好大一通的話，還問人家收了知識產權費，這會兒要是錢木匠還不收她的雞蛋，她可真的要不好意思了。

趙彩鳳從錢木匠家出來，臉上還覺得熱辣辣的，畢竟她這也是大姑娘上轎，頭一回做生意。按照她的想法，除了有錢買驢子拉磨的人家，這村裡大多數人家還都是靠人力自己舂麥子的，這東西要推廣起來其實不難，而且這東西機巧得很，不管大人、小孩都能踩得動，這樣就大大解放了勞動力，家裡的小孩也能幫上忙了。

趙彩鳳想到這裡，還頗覺得沾沾自喜，拿手指點了一下這村裡的農戶，再加上隔壁牛家莊的，還有不遠的方廟村、朝山村、李子村，大大小小也有個百來戶的農家，不說多，每兩戶人家做一個，也要做五十來個，按照五五分成來算，應該也有不少銀子。

趙彩鳳想到這裡，略略嘆了一口氣，想要賺錢說起來也確實不是簡單的事情，但是作為一個穿越女，她堅信自己應該能有足夠的智慧，讓趙家的日子稍微過得好一些。

趙彩鳳回到趙家的時候，楊氏和趙文都已經回來了。

楊氏聽說趙彩鳳去了錢木匠家，開口問道：「妳去錢木匠家做什麼？我們家也沒什麼東西要做。」

說沒什麼東西要做，其實也就是楊氏這麼覺得而已。對於趙彩鳳來說，房間裡的櫃門掉下來了，該修一修了；廚房的燒火凳折了一條腿，該補上了；就連窗戶上的木欄都爛了幾根，也應該給重新添上了。家裡頭沒個頂用的男人，說起來還真是挺不方便的，可是再想想宋家，雖算得上養了個男人，似乎也沒起到什麼大作用。

「娘啊，妳就別問了，等明兒錢木匠過來，給家裡弄好了，妳就知道了。」趙彩鳳也不想跟楊氏囉嗦，她現在最關鍵的事情，是要去跟宋秀才商量一下，兩人對好了口供，千萬不能讓別人知道這東西是她設計的。

楊氏見趙彩鳳沒說，便也不問了。她素來疼愛這個女兒，又知道她聰明，若不是自己錯信了林家的人，害得趙彩鳳守了望門寡，這會兒只怕多的是想求娶趙彩鳳的人呢！

晚上，弟妹們都睡下了，楊氏就著門外的月光做針線，趙彩鳳看她瞇著眼睛的樣子，著實很不忍心，便從院子的角落裡頭撿了一塊牛糞出來。這牛糞曬了好幾天了，早已經硬邦邦、聞不到臭味了，趙彩鳳便用火摺子將牛糞給點著了。

「娘，妳過來這邊坐吧，好歹有些亮光。」楊氏瞧趙彩鳳也不知道點了什麼黑乎乎的一團，結果那東西還果真燒了起來，可又不像柴火一樣，燒一會兒就滅了，便覺得奇怪，挪了凳子過去問道：「這是什麼玩意兒，竟能燒得這樣旺？」

趙彩鳳便笑道：「這就是那天我讓小武撿的牛糞啊！」

楊氏點點頭，奇怪道：「那妳是怎麼知道這牛糞能燒起來的呢？」

「這個嘛……這個……」趙彩鳳正不知道怎麼回答楊氏時，忽然見到宋明軒也從隔壁的房裡出來到院子裡找月光呢，於是便笑著開口道：「是宋大哥告訴我的呀！他說牛糞可以燒呢！」

宋明軒這時候手裡正拿著書卷，一副若有所思的表情，也沒聽清趙彩鳳說什麼，只一臉迷茫地抬起頭來，便瞧見楊氏笑咪咪地看著自己。

「果然還是妳宋大哥有學問，讀書人就是不一樣呢！」

趙彩鳳見楊氏被蒙混了過去，便撿了一塊牛糞，拿著火摺子去隔壁找宋明軒。趙彩鳳先將牛糞在地上點著了，然後才抬頭看了一眼坐在石桌邊上的宋明軒，開口道：「宋大哥，你過來這邊坐吧！」

趙彩鳳有事要求宋明軒，所以態度特別謙和，稱呼也從剛開始的「宋秀才」變成了如今的「宋大哥」。其實趙彩鳳也想明白了，叫宋秀才確實見外了些，這些年他們都是鄰里，以前的趙彩鳳難保也是這麼喊宋明軒的。

宋明軒瞧見趙彩鳳在自家院子裡生起了火，臉上閃過一絲疑惑的神色，不過他這會兒正需要光源，便沒有多想，挪了凳子坐到那火堆的邊上。宋明軒見那火堆下面黑漆漆的一團，上頭並沒有蓋上柴火，便有些奇怪，小聲問道：「妳用什麼點的火？」

趙彩鳳往自己家院子堆牛糞的角落指了指，宋明軒立刻就明白了過來，剛剛才靠近了一些的凳子又往遠處挪了挪，開口道：「什麼？這些是牛糞？」

趙彩鳳怕他太大聲給楊氏聽見了，連忙壓低了嗓子道：「你這麼大聲做什麼？我可告訴我娘，這點牛糞的辦法還是你告訴我的呢！」趙彩鳳眨了眨眼，往宋明軒臉上看了一眼，見他對著那燃燒的牛糞一臉複雜的表情——他既期待著牛糞帶給他的光明，又覺得這牛糞似乎是真的髒了些，一時只不敢靠近。

「你放心好了，曬了這麼多天，早就沒有臭味了。牛是吃草的，又不像我們人，吃的是五穀葷腥，拉出來的才臭呢！」

見趙彩鳳毫無顧忌地說出這樣的話來，宋明軒越發覺得以前對趙彩鳳的認識真是弄錯了，如今看來，趙彩鳳畢竟是山村裡的姑娘，長得再好看，也免不了這些山野村民的粗俗。話又說回來，這火已經燒了有一小陣子了，倒還真是沒聞到臭味呢！宋明軒想了想，便稍稍往火堆邊上靠了靠，正要翻開書卷繼續看書時，卻聽趙彩鳳又開口了。

「宋大哥，我還有一件事，想請你幫忙。」

宋明軒抬起頭，瞇眼看著趙彩鳳，這姑娘的話真是越來越多了，難不成她知道了什麼，所以就忙不迭地湊上來了？宋明軒心裡倒是有幾分擔憂了，如月剛去世不久，他又要準備秋闈，其他的事情，這個時候他還真的沒有心思去想呢！

「妳有什麼話就說吧。」因為想到了那一層事情，宋明軒的話語中便多了一份戒心。

趙彩鳳自然是聽出宋明軒這口氣中的心思，可她沒想到宋明軒想得那麼遠，她只當宋明軒膽小，怕她害了他一樣。

「也不是什麼大事啦，你也知道，我大字不識一個，能想出做那個舂米碓完全就是一時腦子活躍了起來，只怕說出去也沒有什麼人相信的，所以我就跟錢木匠說，那個舂米碓是你想出來的。我已經跟他說好了，他可以按著我們那個舂米碓的樣子給別人家做，但是得到的工錢要和你分一半。」趙彩鳳說完，瞟了宋明軒一眼，瞧他似乎還沒反應過來，急忙道：「到時候你拿了錢木匠的銀子，可要給我喲！要是你覺得吃虧了，那我也可以分給你一成，如何？」

宋明軒這回算是知道趙彩鳳心裡打的什麼主意了，他雖然嘴上沒說，可心裡也有幾分佩服起趙彩鳳，點了點頭道：「東西是妳想出來的，生意也是妳跟錢木匠談的，錢自然是歸妳的，妳放心好了。」

趙彩鳳見宋明軒終於答應了，鬆了一口氣道：「那就好！宋大哥，那你安心準備科舉吧，若是晚上天太黑，看不見，只管到我們院子裡取牛糞，管夠！」趙彩鳳說完，笑嘻嘻地就回了自家院子。

宋明軒目送趙彩鳳離去，嘴角不由得露出一些笑意來，看來他原先是太過記掛著看書了，居然沒發現自己家隔壁住了這樣一個可愛的鄰居。宋明軒搖了搖頭，就著燃燒牛糞發出來的光亮，看起了書來。

趙彩鳳回到自己家院子裡的時候，楊氏的衣服已經縫了一半了。

因為上次和許氏私下裡已經定下了趙彩鳳和宋明軒的事情，楊氏對於趙彩鳳去找宋明軒是半點也不攔著了，她這會兒就巴望著這兩個孩子能自己看對眼了，也省得她和許氏再多費口舌。

「彩鳳，來，妳試試這衣服怎麼樣？」

料子正是許氏晌午送過來的那一塊，雖說電視上看見的古人衣服繁複得很，但是古代窮人穿的衣服還是很簡單的，楊氏一晚上就縫了半件上裝了，只讓趙彩鳳過去比了比。

楊氏開口道：「果然還是要人靠衣裝啊，這塊花布面料穿在妳身上可當真好看呢！」

宋明軒聽見楊氏這麼說，也不知道為什麼，竟然也鬼使神差一般地抬起頭，往趙家院子裡看了一眼，只見趙彩鳳身上套著那花布縫製的小夾衫，月光下那張臉越發讓人覺得秀氣動人，宋明軒這會子又覺得，方才他覺得趙彩鳳粗俗，沒準只是個錯覺罷了。再說了，趙彩鳳說的也是大實話，實話本來就是會難聽些的……宋明軒這心裡頭想來想去的，等視線再回到書卷上的時候，才發現這麼長的時間，他居然連書頁都沒翻過，當真是……浪費牛糞啊！

第二天一早，錢木匠就揹著籮筐，帶著他吃飯的傢伙上趙家做舂米碓來了。昨晚他自己也認真研究了一宿，發現這東西看似精巧，其實原理簡單得很，所以在家裡動手，先做了一個小模型出來，此時他來到趙家，先把那個模型拿出來放在院子裡，用手一按，再鬆開，前頭的木棍就砸了下來，在沙地上砸出一個小坑來。

楊氏從裡面出來，見了錢木匠還有幾分羞澀，畢竟他們一個是寡婦、一個是鰥夫，走得太近了也不好。楊氏向趙彩鳳交代了幾聲，便拿了鋤頭，走到隔壁喊了許氏一起下地去了。

趙彩鳳出來，瞧見錢木匠一宿就做出一個模型來，覺得這古代的能工巧匠是真了不起，而在古代能掌握一份有用的技術，也確實是謀生的好辦法。

趙文瞧見那個模型，也不知道是什麼，看見趙彩鳳用手在頂頭按了兩下，便也跟著用力按了一下，再鬆開的時候，前面的木樁子砸下來，小坑就慢慢的變大了。

「嘿嘿……」趙文笑著指著那東西，拉著趙彩鳳看。

趙彩鳳知道他心智不全，便笑著點點頭，示意自己看見了，同他說：「老二，你自己玩去，我和錢大叔有話要說。」

趙文對趙彩鳳這個大姊姊言聽計從，笑嘻嘻的就自己玩去了。

那邊錢木匠便開口道：「丫頭，妳瞧瞧這東西是這麼做的嗎？」

趙彩鳳又細細地看了一眼那模型，檢查了一下上面各處的活絡程度後，點頭道：「好像就是這東西，錢大叔，你可真能幹，這才一晚上，就做了這麼一個小玩意兒出來。」

錢木匠有些不好意思地撓撓頭，憨笑道：「這不我也沒做過，怕頭一次做出來不好，所以先弄了一個小的試試水，要是能成，我今兒就放心了。」錢木匠說著，放下了身上的背簍，從裡面拿了木刨、錘子、鋸子等工具出來。「妳想把那東西安哪兒？我們先找個地方，量一下尺寸。」

趙彩鳳見錢木匠考慮得很周到，便點了點頭，在自家院子裡看了一圈。趙家的院子不大，左邊堆放著經年累月積攢下來的木柴，角落裡又放滿了牛糞；右邊的院子稍微空了一些，可沒有那麼寬敞，要是弄在右邊，少不得要拆下和宋家隔開的那一片快爛掉的木柵欄，可這事得經過宋家同意，她可不想因此而弄出一些鄰里糾紛來。

正當這個時候，宋明軒聽見外頭有男人的聲音，估摸著是錢木匠來了，也跑出來看熱鬧。他昨兒雖然依樣畫葫蘆，畫出了這麼個東西，但是對這個東西是否真如趙彩鳳說的那般好用，還是抱有一絲懷疑的態度，所以也乘機出來看看。見兩人正在選地方，他也忍不住掃了一下自家院子。若是兩戶人家沒有那木柵欄攔著，其實也是挺寬敞的，但是如今隔開了，就顯得彼此的院落都小了一些。

宋明軒看了一眼那木柵欄上開著的小門，好像這幾日從來沒有關過，於是便清了清嗓子，開口道：「依我看，就把這個木柵欄拆了，把這東西放在兩家中間，一來也省了一些地方；二來我們兩家人誰用也都方便。」

趙彩鳳沒料到宋明軒自己投了一根橄欖枝過來，便抬頭問錢木匠道：「錢大叔，你看宋大哥的主意怎麼樣？咱們就豎著放，人朝著路那邊，這樣也敞亮些，倘若宋大哥想一邊看書一邊幹活，那也合適。」

錢木匠拿著粗製麻繩蹲下來量了一下，定了一個點，點點頭道：「我看行，底下兩個木椅子就安在這兒，後面正好還留了一道人走路的縫隙，也不影響走動。」

趙彩鳳也跟著點頭道：「那就這麼定下吧，本來這木柵欄都爛得不成樣子了，瞧著也不好看，這樣一收拾，院子倒是大了許多。」

趙彩鳳不是古代人，哪裡知道這拆牆是有避諱的？這兩戶人家中間的牆拆了，外頭人看起來，便是兩家併成了一家！

錢木匠自然也明白這個道理，但是這事是宋明軒自己說的，這趙家村的別人不知道，他一個唸過書的秀才，會不知道這個道理？況且這圖紙明明是宋秀才畫的，但去請自己來的卻是趙彩鳳，此時宋明軒自己又提出拆柵欄，錢木匠便誤以為他們兩家私下裡就已經商量好了。

宋明軒說完這些話的時候，其實心裡頭已經開始有些後悔了。不該如此唐突的，他向來是一個守孝道的人，況且許氏喪夫多年，將宋明軒姊弟拉扯長大也不容易，所以宋明軒對許氏的話從無半點忤逆，便是上次許氏跟他提及趙彩鳳的事情，他雖然嘴上沒鬆口，可私下想過之後，心裡對趙彩鳳的看法卻早已有了一些細微的變化了。只是如今如月剛死，他也不想違背自己的本心。

錢木匠量好了尺寸，在趙家院子裡挑選了幾根得用的木頭後，拿著傢伙便要開始做了。

宋明軒這時候內心卻還是有些矛盾的，他抬起頭，正巧看見趙彩鳳臉上那純真的笑容，心裡又多了一絲迷茫。難道她真的不清楚這拆牆意味著什麼？

「這木樁打了下去，再想移可就不方便了，你們倆若是都同意，那我可要開始挖坑了。」錢木匠又抬起頭看了一眼趙彩鳳，見她並無半點忸怩之態，反倒是宋明軒，眉頭稍稍擰著，似乎是生了一些猶疑，便不禁在心裡頭數落宋明軒：不就是一個窮秀才嗎？趙彩鳳雖然守了望門寡，可人家的容貌還擺在這邊呢，你帶著個拖油瓶，難不成還嫌棄她？

宋明軒想來想去，似乎還覺得有些不妥，正要反悔的時候，卻聽趙彩鳳開口道——

「就這樣定下了吧！也不是什麼大事，哪裡方便擺哪裡好了。」

宋明軒抬起頭盯著趙彩鳳看了一眼，她的臉上透著一絲豪爽，在晨光下顯得生機勃勃的，看著便讓人生了幾分親近。宋明軒終是沒再多糾結，只開口道：「那就聽趙家妹子的吧。」

趙彩鳳睨了一眼宋明軒，這回好歹他沒喊「彩鳳妹妹」，不然兩人的關係可就撇不清了。

趙彩鳳不知道，就在剛才，宋明軒早已經作了一個讓兩人永遠撇不清關係的決定了。

錢木匠開始做起了木工，宋明軒也進屋讀書去了，但今日他的心緒似乎特別的煩亂，翻了半天的書卻也唸不出來，只氣得把書本合上了，拿毛筆蘸了清水，默寫起書上的內容來了。

外頭傳來趙彩鳳清脆的聲音，宋明軒又忍不住探出頭看了一眼，頓時覺得臉頰燒紅了一樣，於是放下筆，走到客堂裡頭。角落裡供著如月的靈位，宋明軒點了一炷香，在許如月的靈位前拱了三下後，走上前將香插在跟前的香爐裡頭，看著靈位，一本正經地道：「如月，妳若在天有靈，保佑我此次秋闈得中。」

趙彩鳳在院子裡幫錢木匠打下手，這時趙文在外面玩了一圈，被村裡幾個調皮的小孩一頓欺負，哭著鼻子又回來了。

趙彩鳳剛來的時候，遇上這種事情還會出去跟那群小孩爭幾句，給趙文討回公道，不過基本上都只是出師未捷身先死，因為這村裡頭的小孩大多沒啥教養，趙彩鳳還沒開口呢，人家就一口一個趙寡婦，喊得趙彩鳳心煩，所以後來趙彩鳳就採取暴力方式，拿著大笤帚直接扔出去，那幫小孩才知道害怕。時間長了，趙彩鳳也習慣了，楊氏更是勸趙彩鳳，說老二就是這個樣子，她能幫他一次，還能幫他一輩子嗎？

「老二，別哭了，來這邊看錢大叔做木工。」趙彩鳳喊了趙文過去，拿起刨花放在嘴巴下面一吹，立即滿院子飛了起來。趙文見了，頓時就破涕而笑了，高高興興地抓了一把刨花用力一吹，但因為力氣太大，一吸氣的時候全跑到嘴裡了。趙彩鳳伸手擦去他臉上的刨花，笑著道：「你就不能小點力氣？快到後頭洗一洗去。」

錢木匠看著趙文離去，問趙彩鳳。「丫頭，妳弟弟這是好不了了吧？」

趙彩鳳嘆了一口氣，這種先天性的傻子，就算是在現代怕也難治好了，更不用說這醫療條件如此貧瘠的古代了。「也許吧，不過還好，就是沒正常人聰明，比起小孩子，還是好一些的。」她如今既然用了這個趙彩鳳的身子，該承擔的責任也要承擔起來，作為長姊，她有義務好好對待趙文。

趙文不一會兒就洗好了，又跑到前面來玩耍，伸著脖子往錢木匠那個籮筐裡頭看了幾眼，又在那邊玩那個舂米碓的模型，一副好奇的模樣。

錢木匠刨了一會兒木花，拿砂紙將木頭擦得滑溜溜的，抬起頭看了一眼蹲在一旁的趙文，提議道：「丫頭，要不然就叫老二跟我學木工如何？這本就是笨人做的事情，不過就是手腳麻利、力氣大一些，沒準他還能學會呢！」

趙彩鳳死也沒想到趙文的命裡還有這造化。錢木匠的木工活做得好，遠近聞名，想要跟著他當學徒的人可不是一個、兩個，可錢木匠愣是從來沒收過學徒，說是自己還年輕，沒想過要收學徒的事情，趙彩鳳冷眼瞧著，這錢木匠少說也有四十開外的樣子了，在現代四十歲的男人或許真的能算得上年輕，但在古代，四十歲的人可是半截身子入土的年紀了。所以趙彩鳳料定了，錢木匠那麼說其實就是推託，就跟他當了十幾年的鰥夫不續弦一樣的道理。

不過趙彩鳳雖然是家中長姊，這事情也不是她一個人說了算的，楊氏素來心疼兒女，未必肯讓趙文去受苦也未可知。趙彩鳳覺得，授之以魚，不如授之以漁。趙文也不可能一輩子就這樣傻不愣登的吃喝等死，楊氏總有一天也有照顧不了他的時候，而自己，雖然如今也在盡力改變，但似乎成效也不大，作為一個穿越女，趙彩鳳自己也在摸索中前進。

「錢大叔有這樣的想法，是老二的福氣，要是我能作主，只怕這會兒就讓老二給您磕頭拜師了！」趙彩鳳嘴角含笑道：「不過家裡的事情，還是我娘說了算，等我娘回來了，我再問問她，錢大叔可不能反悔呀！」

趙彩鳳覺得錢木匠長相老實安全，頓時也多了一分好感。

一旁的趙文聽了，便一迭聲地道：「我要學木工、我要學木工！」

這時候趙武正巧哄睡了趙彩蝶，從房裡頭出來，聽見他們說的話，急忙跑到前面，向錢木匠跪了下來，磕了一個響頭道：「求錢大叔也收我為徒吧！我會好好學木工的，將來我就能照顧我哥哥了！」

趙彩鳳伸手在趙武的頭頂上拍了一把，開口道：「你著急個什麼勁兒？人家錢大叔又沒看上你！再說了，娘辛辛苦苦存了銀子，是想讓你去上私塾的，我可說了，這木工輪不上你來學。」

趙武擰著頭道：「宋大哥說，三百六十行，行行出狀元，我為什麼不能學木工？」

趙彩鳳笑著，拉長了聲音道：「哎，既然他這麼說，他怎麼不去幹其他三百五十九行呢？非要去唸書考什麼科舉啊？他讀書讀多成書呆子了，難道你也呆了不成？」

趙武一臉不解地看著趙彩鳳，繼續反駁道：「大姊，既然妳說讀書讀多了會成書呆子，那妳和娘為什麼非要我去唸書呢？我可不想成了書呆子！」

趙彩鳳還真是低估了趙武的語言能力，頓時覺得腦子有些不夠用了。

一旁的錢木匠早已經笑了出來。「書呆子那是指那些光會讀書，其他什麼都不懂、什麼都不會的人，小武你這麼聰明的娃兒，就算唸再多的書，也不會成書呆子的。將來考上了狀元後，給你娘封個誥命，光宗耀祖啊！」

狀元那些都是戲文裡聽說的，後來聽楊氏說，隔壁的宋大哥將來就是要考狀元的人，因此趙武聽錢木匠這樣說，倒是覺得有些嚮往了起來呢！

春米碓不是什麼複雜的機械，知道了原理後，做起來挺容易的。在錢木匠的幫助下，趙彩鳳安好了春臼，腿放在那木樁頂頭一用力，身子就跟著上來了。雖然踩下去的時候還是需要一些力氣，但是比起用手抓著木棍往下舂，這種撅屁股用力的辦法簡直方便多了。趙彩鳳當下就舀了一升的麥子，放到前面的舂臼裡面，讓趙文上來試試。

趙文瞧見有新玩意兒玩，興奮得不得了，趴在上頭一蹬一鬆、一蹬一鬆，不一會兒，前頭舂臼裡頭的麥子就變成了麥粉。

「果真成了！」連錢木匠都興奮得拿著斧子歡呼了一聲。他伸手抓了一小把的麥粉，開口道：「不錯不錯，確實省力很多，只怕這樣的東西，家家戶戶都要備一個才好呢！」

趙彩鳳便笑著道：「錢大叔，那你可不能忘了我們當初的約定呀！」

錢木匠點頭道：「忘不了、忘不了！妳放心好了，到時候五五分成！這樣吧，這幾天我就帶著這模型，上附近的幾個莊子裡頭問問，看看有沒有人要做的？不過這東西做了出來，到底叫什麼，我還不知道呢！」

趙彩鳳想了想，這東西在他們那個世界叫舂米碓，但是既然這裡沒有，那自然可以取一個別的名字，於是便問錢木匠道：「錢大叔，你說這東西叫什麼好呢？我可是想不出來。」

「怎麼讓我想呢？得讓畫出這東西的人說才好，不如我們去問問宋秀才？」

「不用了吧，他這會兒正看書，還等著考狀元呢，這種小事，咱還是自己想算了。」

錢木匠覺得有道理，便擰眉想了想道：「不如就叫狀元春？妳說如何？」

趙彩鳳一聽，噗哧地笑了出來，也跟著想了想，開口道：「這會兒宋大哥還沒中狀元呢，咱可不能這麼說。不如先叫秀才春吧，等有朝一日宋大哥要是真能金榜題名了，再給這東西改個名字也成啊！」

「秀才春？聽著似乎不錯。」錢木匠直點頭道：「好好好，那就秀才春，這樣我去介紹的時候也好說。」

錢木匠花了一個晌午，把這秀才春做好了，沒等楊氏回來，辭別趙彩鳳就先走了。趙彩鳳原本是想請錢木匠留下來吃一頓便飯的，但是想想家裡頭實在沒什麼像樣的吃食，所以也就算了。

中午的時候，趙彩鳳用秀才春舂出來的麥粉，混合了一些鎮上買的麵粉，自己揉了一個麵團，用棉被蓋住了發酵。趙彩鳳這是看楊氏做了幾次麵點之後，自己才稍微會動手做一些的。她原本打算給家裡人弄麵條吃，後來發現還不如做花卷較好，因為發的不多，這一團麵做麵條的話，一人一碗就吃光了，可要是做花卷，連晚飯也有著落了。

趙彩鳳讓趙武去外頭地裡割了一些菜回來，用清水洗乾淨了，切碎抹上鹽巴，然後把麵皮攤平了，將抹鹽的菜葉子鋪在麵皮上，一層層地捲起來，切成了小塊。這時候趙文的水也已經燒開了，趙彩鳳端上了蒸籠，將花卷放在裡頭，開始蒸了起來。

前世趙彩鳳雖然沒學過廚藝，但好在她是個吃貨，對於吃也是相當有研究的，只是古代食材稀缺，要想做出一些好吃的東西，確實也比較困難。

趙彩鳳心裡還想著，等什麼時候家裡的雞蛋有盈餘了，她要親手做一次雞蛋灌餅吃呢！那種在現代算得上廉價的美味，沒想到到了古代，竟連聞也沒聞到過。除了雞蛋灌餅，還有煎餅果子、雜糧煎餅……趙彩鳳想到這裡，已經餓得前胸貼後背的了，結果手裡的菜刀一時沒握好，蹭破了手指上的一層皮。

趙武瞧見趙彩鳳掛彩了，嚇了一大跳，急忙往外頭邊跑邊嚷嚷道：「陳阿婆，妳家有乾淨的布嗎？我姊姊手指受傷了！」

趙彩鳳壓根兒沒把這些小傷放在心裡，只用嘴唇自己嘬了嘬，便覺得無礙了。幸好那把菜刀是趙家常用的，上頭一點兒鏽跡也沒有，不然來個破傷風什麼的，趙彩鳳覺得自己沒準就可以回現代去了。

趙彩鳳翹著手指把剩下的花卷切好放入了蒸籠裡頭後，自己到外頭打算找乾淨的布包紮一下，這時候上頭的血又開始流出來。趙彩鳳出來的時候，就瞧見趙武帶著宋明軒正往他們家後院來。

趙彩鳳翹著一根流血的手指，看見宋明軒有些焦急的眼神，又瞧了一眼趙武，開口道：

「小武，宋大哥在看書呢，你沒事去麻煩他幹麼呢？」

「我找陳阿婆借塊乾淨的布，是宋大哥自己要來的。」

宋明軒哪裡知道這未來的小舅子居然這樣不留情面地說自己，頓時臉就紅了一半，支支吾吾道：「那個……是……是我奶奶讓我過來看看的！妳沒事吧？」

「沒事啊！」趙彩鳳搖了搖流血的手指。

宋明軒見她手指動得還算伶俐，知道應該是沒傷到筋骨，但是流這麼多血出來，小孩子看了肯定會害怕的，便拿了手裡的一塊乾淨帕子，開口道：「妳坐下來，我幫妳包紮一下。」

趙家的後院裡放著幾個木墩子，是平時楊氏在後院幹活的時候坐著的，趙彩鳳便就著木墩子坐了下來，伸手取了宋明軒手裡的手帕。「我自己包吧。」

宋明軒一時尷尬，也不好意思唐突，便由著趙彩鳳去了。

趙彩鳳說完這話後就後悔了，她傷的是手指，並不是別的地方，若是想用一隻手包紮傷口，免不了得張開嘴用牙咬著手帕，這動作光想像一下就知道有多粗獷了。

趙彩鳳想了想，抬起頭看著站在一旁的趙武。「小武，你過來幫我包紮。」

正這個時候，房裡頭一直熟睡的趙彩蝶忽然就哭了起來。

趙武原本聽了趙彩鳳的話，已經打算過去替她包紮傷口了，可趙彩蝶這一聲哭得正是時候，趙武生生就止住了腳步，擰著眉頭喊：「姊，不好了，妹妹哭啦！」趙武這邊才說完，就一溜煙進門了。

趙彩鳳看著手上還沒遞出去的帕子，擰著眉頭鬱悶不已。趙武這個妹控，真是有了妹妹就沒了姊姊！趙彩鳳想了想，正想張嘴咬了手帕包紮起來，那邊宋明軒又開口了——

「那個……還是我幫妳包紮一下吧？咱們鄰里之間，互相幫助也是應該的。」

趙彩鳳難得聽宋明軒這麼解釋，雖然這解釋充滿了「此地無銀三百兩」的感覺，但是對於現代女性趙彩鳳來說，其實她真的是不在乎的。她之所以一開始不同意，是覺得宋明軒每次見她總是紅著臉，深怕這包紮一下，弄出些什麼事情來，反倒說不清楚了。

趙彩鳳瞧見宋明軒臉上的緋紅似乎漸漸褪去了，況且這會兒也沒有別人，他們兩個雖說是孤男寡女，但在光天化日之下，至少也沒做什麼出格的事情。趙彩鳳把手帕遞給了宋明軒，伸著手指道：「不過就是一道小口子，沒什麼大事的。」

宋明軒起先只看見傷口上的血，待趙彩鳳把手指伸了過去，才瞧見破皮的地方正好在指節的彎曲處，上頭的皮肉有些裂開，傷口看上去並不淺。宋明軒擰了擰眉頭，沒坐下包紮，反而先回了他自己家裡去。

趙彩鳳見他頭也不回的走了，伸著脖子，小聲數落道：「不想包紮還亂獻什麼殷勤？瞧了一眼就走了，到底有沒有憐香惜玉之心哪？」

趙彩鳳也不去理他，見灶裡頭的火有些小了，便翹著手指頭往灶裡添柴火，待火勢旺了起來，趙彩鳳把最後一籠花卷也放在上頭蒸了起來，結果手指彎處的傷口熏著了熱氣，又冒出血來了。

宋明軒返回來時，瞧見趙彩鳳還在那邊忙活，開口道：「妳怎麼不坐下呢？手上受傷了還這樣不安生，需知小傷不治，會釀成大禍的。」宋明軒說到這裡的時候，臉上更是顯出了幾分著急來。他方才回家裡去拿一個小瓷瓶，裡頭裝著常用的金瘡藥。這鄉下人家都是靠著田地吃飯，體力勞動多了，自然會有一些磕磕碰碰，所以宋家備有金瘡藥。

趙彩鳳見他的臉色忽然陰沈了下來，好在他是個讀書人，手上的力氣倒是輕柔得很。

宋明軒為她撒上了金瘡藥，把手帕疊好了，小心翼翼地捲了幾圈包紮好之後，還囑咐道：「這兩日不要沾水，過幾天就好了。」

趙彩鳳明顯能感覺到他說話的語氣都帶著幾分傷感，便問道：「如月姊的病，就是小病拖成了大病吧？」

其實鄉下人家病死的人，多半也都是這個原因。古代並沒有什麼環境污染轉移基因，吃的東西是粗糧，雖說營養欠缺一些，但勝在全天然，而且鄉下人運動多，身子骨硬朗的多，一般也就是生一些小毛小病，但是鄉下人窮，生病看不起大夫。聽楊氏說，這村子裡大多數人生病了就請隔壁村的野郎中看一看，藥方子也不是現開的，都是他配好的一包一包的，隨便什麼病，吃的都是一樣的藥包，也不知道裡頭的藥材是不是也一樣。

宋明軒聽了趙彩鳳這話，默默點了點頭。

趙彩鳳知道觸及了他的傷心事，也不再追問，只道：「寶哥兒呢？這會兒快吃午飯了，還睡著嗎？」

「在前院和阿婆一起呢！」

趙彩鳳點了點頭，翹著手指站起來。

宋明軒見趙彩鳳站了起來，也不好意思再坐下，收了東西便往家裡去。

楊氏和許氏今兒去了趟地主家打短工，兩人剛剛過了小橋，就瞧見李阿婆正從他們兩家人的方向走來。

李阿婆和宋家關係還算不錯，見許氏和楊氏兩人一同回來，臉上便笑出了花來，上前道：「宋家嫂子、趙老大媳婦，這天大的喜事竟也不說一聲，還白讓我為你家二狗操心呢！我今兒回了一趟我娘家，我娘家的弟媳婦還讓我給我那姪女作媒，我原想著二狗不錯，又是個秀才，沒準以後還能中狀元呢，才剛起了個心思，你們兩家倒是連柵欄都拆了！」

楊氏聽李阿婆這麼說，也是丈二和尚摸不著頭腦，宋家和趙家中間隔著的柵欄都已經好些年了，從來沒動過，怎麼可能拆了呢？

「李奶奶，妳弄錯了吧？我們今兒出門的時候，那柵欄還好好的呢，怎麼可能會拆了呢？」

「我怎麼會弄錯呢？我剛才經過你們兩家門口，你們兩家不光柵欄拆了，中間還安了一個好玩意兒，這會子二狗正在上頭邊看書邊舂米呢！好些小孩子沒瞧見過這東西，也在那邊看熱鬧呢！」

楊氏一聽了不得了，這李阿婆說得頭頭是道，沒準就是真的了！可這事她還沒同趙彩鳳說呢，怎麼柵欄就先拆了呢？

許氏這會兒心裡倒是偷偷的高興，眉梢都透出了喜色來，問道：「我家二狗邊看書還邊幹活？真有這樣的事情？」

宋明軒在唸書方面，其實還是有些天賦的，若不是從小私塾的先生說他必成大器，宋家也不會砸鍋賣鐵還供著他。可鄉下人家全靠勞力過活，以前宋老爹在的時候還好，有個有勞力的男人，一家老小的生活也有個依仗，現在宋老爹不在了，許氏一個人其實真的很是吃緊。可眼見宋明軒就快要去考舉人了，她也不好在這個時候掉鏈子。

許氏心裡頭早已經想好了，等宋明軒考過了這一科，若是能考上舉人，那自然是最好的，皆大歡喜；若是這一科沒中，以後家裡還能不能供他，那還兩說呢。畢竟如今宋明軒是家裡的頂梁柱了，他也要承擔起他的責任來，阿寶也要靠他養大。

「可不是嗎？二狗真是爭氣啊，一邊看書還不忘了幹活，幾個小孩子在那邊嘰嘰喳喳的吵，他只當沒事人一樣，我瞧著這光景，今年他準能高中！」趙家村都多少年沒出過舉人了，這要是能出一個舉人來，全村的人都跟著長臉呢！李阿婆說到這裡，也眉飛色舞了起來。

楊氏和許氏兩人聽了李阿婆的話，分外的疑惑，一路上就走得快了許多。等回到自己家裡頭一看，滿院子的毛孩，一個接著一個玩起了他們家院子裡的新玩意兒。

楊氏走進院子，原來和宋家院子裡隔著的那一道木柵欄果真沒有了！

許氏眉梢透出一絲笑意，悄悄地回了自己家，瞧見宋明軒正在窗戶下看書，便開口試探道：「怎麼和趙家院子隔開的那柵欄沒了？你瞧見了沒有？」

許氏哪裡知道，這拆柵欄的事情還是宋明軒自己提出的呢！許氏只知宋明軒是極其重禮數的人，這種事情他必然是很在意的，如今他一聲不響地在房裡看書，她深怕是趙家自作主張，反而讓自己兒子心裡不自在了，所以才特意過來小聲詢問。

「那柵欄都爛了，所以就拆了。」宋明軒為了這事情，今日一整天多少有些不安，如今見許氏又來問他，心裡便越發心煩了起來，側著身子，隨口回了一句。

許氏瞧宋明軒這樣子，分明就是動氣了，越發覺得自己猜對了，笑著道：「人家都已經先把牆拆了，你還有什麼不願意的？彩鳳是個好姑娘，你能攀上她是你的福分呢，別心裡頭不知足了。你若真不服氣，就好生加油，考個舉人回來，反正這事情如今也還沒有挑明，到時候你中了舉人，心氣高了，想要找更好的姻緣了，我也不攔著你，橫豎丟的是我的老臉。」

宋明軒見許氏越說越離譜了起來，氣呼呼道：「我哪裡有這樣的心思？娘妳也太看扁了我！我如今不接納彩鳳妹子，是因為如月才剛去了，我心裡過意不去，便是我和如月並沒有夫妻之實，她總也是在我們家住了這一場，我不想對不起她，替她守上這一年，也是個禮數。至於彩鳳……」宋明軒頓了頓，一時卻不知說什麼好了。他總覺得趙彩鳳自從這場變故之後，性情有些改了，可究竟哪裡改了，他也說不清楚，畢竟之前兩人各自有婚約，從未多說過半句話。

許氏本就是用了一番激將法，想逼著宋明軒把心裡話說一說，如今見宋明軒這麼說，忙不迭地繼續問道：「彩鳳怎麼了？」

宋明軒想了想，緩緩開口道：「彩鳳妹子遭遇了不幸，如今也不過才過去一、兩個月，只怕還需要時間淡一淡。況且如今我只是一個窮秀才，有什麼臉面去求娶她？還不如等些時日，若是僥倖能中個舉人，再來求娶她，到時候也好堵了背地裡刻薄她的那些人的嘴。」

許氏萬萬沒想到，這幾日宋明軒看似還同往日一樣的看書識字，其實心裡頭早已經想好了應對的辦法，如今聽他把這一席話說了出來，笑著道：「我的兒啊，你有這樣的想法，真是再好不過了！眼下趙家既然已經把柵欄給拆了，你又何必一副愁眉苦臉的樣子呢？」

宋明軒見老娘還在誤會這事情，終於也忍不住開口道：「娘，這柵欄是我讓拆的，不是彩鳳妹子讓拆的。」

許氏一聽，睜大了眼睛，一臉不可思議的表情道：「什麼？是你讓拆的？你讓拆你幹麼還掛著一張臉啊？害我白擔心一場！」

「我讓拆柵欄的時候，彩鳳妹子也在場，可她似乎並不知道這拆柵欄的意思，我是怕她萬一知道了，以為我們老宋家故意坑她，所以才擔心呢！」宋明軒是讀書人，向來崇尚光明磊落，今兒一整天為了這事情都神不守舍，只覺得有件事情在心裡頭擱著難受，便一天都沒個好臉色。

許氏哈哈笑道：「算了吧，這趙家村的人，有幾個人不知道這拆牆的意思？你彩鳳妹子能不知道？她只是臉皮子薄，不好意思說罷了！再說，你再不濟，那也是個秀才，沒準她心裡也有這意思呢！正所謂一個巴掌拍不響，你就省省這心思，好好唸你的書去吧！」

楊氏回到家裡，見趙彩鳳安置好了舂米碓、做好了花卷，又把趙彩蝶收拾得乾乾淨淨的在炕上睡覺，頓時就覺得渾身輕鬆了不少。瞧著幾個毛孩子還在外頭玩那舂米的東西，笑著問道：「這東西錢木匠給做好了？」

趙彩鳳今兒心情不錯，見楊氏回來，便想起了錢木匠要收趙文做徒弟的事情。「娘，有件事要跟妳說呢！」

楊氏見趙彩鳳眉飛色舞的，心裡便估摸著到底什麼事情能讓趙彩鳳這麼高興，難道是因為這柵欄被拆了的關係？楊氏心想，若是趙彩鳳這麼歡喜這柵欄被拆了，只怕和宋明軒的婚事大抵也不會太反對了。

「妳說吧，我聽著呢，到底是什麼高興事，也讓我跟著一起樂樂。」楊氏接過趙彩鳳手裡的鞋底，納了起來。

趙彩鳳便起身打了水去洗手。她微微翹起食指，瞧著自己的這雙手，上頭連老繭也沒有幾個，這就說明了其實以前在家的時候，楊氏也是很心疼趙彩鳳，極少讓她出門幹農活的。

楊氏這樣一個女人，要養四個兒女，著實是一件不容易的事情，況且趙文還是一個腦子不好的，並不能幫襯多少，若以後趙文真的跟著錢木匠學手藝，也能減輕家裡的負擔。

「是錢木匠說，他想收個徒弟，覺得二弟不錯，讓我問問娘的意思。」

楊氏正納鞋底呢，聞言愣了片刻，復又抬起頭，直著眼睛問道：「妳說什麼？錢木匠要收老二當徒弟？妳莫不是聽錯了，把老三聽成了老二吧？」

趙彩鳳擺擺手道：「老三倒是想拜師呢，只可惜錢木匠看上的確實是老二。」

楊氏顯然被這天上砸下來的餡餅給砸暈了，半天都沒什麼反應，過了片刻才道：「不是我看不起妳二弟，可他平常自己都管不好自己呢，如何會學木工？錢木匠若是一時興起，真的收了老二當徒弟，以後可是要後悔的。」

趙彩鳳也是真服了楊氏了，天上掉餡餅的事情，她還能往外推去。

楊氏的顧慮，趙彩鳳一開始也是有的，但是一會兒她也就想通了。首先，錢木匠看著並不像是壞人，並沒有要坑蒙拐騙的樣子；其次，趙文雖然腦子不好使，其實說白了只是腦子發育不健全，還處於兒童時期，但是很多東西，小孩子學起來沒準比大人還快些；第三，趙家如今已經窮成這個樣子了，趙文確實也要找一些力所能及的事情做一下，將來也可以自力更生。

聽趙彩鳳把這三點都分析清楚後，楊氏看了一眼睡在炕上的小兒子和小女兒，點了點頭道：「妳說的也有道理，我也不能照顧他一輩子，弟弟、妹妹還小，如今我也只能靠你們兩個了。」

趙彩鳳拉著趙文坐在一旁，問他。「二弟，明兒讓你跟著錢大叔去學木工，願不願意？」

趙文想起早上錢木匠在院子裡做木工活的時候，弄得滿院子刨花漫天飛，一下子便興奮地直點頭。他向來話說不清楚幾句，但是點頭搖頭都很俐落。

楊氏伸手摸了摸趙文的頭頂，柔聲道：「你要是真去了，那可要上心學。錢木匠一個人習慣了，你要記得給他燒茶煮飯，你是當學徒的，不能懶散，明白嗎？有什麼不懂的就開口問，別什麼都憋在心裡。若有人欺負你，你就忍著，別再哭鼻子了，你都是大人了。」

趙文一個勁兒地點頭，楊氏見他很聽得懂自己的話，便也鬆口答應了。

這時候天色也不早了，趙彩鳳打了一個哈欠，起身去後院要打了水洗漱。到外面院子裡的時候，瞧見宋明軒正坐在那石墩子上看書，這時候晚上的天氣還是有些冷的，只見他披著一件粗布麻衣，就著月光看書，身形蕭索。

趙彩鳳想了想，往自己家堆牛糞的地方走過去，撿起一整塊的牛糞，跟扔飛盤一樣扔了過去，正好就落在那石桌的正中央！

宋明軒嚇了一跳，抬起頭便瞧見趙彩鳳站在隔壁的院子裡，笑得動人。

第四章

第二日一早，天才濛濛亮，昨天在趙家玩過舂米碓的其中兩個孩子就帶著各自的父母來趙家看新玩意兒了。聽趙彩鳳說，這東西是宋明軒想出來的，他們紛紛都誇獎宋明軒聰明，說唸過書、考上了秀才的人，就是不一樣。

趙彩鳳又介紹了那兩家人去找錢木匠，等楊氏吃過了早飯，和許氏一起去趙地主家打短工之後，趙彩鳳這才挽了一些從鎮上買的白麵粉，又添了幾個雞蛋，帶著趙文往錢木匠家拜師學藝去了。才走到半道上，忽然遇上了村裡孫家的孫水牛。

孫水牛一早就喜歡趙彩鳳，因她已經許了林家，故而也只敢看看。如今見趙彩鳳守了望門寡，他這念頭就又起了來。孫水牛料定了趙彩鳳因為守了望門寡投河，如今只要給她些好處，她心腸一軟也就從了，哪裡知道趙家居然不聲不響地拆了和宋家的柵欄，眼看著就要成為一家人了！

「彩鳳，我是真心想對妳好的，我又不嫌棄妳是望門寡，妳怎麼能不說一聲就和那宋秀才好上了呢？那宋秀才有什麼好的？連一隻雞也殺不了，整日裡讓他老娘、媳婦養著，就是窩囊廢一個，妳跟著他還要替他養兒子，妳圖個什麼啊？」孫水牛這會兒算是稍微清醒了一點，發現趙彩鳳靠唬是唬不住的，得用哄，所以他說話也就軟聲軟氣了一些。

可趙彩鳳才沒心思跟他瞎掰扯。「行了，省著你的心思，多操心操心自己的事吧！別說我沒看上你，我連宋秀才也沒看上，少在這兒剃頭擔子一頭熱了。」

孫水牛一聽，頓時覺得不對了，開口道：「妳沒看上宋秀才，那你們兩家的木柵欄怎麼拆了？妳告訴我，是不是姓宋的那個小子拆的？我現在就揍他一頓去！」

趙彩鳳這會子總算是聽出了一些門道，敢情這事情出在那木柵欄上？她這時候再想一想昨天錢木匠跟她反覆確認這柵欄的事情，又似笑非笑地看著她的眼神，似乎有些懂了。

趙彩鳳想了想，也顧不上去錢木匠家拜師學藝了，跺了一腳跟，對孫水牛道：「我的事情你少管！你要是敢去動宋秀才，我也跟你沒完！」趙彩鳳說這句話倒不是護著宋明軒，是這孫水牛看著實在不像是什麼好貨。宋明軒因為要準備鄉試，這幾天正不眠不休的用功，萬一讓這粗人去吵一架，擾了讀書的心思就不好了。對於從小就深諳考試精髓的趙彩鳳來說，這個道理還是懂的。

領著趙文折回了趙家，趙彩鳳在兩家門口站了一會兒，雖然還是兩棟各三間的茅草房，但因中間沒了柵欄，且過道又窄，遠遠的看著倒真的像是一家人一樣。趙彩鳳正納悶呢，就瞧見宋家的大姑奶奶從門裡頭出來。許氏生了一兒一女，大女兒幾年前就嫁人了，那時候宋大叔還在，選的婆家條件不算差，所以如今隔三差五的也會回來住幾天，看看許氏和宋明軒。

宋家大姑奶奶從門口出來，就瞧見趙彩鳳正在院子外頭，便臉上堆笑道：「是彩鳳回來了？這一大早的是去了哪兒呀？」

趙彩鳳和她見過兩次，說起來也不過就是二十來歲的光景，手裡已牽著一個四、五歲的孩子了。

那孩子拖著一截鼻涕，一雙眼睛機靈著呢，見了趙彩鳳張嘴就喊了一聲「舅娘」。

原來剛才宋家大姑奶奶回娘家，看見家裡頭和趙家之間的柵欄沒了。宋明軒雖是個榆木疙瘩，但是面對宋家大姑奶奶的逼問，也好將如月臨死前的話和許氏的打算跟她說了一說。

宋家大姑奶奶和趙彩鳳從小一起長大，兩人關係極好，又知道趙彩鳳是個心思細膩的好姑娘，因此也很贊成這段姻緣，便跟兒子開了個玩笑說「這回你是真有舅娘了」，誰知那小子記性太好，瞧見趙彩鳳回來，還當真嘴甜地叫了一聲。

趙彩鳳這時候才醒悟了過來，腦中頓時被怒意充斥，已經顧不上去維護宋明軒讀書的心思，大聲對著裡頭喊道：「你出來，說說這是咋回事！」

「彩鳳，妳這是怎麼了？好好的怎地就生氣了呢？」宋家大姑奶奶勸慰著。趙彩鳳從來以好性子著稱，除了別人欺負趙文的時候，她會忍不住出去幫腔以外，平常最是溫婉，可今兒瞧她這模樣，分明是上火了。

「大姊，妳別管這事，我問他呢！」趙彩鳳幾步走到宋明軒的窗子底下，見宋明軒正在那邊坐著，一張臉卻已黑了三分，顯然他也沒料到趙彩鳳會動這麼大的火氣。

「妳問他什麼呀？妳若不答應，怎麼這牆能拆了？妳別說妳在趙家村住了這麼些年，不知道這拆牆頭的意思。」宋家大姑奶奶到底心疼自己弟弟，上趕著就把話挑明了。

趙彩鳳這會兒也是啞巴吃黃連，有苦說不出，氣呼呼地隔著窗看著宋明軒，一張臉脹得通紅。其實趙彩鳳壓根兒不在乎這些閒言碎語，那一道牆既然放著不方便，那拆了也就拆了，可她偏生不喜歡被人這樣蒙在鼓裡，這讓她氣憤得很。

宋明軒這時候也坐不住了，站起來，和趙彩鳳一窗之隔，看著趙彩鳳道：「我原以為妳知道，如今卻是我想錯了。趙家妹子既然覺得這樣不好，那我們再把牆架起來，也是一樣的。」

「好呀，架起來，你說架哪兒？木樁子都已經埋在土裡了，這牆還能有別的去處嗎？」趙彩鳳倒是要看看這宋明軒還有什麼好說的。

「沒關係，既然這木樁子放在了中間，那這柵欄便往我們家院子裡讓一尺，把那春米的傢伙放在你們院子裡就好了，這樣總可以的。」

宋明軒人瘦、年紀小，身條子也沒長周全，如今又是一副死人表情，說話的時候眼裡透著幾分懊惱和鬱結，憋著一股氣，趙彩鳳瞧著他這副樣子，反倒覺得自己像是在欺負人一樣，頓時也沒了什麼心情。她本來氣的也不是別人傳閒言碎語，而是氣自己居然不知道別人為什麼傳閒言碎語，如今弄清楚了，她的氣也消了一半了。

趙彩鳳開口道：「那我告訴你，這柵欄是你說要拆的，你可知道這是要擔名聲的，我橫豎守了望門寡，指不定這輩子都嫁不出去了，你可不一樣，你要是考上了舉人，怕城裡的姑娘還排隊等著呢，到時候你再想把這牆架起來，怕就晚了。」

趙彩鳳本來就沒打算在這個時代嫁人生子，擔什麼名聲對於她來說沒什麼關係，沒準還能幫她自己避一避爛桃花，所以這件事對她來說當真是無所謂得緊。可是宋明軒就不一樣了，他死了個青梅竹馬，又招惹了一個寡婦，以後要是考上了舉人，想找一門好親事，這些可都是黑歷史啊！他要真是個有腦子的，也應該知道沾上她趙彩鳳是多麼的不應該了。

宋明軒聽趙彩鳳說完，心裡頭憋著的那股氣忽然就鬆散了下來。他一開始瞧見趙彩鳳氣急敗壞地過來興師問罪的樣子，還以為她是不願意呢！可方才她這一席話，說的分明不是不願意，而是怕他給吃了暗虧！這樣一想，像趙彩鳳這樣肯為自己思量的人，這世上除了自己的親人外，還能有誰呢？

宋明軒忽然就覺得一陣感動，哽咽了嗓子道：「妳也把我宋明軒看得太扁了，我這輩子就拆過這一道牆而已。如今我孑然一身，自然不能向妳許諾什麼，今日我便當著我姊姊的面向妳立個誓，我宋明軒中舉之日，便是娶妳之時，若是有違此誓，便如此筆！」宋明軒說著，伸手拿起書桌上那一支用得開岔的毛筆，雙手一折，當場斷成了兩截。

宋明軒一時激動，把自己的毛筆都給折了，趙彩鳳非常瞭解做這件事情需要多大的勇氣，尤其是對於一個靠筆桿子吃飯的讀書人來說。趙彩鳳當法醫的時候，誰要是碰她的工作包，她也是要跟人拚命的。每一個人對於自己的職業工具，總有一些特別的情愫，就比如做壽司的人特別看重自己切魚的刀，而書法家特別珍重自己練習書法的筆。況且……宋明軒的這支毛筆，似乎是趙彩鳳穿越過來到現在為止，看見他用過的唯一一支筆。

宋家大姑奶奶一看宋明軒這架勢，嗔怪道：「好端端的，你把筆折了做什麼？這不吉利啊！」

宋明軒卻沒有理會她，隔窗看著趙彩鳳，一雙眼中含著幾分倔強，一字一句道：「趙家妹子如今該明白我的心意了吧？」

趙彩鳳還當真被宋明軒這一番舉動給震驚得不小，也著實佩服他折筆的勇氣，只是趙彩鳳當真沒有想過要在這裡和任何人有上牽掛，她受不住這種男權社會裡面女人伏低做小的派頭。不過見宋明軒這麼堅持，又有宋大姑奶奶看著，要是事情鬧大了也不好，而且雖然如今看似自己吃了一個暗虧，但是宋明軒好歹也可以當一個擋箭牌，用來擋一擋像孫水牛這樣的爛桃花，似乎還有些作用。

趙彩鳳想了想，嘆了一口氣道：「行了，我不愛你這樣子，發誓就發誓，還折什麼筆？你家是有多少筆夠你折的？你折的時候不覺顯，這會兒也該心疼了吧？我瞧著你這筆頭都開花了也捨不得扔，想必你也是沒筆了，如今折了可更好了，直接用樹枝吧！」

宋明軒本就是一個耿直的男子，又帶著幾分認命的情義，對趙彩鳳雖說不是真的動心頗深，卻也早已放在了心上，如今見她盡挑一些玩笑話數落自己，更覺得有幾分羞澀，倒似打情罵俏一般，於是便低下了聲音道：「家裡還有筆，只是捨不得用，想等著下場子的時候再用新筆，也好有個好兆頭。」

趙彩鳳在現代的時候是學霸，雖然因為工作的原因一直單身，但是她骨子裡其實很欣賞那些學識淵博卻又不失風度的人，宋明軒雖然還沒到那個境地，但他那少年老成的模樣，總讓趙彩鳳覺得有些忍俊不禁。她一方面覺得他只是一個孩子，可另一方面他的行為舉止卻又沒有半點孩子的模樣，這讓趙彩鳳覺得相當矛盾，也不知道古代的人究竟是怎麼長的。

見兩人之間劍拔弩張的氣氛鬆散了下來，宋家大姑奶奶也鬆了一口氣，便笑著對宋明軒道：「我這出來也半日了，就先回去了，一會兒你跟娘說一聲，就說我來過了。」

宋明軒原本已經在房裡送過一回大姑奶奶了，這會子她又說起了，便索性從房裡出來又送了一回；而趙彩鳳這時候也不好意思杵著不動，兩人便鬼使神差一樣，把宋家大姑奶奶一起送到了門口。

宋大姑奶奶回頭道：「你們都回去吧，二狗快看書去吧！」

趙彩鳳聽見宋家大姑奶奶又叫起了「二狗」，忍不住就要笑出來，她實在無法忍受宋明軒這樣一個看似文質彬彬的讀書人被人叫做二狗。可宋明軒卻一點兒也沒有動怒的意思，臉上帶著淡淡的笑意，伸手摸了摸大外甥的腦袋，目送他們離去。

直到宋家大姑奶奶走遠了，趙彩鳳這才回過頭，笑著道：「宋大哥，你是怎麼做到的呢？」

「什麼？」宋明軒有些不解地問道。

「你都這麼大了，他們一個個還二狗、二狗地叫你，多彆扭啊！」趙彩鳳最不理解的就是這一點了，宋明軒這麼大了，好歹有一些自己的脾氣吧，到底是怎麼容忍別人喊他這樣一個名字的？

宋明軒這時候倒是淡然得很，開口道：「我小時候身子不好，郎中說未必能養大了，所以阿婆就給我取了這個名字，說是好養活。說來也奇怪，自從我叫了宋二狗，身子果真比以前結實多了，所以大家夥兒都這麼叫我，我也習慣了。」

趙彩鳳微微皺眉，要習慣這樣一個名字，其實也不簡單呢！

宋明軒繼續道：「我大了之後，也覺得這名字不好聽，原本想讓他們都改了的，可後來進了私塾，唸了書之後，又通達了起來。其實不過就是一個名字而已，長輩所賜，無非就是為了讓我長命百歲，是對我的一番愛護，我卻因覺得它難聽，便忤逆長輩的一番好意，這便是我的不孝了。」

趙彩鳳聽完宋明軒這一段話，覺得有些不置可否，不過就是一個難聽的名字而已，也讓他講出這樣一番大道理來，還當真是個讀書人。

宋明軒回到自己的房裡，在書桌前坐下，一手拿起書本，一手拿起折斷了的半支筆，開始唸起書來。

趙彩鳳忽然覺得他這種認真唸書的樣子其實也挺動人的，便伸手將他桌上半截斷了的筆管取了出來。幸好這筆管子長，剩下的這半截磨平了，還可以再做一支新筆的……趙彩鳳被自己這突如其來的想法給嚇了一跳，自己明明是來興師問罪的，怎麼一番糾纏下來，不僅火氣沒了，還想著給他做起毛筆來了？自己莫非瘋了不成？

此時的宋明軒已經開始用功起來了，並沒有抬頭看趙彩鳳，沈醉在自己的學習中。

趙彩鳳想了想，忽然就有些賭氣了，心裡便起了這個念想：叫你說大話！說什麼考中了舉人就來娶我，那我倒是要仔細看看，你是不是當真說話算數？你若敢娶，我便敢嫁！

趙彩鳳存了這個心，便也不糾結為什麼想要為宋明軒做毛筆的事情，這便回家了。

這村子裡山羊不多，想取些羊毫來做毛筆，還要跑上兩里路，到村外的山上去找山羊，可趙彩鳳剛剛才出門遇見鬼，這會兒正不想出門，所以打算在家裡先把那筆管子給磨好了。

正當此時，趙武抱著趙彩蝶從房裡出來，高高興興地道：「姊，妳看我給小四紮的髻兒，多好看呀！」

趙彩鳳眉眼一亮，有了！

雖然古時候有百日剃胎毛的習俗，但趙家這樣的人家，窮都窮死了，哪裡會在意這些習俗？所以趙彩蝶頭上的頭髮還是原封的胎髮。以前就聽說用胎髮做毛筆最柔軟細滑，寫出來的字也流暢秀麗，趙彩鳳想到這裡，便笑咪咪地抱著趙彩蝶在膝蓋上坐下來，伸手撫摸著趙彩蝶柔軟細密的胎毛，小聲道：「乖小蝶，姊姊借妳一簇頭髮用用如何？反正妳這頭髮過不了多久也要剪的，就讓姊姊剪一小撮下來可好？」

趙彩蝶這會兒才十幾個月大，因為營養不良，才剛剛會走路說話，此時也聽不大懂趙彩鳳的意思，便胡亂地點了點頭。

趙彩鳳立即拿起剪刀，將趙武給趙彩蝶紮的這一小撮頭髮小心翼翼地剪了下來，用紅繩子紮緊了。

趙武並不知趙彩鳳為什麼這麼做，所以就留下來觀看，見趙彩鳳將趙彩蝶的那一小撮胎髮整理得平順光滑，然後紮成一個小掃把一樣的大小，塞入方才她拿回來的半截筆管中，眼看著一支筆就這樣做成了。

胎髮柔軟細滑，趙彩鳳沾了水在掌心試了一下，筆尖並不開叉。

趙武見了，興高采烈道：「姊，妳做了一支筆哎！這支筆是給我的嗎？」趙家只有趙武一人張羅著要去上私塾，他自然會有此一問。

趙彩鳳想了想，搖頭道：「想得美，字還沒學會幾個呢，就想著要筆了！這是給宋大哥做的。」

趙武聞言，一張小臉頓時就皺了起來，嘟囔著道：「姊，妳真的要嫁給宋大哥了嗎？今兒二毛和臭蛋還問我呢，說我們家什麼時候辦喜事？我咋不知道這事情呢？姊，妳啥時候跟宋大哥就看對眼了呢？」

趙彩鳳瞪了趙武一眼。「再廢話看我不打你！你今兒什麼時候出去過，我怎麼不知道？」

「就大早上呀，我沒出去，是二毛帶著臭蛋來我們家看那米舂子呢！姊，那我以後是不是可以管宋大哥叫姊夫啦？回頭我去上私塾，就可以告訴那些人，我姊夫可是個秀才——」

趙彩鳳不等趙武把話說完，劈頭就給了他一個爆栗，沒好氣地道：「你少給我胡咧咧！我告訴你，這事外面的人說不打緊，你可不能亂說！如月姊才死多久，小心她回來找你！」

趙武一聽，嚇得當即兩腿都發抖了起來，覺得後背涼颼颼的，縮著脖子道：「姊，我不敢了，求妳讓如月姊別回來！」

趙彩鳳見他那小樣也忍不住笑了起來，揉了揉他的腦袋道：「去，把這筆給你宋大哥送過去，就說謝謝他這麼久以來教你認字，明白嗎？」

趙武接了筆，高高興興地往外去，才走了幾步，忽然又回過頭問道：「姊，還用說些別的嗎？」

「別的用得著你說嗎？少多嘴！」

趙彩鳳原本氣呼呼的回來，可經過這一番折騰，火氣早已經消了，轉身瞧見趙文還揣著籃子，坐在門外的石墩子上，便整了整衣服道：「走吧，這會兒去錢木匠家走一趟，回來還夠時間做個中飯。」

且說趙武得了趙彩鳳做的那一管胎髮筆，便高高興興地找宋明軒去了。

平常趙家姊弟妹是很少去找宋明軒的，因為楊氏有特地跟他們說過，宋明軒是將來要考狀元的人，等閒沒什麼事情，千萬別去耽誤他看書。

平常宋明軒晚上出來放風的時候，會教趙武認一些字，讓他背一背《三字經》。現如今先生收學生也是要看資質的，若是趙武一點兒讀書人的氣質也沒有，趙家就算給得起束脩的錢，先生也未必肯花這個心思教他。所以宋明軒這麼做，其實也是為了幫助趙武將來能安然過了先生的面試。

趙武其實對讀書還是很嚮往的，宋明軒中秀才那會子，村裡頭好些人都送了賀禮過來，有好幾家人還上趕著要和宋家結親，那時候許如月還沒被地主家占了，所以宋家一應都沒有答應，原本就是想著能讓這兩個孩子在一起的，可惜後來發生了太多的意外，如月沒嫁入宋家，宋明軒的婚事也就這麼被耽誤了下來。

趙武這會兒才九歲，個子剛剛過宋家的窗口，宋明軒正看書看得入神，抬起頭就瞅見趙武的頭頂，便問道：「小武，你躲在我窗外面做什麼呢？」

趙武原本是想踮著腳尖瞧宋明軒這會兒子在幹什麼的，沒想到卻被抓個正著。他手裡握著一根筆桿，一雙手扒著窗櫺，被宋明軒這麼一嚇，手裡的筆桿就滾到了宋明軒面前的書桌上去了。

宋明軒如何不熟悉這一管筆桿？剛才他收拾書桌的時候，才發現他的這管筆桿不見了。原本他還打算收起來，等下頭的筆若是懷了，可以將下面的毫毛塞進去，或者還能用上一陣子，可等他再看見這根筆管的時候，它卻已經成了一支筆了！

宋明軒瞧見這筆管裡裝著的黑色毛髮，嚇了一跳。身體髮膚受之父母，他長這麼大，頭髮除了自動脫落的，也從沒敢用剪子剪過半寸，眼看著這半寸長的筆尖，宋明軒就越發感動了起來。

還沒等宋明軒發問，趙武就開口道：「這是我姊讓我給你的，說是讓我謝謝宋大哥平日裡教我讀書認字！」

宋明軒便好奇地追問道：「那你姊有沒有什麼別的話讓你帶給我？」

趙武想了想，搖搖頭道：「我姊說讓我少多嘴。」

宋明軒忍俊不禁，又問道：「這筆是你姊自己做的嗎？」

趙武點頭。「我姊做的，頭髮是小蝶的。我好不容易給小蝶紮了一個髻，卻被我姊給剪了，一會兒娘回來，指不定要怎麼數落我姊呢！」

宋明軒聽到這裡，臉上的笑容就越發明快了起來，頓時覺得心情愉快，笑著道：「告訴你姊，以後若是還用得著，就過來剪寶哥兒的頭髮吧，他的胎髮也沒剃過，且男孩子頭髮難看些也無所謂的。」

趙武拍著大腿道：「早沒想到呢！可憐我家小蝶了，白白少了一小撮頭髮！」

趙彩鳳和趙文到錢木匠家的時候，錢木匠揹著個工具簍，正好從外面回來。

錢木匠見趙彩鳳過來，高高興興地招呼道：「彩鳳，正有好消息要告訴妳呢！我今兒一早去隔壁的幾個莊子上繞了一圈，把妳這個秀才春拿出去給莊頭長工們看了，眼下正是收麥子的時節，隔壁莊頭一下子就定了二十架，囑咐我明兒就去他們的莊上幹活，所以我這就回來，整理一些隨常的衣物，打算在人家莊子上住幾日呢！」

趙彩鳳聽錢木匠這麼說，也忍不住高興了起來，她沒料到這舂米碓會推廣得這麼快，不過現在想一想，其實也正常，古代主要勞作全部靠人力，如今有一個東西可以稍微節省一些人力，肯定會備受推崇。趙彩鳳看著錢木匠，將手裡的籃子緊了緊，開口道：「錢大叔，我今兒是帶老二來拜師的，你昨兒說的話……還算數嗎？」

趙文的條件確實不好，沒準還真的跟楊氏說的那樣，錢木匠不過就是一時心血來潮，隔了一夜就把這事情給忘了，況且錢木匠才接了這麼大一宗生意，顧不顧得上這事情還未可知，趙彩鳳開口的時候，多少還是帶著一些遲疑的。

誰知錢木匠一聽，越發就來了精神頭，開口道：「好呀！我原本心裡還想著，這二十個秀才舂，我一個人做，少不得要半個多月，正想在村裡找個短工跟我一起過去呢，到時候銀子按短工的錢另算。若是老二當真願意跟著我當學徒，這短工的錢也省了，只管跟著我過去，至少吃喝都是莊子裡頭包下的。」

趙彩鳳聞言便鬆了一口氣，笑著道：「那實在是太好了！就是不知道是哪家的莊子？路遠不遠？」

錢木匠便道：「路不遠，就是方廟村隔壁的林家莊，是京城寶善堂杜家的莊子，我給他們莊上幹過好多散工，從沒坑蒙拐騙過，妳放心好了。」

趙彩鳳見錢木匠說的那個莊子似乎聽起來也靠得住，便放下心來，開口道：「既然這樣，那我晚上跟我娘說一聲，就讓老二跟你去吧。我們今兒先回去，給他準備幾套換洗的衣服，明兒一早就在村口的石橋上等你。」

錢木匠見趙彩鳳又提了雞蛋過來，推拒道：「我這一出門要小半個月，這雞蛋放著也沒人吃，沒得便宜了蚊子，妳還是先帶回去吧！我明天先帶著老二過去，等安頓下來了，再捎信回來跟你們說一聲。」

晚上給趙文收拾行裝的時候，楊氏才說起了錢木匠的一些事情，趙彩鳳這才知道，原來錢木匠對趙家會這樣熱絡，其實也是有原因的。

錢木匠以前並不是趙家村人，十幾年前來趙家村的時候，他老婆正懷著孩子，沒地方落腳，是趙彩鳳她爹託人在村子裡弄了一塊地出來，幾個村裡人一起幫他建了一座小院。後來錢木匠的老婆難產死了，留下一個孩子，那時候趙文也才出生，楊氏奶水多，就在家裡奶了那孩子一陣子。再後來，錢木匠出了一趟遠門，再回來的時候，那孩子就不在他身邊了。

「那孩子去哪兒了呢？」趙彩鳳倒是對這故事很感興趣，忍不住開口問道。

楊氏是一個很安靜的女人，有著傳統婦女任勞任怨的精神，她也不像很多村裡的媳婦婆子般愛嚼舌根，但是趙彩鳳問她，她便也如實說了幾句。「我聽妳爹說，錢木匠的媳婦是一個官家小姐，後來錢木匠覺得自己養不活那孩子，所以把那孩子給了她姥爺和姥姥，如今那孩子也要有十四歲了，是個姑娘家。那時候妳爹還說，那孩子既然吃過我的奶，少不得也是我們半個閨女，想給妳弟弟求來當媳婦的，可如今妳弟弟是一個傻的，那孩子也不知道在哪家，想來這世上的事情，總也預料不到。」

趙彩鳳點點頭，再想一想錢木匠那看著有些沈悶的樣子，覺得若是個女孩子，跟著他長大也確實委屈了一些，若她姥姥、姥爺是好人，沒準還能過得舒坦些。

「這些事妳可不要出去亂說，這都是別人家的家事，我們雖然知道，若是亂說了也是不好的。」楊氏壯年守寡，養著四個孩子很不容易，寡婦最怕被人數落品性不好，所以她平常和村裡頭的男人都很少交際，甚至連錢木匠來趙家做木工，她也一早就出門去了，為的就是少惹上是非。

趙彩鳳點點頭道：「我肯定不會亂說出去的。我說怎麼錢木匠對二弟這樣關照，原來是想著要當女婿的，如今當不成了，當個徒弟也不錯。」

楊氏這兒已經收拾好了趙文的衣服，瞧見有一條褲子的膝蓋上開了一道口子，便拿著針線想縫補起來。這時候房裡並沒有點燈，黑壓壓的，楊氏便湊到窗口穿起針線，可今兒偏偏天氣也不好，外頭烏雲蓋著月光，哪裡能看得見？

趙彩鳳瞧楊氏覷著眼睛穿了半天也沒見穿進去，便走上前拿了過來，往外頭看了一眼，見宋明軒這會兒正蹲在石桌邊上，用牛糞生了一堆小火，一邊看書，一邊拿著樹枝在地上劃來劃去。

趙彩鳳這會兒已經揭過了晌午那事，她也不是個怕羞的人，便拿著針線衣服往宋家的院子裡去，在石桌邊上的石墩子上坐下了，借著火光穿針引線。

宋明軒覺得眼前似乎有一個人影一晃而過，再抬起頭的時候，就瞧見趙彩鳳已經坐在了自己邊上，火光照得她白皙如玉的臉頰微微泛黃。

趙彩鳳這時候卻不想理宋明軒，將線穿好了，便開始縫補了起來。說實話，她的針線活確實做得不夠好，可惜這時候外頭起風了，讓楊氏在這院裡做針線，要是受了風寒可就不好了。

那邊楊氏原等著趙彩鳳穿好了針線回去的，這會子抬頭一看，兩人一蹲一坐靠著火堆，一個看書、一個縫衣服，怎麼看怎麼像小夫妻，她便也不想過去湊熱鬧了。

趙彩鳳的食指還受著傷，雖然手帕解開了，但是做針線的時候還是翹著指頭。她又是不大會針線的，每每針頭出來的時候，總是壓不住，少不得在指尖戳上一下，就疼得她自己直吸冷氣。

宋明軒一開始還能專心致志地看書，但是在趙彩鳳連著吸了三、四口冷氣之後，便開始有些憂心忡忡地看著趙彩鳳。他還是頭一次看見這麼不會做針線的女人，不過就是縫一條小縫，居然能戳了那麼多次指尖。

趙彩鳳半天沒聽見宋明軒翻書的聲音，忍不住抬起頭，卻正好瞧見宋明軒正一言不發地看著自己，她沒得就覺得臉色有些發燙了，稍稍偏了偏身子，沒好氣道：「看你的書去！」

宋明軒忍不住低下頭笑了下，反倒覺得這樣的趙彩鳳越發生動可愛，索性放下了書，拍了拍趙彩鳳的膝蓋，待趙彩鳳放下手裡的活計抬起頭，宋明軒就乘機將她手中的針線、舊衣服給拿了過來，坐在一旁的小凳子上，借著火光縫了起來。

「縫衣服心思要細，毛毛躁躁的就容易戳到手指。這個地方是膝蓋頭，不能就這樣合起來，不然穿著也不舒服，得剪一塊顏色相近的布，貼上去，縫好了之後才會又平整又舒服。」宋明軒說著，抬起頭看了趙彩鳳一眼。

趙彩鳳才想起方才楊氏剪下來一小塊豆腐大小的布塊，原來是做這個用的！她小聲哼了一聲，往房裡把那布塊拿了出來，遞給了宋明軒，宋明軒還果真像模像樣地縫了起來。

趙彩鳳趁著宋明軒縫衣服的當口，低頭看了一眼他讀的書，封面上寫著「論語」兩個字。作為現代穿越來的趙彩鳳，雖然沒有通讀過《論語》，但也知道裡面的幾篇文章。

趙彩鳳伸手摸了摸已經有些皺的封面，瞧著上頭的每一頁都已經被摸得又軟又皺，想必宋明軒已經可以將這本書倒背如流了。

趙彩鳳托著腮幫子，問宋明軒。「聽說半部《論語》就可以治天下了，是不是真的？」

宋明軒正專心致志地在縫衣服，聽見趙彩鳳這麼問了一句，便放下了手中的活計，似是專心思考了片刻，才開口道：「我倒是沒聽說過這種說法，天下之大，豈是一本書可以涵蓋的？」

「那你為什麼要讀書呢？俗話說，讀萬卷書，不如行萬里路。」

「妳這俗話哪裡聽來的，我怎麼沒聽過？」宋明軒重新開始做針線，聽見趙彩鳳這麼說，忍不住抬頭看了她一眼，眼中含著幾分驚喜，開口道：「妳這話倒是說得有些意思，讀萬卷書，怎麼就不如行萬里路了？」

趙彩鳳這時候才發現自己穿幫了，這是個什麼朝代她也沒弄清楚，自己以前知道的一些「俗話」，沒準到了這裡就會變成「驚世駭俗」的話了！這可怎麼辦才好呢？

趙彩鳳想了想，方開口道：「我常聽人說見多識廣，你這樣老窩在家裡看書，肯定不如那些可以到處遊歷的公子哥兒懂得多，你知道的東西都是書裡面的，可是書裡沒寫的，你可不就不知道了？」

宋明軒此時臉上已經燃起了淡淡的興奮，眉梢都挑了起來，看著趙彩鳳的眼神充滿了一種恰逢知己的惺惺相惜感，開口道：「妳這句話說得很對，我是羨慕那些可以到處遊歷的學子，所以我才要用功讀書，爭取能早日考上功名，到時候能溫飽家中老小，還能到各地謀個職位，也好到處瞧一瞧。依我看，讀書這件事，若是已經做了，便要堅持不懈，若是半途而廢，倒不如一個字都不認識來得好。」

趙彩鳳挑眉瞧了宋明軒一眼，這小子還有幾分骨氣嘛！倒是要看看他能考個什麼子丑寅卯出來。趙彩鳳瞧宋明軒談到這些就健談了起來，也不跟晌午似的，為了那些破事爭得臉紅脖子粗的，還折了一支筆，倒覺得這樣的他還有幾分可愛，便又問他。「那依你的看法，那些考了一輩子都沒考上舉人的秀才還有可取了？難道這就叫堅持不懈？我怎麼瞧著把一家老小都快給拖死了……」趙彩鳳一邊說一邊觀察著宋明軒的神情，卻見他眉梢微微蹙了一下，再低頭的時候，便瞧見他手指尖上冒出了一滴血珠來。

宋明軒將補好的褲子遞給趙彩鳳，臉上又流露出了一本正經的眼神，開口道：「我這次若不能中舉，必定不再拖累一家老小，會自己出去找一個營生。」說完這句話的時候，臉已經憋得通紅。

趙彩鳳心道：這下好了，不過是句玩笑話，這又對號入座了！明明不過十七、八歲的小孩子，怎麼就那麼固執呢？趙彩鳳把褲子往懷裡一摟，站起來道：「瞧你這話說得前後矛盾的，一會兒說要堅持不懈，一會兒又說不拖累家裡，我看你說話就跟放屁一樣，沒半點準頭，不跟你說了！」

宋明軒沒料到趙彩鳳竟惱了，也不明白自己是哪句話又戳到了她，可聽趙彩鳳說得又那麼在理，分明就是自己的不對，又急得站起來，眼見四下無人，便一把將趙彩鳳拉住了道：「彩鳳妹子，我……我哪裡說錯了？」

「你哪裡說錯了，你不知道，難道我知道？」趙彩鳳嗔了他一眼，從他手中抽出了手來，才發現他的手心一片冰涼，也不知怎麼，又氣了幾分，開口道：「大冷的天，你少在這兒磨洋工了，改明兒著了風寒，只怕連場子都下不了呢！」

見趙彩鳳拿著衣服進來，楊氏坐在炕上問她。「妳跟二狗都說些什麼呢？」

趙彩鳳皺著眉頭道：「娘，妳以後別叫他二狗了，他有名有姓的，你們非二狗、二狗的叫，萬一他要真中了舉人，人家閱卷的人知道他叫宋二狗，也不敢讓他當舉人啊！」

楊氏一聽，信以為真道：「真的啊？那我以後不叫他二狗了！」

趙彩鳳將趙文的換洗衣物都整理好了，洗漱過後，便躺在床上想起了事情來。楊氏累了一天，早早就睡著了，其他幾個弟妹也都睡得安穩，只有幾隻一樣不睏的蚊子在房裡嗡嗡嗡地飛來飛去。明兒趙文倒是有出路了，可她一個大姑娘總不能在家閒著，得抽空往鎮上去一次，跟楊老頭和楊老太商量一下她學拉麵的事情。

如今牆也拆了，反正自己也烙上了秀才夫人的烙印了，秀才夫人怎麼說也比望門寡強一些，所以……先就這麼過吧！趙彩鳳樂觀地想著。

第二日一早，送走了趙文之後，楊氏又跟著許氏一起去趙地主家打短工。

許氏開口便問楊氏道：「昨兒晚上我家二狗和彩鳳怎麼了？兩人好像是吵架了，妳聽見沒有？」

楊氏順著後腦勺抓了抓頭皮，擰眉道：「沒吧？我家彩鳳可沒見生氣，還告訴我以後不能管你們二狗叫二狗，說將來考官要是知道二狗有這名字，會笑話二狗的！」

許氏一聽，低低笑道：「還是妳家彩鳳知道心疼我家二狗……不對，心疼我家明軒。等今兒上工回去後，我就告訴他奶奶，讓她以後也改口叫明軒！」

宋明軒昨兒晚上也沒睡好，趙彩鳳是著急想生計的事情，宋明軒卻是想了一晚上的趙彩鳳，今兒一早瞧見放在書桌上的那胎髮筆後，心裡頭又想了起來。宋明軒恨極了這樣的自己，以前對如月的時候，兩人青梅竹馬、兩小無猜，他也沒經歷過這樣的事情，在他看來，這樣的自己簡直就是色慾迷心了！宋明軒出門在後院洗了一把冷水臉，又進門給如月上了一炷香，這才稍稍的安穩了下來，潛心看起了書。

轉眼又過去好幾天的光景，這幾日趙彩鳳和宋明軒一直都沒怎麼說話，宋明軒是忙著看書，趙彩鳳則是在楊氏的帶領下，跟著一起往趙地主家的玉米地收玉米去了。

趙彩鳳這還是頭一次幹農活，當她站在玉米地邊上，看著一望無垠的、比她人還高了好一截的玉米地之後，深深地嘆了一口氣。前世嚮往已久的歸隱田園的生活啊，如今終於如願以償了……

分配給趙彩鳳的工作是剝玉米皮，然後把玉米連成串，到時候就可以掛在牆上，把整整幾面牆都掛滿。

趙地主家原本是趙家村最大的地主，但是子孫不孝，把祖上的基業敗得差不多了。以前趙家村除了村民的土地，剩下的地都是趙地主家的，如今就分了各家各戶，所以趙家的長工也沒有幾個了，到了收成的時節，只能靠招短工來做活，而女人的工錢又比男人便宜些，所以楊氏和許氏兩人就和趙地主說好了，包下了這一片玉米地的採摘和整理工作。一開始幾天，楊氏和許氏起早貪黑，原本以為能忙過來的，但是忙了幾日才發現兩個人竟也忙不過來，楊氏便提議讓趙彩鳳過來幫襯一些時日，趙家兩個孩子就讓陳阿婆帶著。

趙彩鳳聽說有活幹，一開始還覺得很興奮，畢竟這是她穿越到這裡之後第一次下地，等到了田埂上她才知道，原來她要做的活並不用下地。楊氏和許氏掰下玉米送到田埂上，趙彩鳳把玉米殼剝下來，用繩子串起來就算完事了。這活計聽起來很輕鬆，可是趙彩鳳才幹了半天，手指就已經磨破皮了。看著曾經被針線蹂躪，如今又被玉米殼蹂躪的手指，趙彩鳳真是疼得想死的心都有了，十指連心啊！

楊氏心疼閨女，瞧見趙彩鳳手指都磨破皮了，心疼道：「彩鳳，妳一邊歇著去吧。」

許氏畢竟是婆婆心思，見了彩鳳這樣，笑著道：「彩鳳，頭一次做是這樣的，以後等生出了老繭來，就不疼了。」其實許氏這話說得雖然實在了點，但也算不上刻薄。她給宋明軒娶媳婦為的就是找一個出得了廳堂、下得了田埂的人，以前如月也沒少跟著她下地，況且人家如月手工活又好。許氏能看上趙彩鳳，無非也就是想著今後能有一個撐起宋家的人來。

楊氏聽許氏這麼說，雖然心裡不痛快，可也不好再說什麼。若是宋明軒考不上舉人，依然在家吃閒飯唸書，趙彩鳳少不了有一天也要像她們一樣，日日在這田埂底下曬太陽幹農活。

趙彩鳳也不置氣，畢竟要怪只能怪自己運氣不好，沒穿成富家大小姐，偏生穿到這樣一個窮人家來了。況且楊氏和許氏都是苦命人，大中午的，兩人還在玉米地裡面掰玉米，這滋味也確實不好受。

「我歇一會兒，等一會兒少疼些了就繼續。」趙彩鳳其實也鬱悶。你說要穿到這樣的人家也無所謂，好歹別給我一個金尊玉貴的身子啊！如今這趙彩鳳的身子，還當真應了一句老話：小姐的身子丫鬟的命！

許氏畢竟也是不忍心的，遂解了自己的包頭巾下來，遞給趙彩鳳道：「用這個把手指紮起來，這樣少疼一些。」

於是，趙彩鳳就紮著兩塊包頭巾，繼續著自己「嚮往已久的田園生活」。

晚上看來快要下雨，楊氏和許氏便決定提早回去了。幾個人跑到小橋口的時候，天色已經暗了下來，這時，憑空劈了一個悶雷，接著大雨就跟倒下來的一樣。許氏、楊氏都撒丫子地往家裡頭跑，趙彩鳳也只能緊跟其後，可天知道，她這累了一整天，腳底下早已經沒什麼力氣了！趙彩鳳再一次鄙視了一下這個身子。

外頭的雨下得太大了，朦朦朧朧的一片雨霧，連人影也瞧不清楚，雷又一聲接著一聲的，趙彩鳳真是忍無可忍了，恨不得衝著老天喊一聲：祢有本事給我來一下，把我劈回去也算完事了！

宋明軒這會兒也沒閒著，瞧見變天的時候，就把兩家人曬著的東西都收進了堂屋，才把東西都放好，雨點就劈頭蓋臉地落下來了。

楊氏和許氏真可謂是一對好姊妹，跑得可真夠快的，等她們回來的時候，才發現趙彩鳳沒跟上來。

楊氏急著要出去找，那邊宋明軒不等她們兩個商量妥當，撐了一把老黃傘就往雨裡跑了出去。

趙彩鳳原本也跑得挺快的，但是下橋的時候滑了一下，這時代穿的布鞋又沒有防滑的功能，這一打滑，人就差點兒滑到河裡去了。幸虧邊上有一截草還算扎實，趙彩鳳抓住了那草，好不容易給爬了起來，滿身都是黃泥水了，這時候真是要多狼狽有多狼狽。趙彩鳳這輩子也沒經歷過這種事情，手指上的傷口又疼得鑽心，可她現在滿臉是水，也弄不清是雨水還是淚水，在這種狼狽的狀態下，即使是一個三十歲的成熟女性，也忍不住要痛哭失聲了。

正當這時候，趙彩鳳忽然發現雨變小了，等她擦乾了臉上的淚痕，發現其實外頭的雨並沒有變小，只有自己頭頂的雨變小時，就看見這個十七、八歲的少年，在暴雨下瞇著眼睛，為她撐起一把傘。

宋明軒……姑且稱他為十七、八歲的少年吧，這時候看起來卻似乎比平常高大了一些，他一手打著傘，一手彎腰把趙彩鳳從地上拉起來，可惜地太滑，趙彩鳳使了幾次力氣，還是沒能爬起來。邊上正是川流不息的河水，這麼大的雨隨時都會引發山洪，宋明軒遂丟下了雨傘，背對著趙彩鳳，彎腰將她拉到了自己的背上。

即使兩個人身上的衣服都被雨給淋濕了，但是體溫仍舊通過單薄的衣物傳遞給了對方，趙彩鳳用手不爭氣地捋了一把臉上雨水及淚水的混合物。

宋明軒撿起了雨傘，遞給趙彩鳳道：「地太滑了，我揹妳回去吧！」

這會兒也顧不得避嫌不避嫌了，趙彩鳳一手接了傘，遮在兩人的頭頂上，一手圈著宋明軒的脖子，靠在他肩頭上，認命地讓他把自己揹回去。趙彩鳳從來沒有想過，這兩世加起來，第一次這樣揹自己的，除了自己的父親，居然是這個十八歲的孩子……她到現在都還是改不掉要用「孩子」來形容宋明軒，雖然宋明軒的一舉一動其實一點兒也不像一個孩子……

宋明軒畢竟是個讀書人，體力有限，這一小段的路就已經累得他氣喘吁吁、額露青筋了，可是不知道為什麼，瞧見他那硬著頭皮揹自己的樣子，趙彩鳳還覺得滿享受的，這種感覺就像是自己小時候非要做力所不能及的事情，然後打腫臉充胖子的樣子。

從小橋邊到趙家的路並不遠，但是路上太滑，宋明軒也不敢走得太快。大風大雨的，即便兩人的頭頂遮著一把大黃傘，但大雨還是把兩人澆灌得濕濕的，半點用處也沒有。

宋明軒好不容易把趙彩鳳送到了家門口，趙彩鳳往屋裡看了一眼，發現裡頭也沒比外頭的雨小到哪裡去。

左邊房裡炕上的地方正好在漏雨，趙小三捲起鋪蓋，捧著平常家裡用的大木盆，正在那邊接雨水，前頭放著腳盆、後面放著夜壺，中間還墊著一張油布。這是趙家唯一一個必須要保持乾淨的地方，不然他們一家晚上就沒地方睡覺了。

楊氏從裡面換了衣服出來，見趙彩鳳和宋明軒都渾身濕透了，急忙道：「彩鳳，快去換一身衣服！我到後院煮薑湯，一會兒你們兩個都喝一碗。」

趙彩鳳被楊氏這麼一提，才覺得身上有些冷，她原本想謝宋明軒一番的，但是回頭時，看見宋明軒那一頭長髮被雨水淋得貼在腦門上的樣子，忍不住就笑了起來，隨手在牆邊抓了一條乾淨的帕子，遞給了宋明軒。

宋明軒稍微垂下眸子，卻還是無意間撇過了趙彩鳳的胸口。

趙彩鳳身上的衣物早已經濕透了，貼身包裹在身上，十五歲正是少女最青澀誘人的時候。這個時代並沒有胸罩這種好物，乳房下垂的問題困擾著大多數的已婚女性，但是對於剛剛發育且發育還未完善的小姑娘們，絲毫沒有這方面的擔憂。趙彩鳳的胸部雖小，但造型秀氣挺翹，雖然隔著肚兜，卻也明顯能瞧出飽滿的形狀來，將那頂頭的一點勾勒得極好，散發著讓人心猿意馬的魔力……

宋明軒頓時覺得有些口乾舌燥，趕忙在趙彩鳳發現他的異常之前，落荒而逃。

第五章

趙彩鳳從屋裡換了衣服出來的時候，外頭的雨已經小了很多，但是風還沒有停。楊氏喊了趙彩鳳去後頭灶房喝薑湯，她打了四大碗薑湯，因為沒有紅糖，所以這是百分之百的純正薑湯，趙彩鳳喝了兩口，就覺得胸口熱辣辣的。

楊氏開口道：「妳把這兩碗給妳宋大娘和明軒送過去吧！」

楊氏以前都叫宋明軒「二狗」，在趙彩鳳提出異議之後，果然就改成了「明軒」，但是喊得這樣親切，總讓趙彩鳳聽得有些彆扭。趙彩鳳心裡暗暗想著，楊氏肯定知道這拆牆頭是什麼意思，還以為她這回傍上了秀才老爺，沒準心裡偷著樂呢！

趙彩鳳把薑湯送過去的時候，宋家正忙得不可開交，原來宋家的房頂是茅草的——當然，趙家也是——方才風太大，一不小心就把宋家的房頂給颳掉了，幸好被颳掉房頂的不是宋明軒的那間，不然他的那些書本、藏得都長蟲子的紙頭，怕都要遭殃了。

許氏正在裡面掃水，宋明軒懷裡抱著哭鬧不止的寶哥兒，在門口看了眼裡面的情形。

陳阿婆拄著枴杖，拖著一條腿從裡面出來，哭哭啼啼地道：「這日子沒法過了啊……」

趙彩鳳急忙把薑湯放在了桌上，上去扶著陳阿婆出來，見她身上的衣服也潮濕了，便開口道：「阿婆，妳趁熱喝點薑湯，小心著涼了。」

陳阿婆這會兒還沈浸在自己的悲傷之中，看見趙彩鳳就越發老淚縱橫的厲害。「彩鳳啊，咱家這日子沒法過了！這該如何是好呀……」

趙彩鳳也是頭一回遇上這樣的場面，她這回穿越當真是運氣爆棚了，所有倒楣的事情都碰上了，她要是能知道如何是好，自己也不用愁了。話雖如此，看著老太太乾枯的臉上落下眼淚，趙彩鳳還是很不忍心的。「阿婆別難過，日子總會越過越好的。等宋大哥中了舉人，咱家也蓋一間瓦房住住，到時候再大的風，別說吹跑房頂，就連一片瓦都不會飛的。」

陳阿婆聽見趙彩鳳這麼說，心情果然就平復了很多，稍稍控制了一點情緒，聽見寶哥兒還在那邊哭鬧，便抬起頭道：「二狗，來，把孩子給我，你看書去！」

宋明軒便把孩子遞給陳阿婆。

趙彩鳳看了一眼，宋明軒身上還穿著方才那件濕衣服，雖說現在已經是五月天了，但是這大雨傾盆的，濕衣服在身上穿那麼久，肯定不好受。趙彩鳳轉身把寶哥兒接了過來，抱在自己懷裡哄，又抬頭對宋明軒道：「你怎麼穿著濕衣服就抱小孩了？你病了不打緊，小孩子病了可就難辦了。」趙彩鳳不是嚇唬宋明軒，這古代的醫療條件，小孩子病了難道要灌中藥嗎？到時候只怕那哭聲不比殺豬好上多少，她想一想都覺得雞皮疙瘩要起來了。

宋明軒果然立即就反應了過來，急忙要回自己房間換衣服。

趙彩鳳又喊住了他道：「等等，先把這薑湯喝下去！」

宋明軒一口灌下了薑湯。

那邊許氏也把房間清理得差不多了，出來的時候也是一副愁眉苦臉的表情。「他奶奶，今晚怕我們一家子要擠一擠了，床鋪都濕了，沒法睡的。」

陳阿婆聞言，稍稍平復的心情又鬱悶起來了，伸手抹了一把老淚，開口道：「我在地上打個地鋪就好了，讓二狗帶著寶哥兒睡吧。」

說起來也奇怪，方才寶哥兒在宋明軒的懷裡又哭又鬧的，這會兒趙彩鳳抱著他，他就不哭了，含著大拇指，眼睛滴溜溜地看著趙彩鳳，好像是在認人呢！

趙彩鳳瞧著寶哥兒那比一般孩子要大一點的腦袋，就知道這娃兒營養不良。想想也知道，許如月身子不好，奶水自然不多，這年頭小孩子也沒有什麼副食品，最好的不過就是雞蛋羹了，而且還不一定天天都能吃到，真是兩個字：作孽！三個字：真作孽！

寶哥兒在趙彩鳳的胸口蹭了好幾把，就算趙彩鳳再遲鈍，好像也有些明白這小子的心思了……俗話說，有奶便是娘，可憐趙彩鳳有的只是乳房，並不是奶啊……

陳阿婆瞧見寶哥兒那個樣子，又傷心道：「孩子這是餓了呢！今兒一天也沒吃多少東西，原本想著晚上給做雞蛋羹的，結果院裡的母雞又沒下蛋……」

母雞沒下蛋，這聽起來是多麼殘忍的一個噩耗啊！趙彩鳳想了想，見孩子在她懷裡也乖巧，索性就抱著他道：「大娘，我先把寶哥兒帶回去，等你們安頓好了再抱過來吧！」

宋家這會兒一時半刻怕也沒心思生火做飯，但看著寶哥兒在她胸口蹭來蹭去的速度，小傢伙怕是餓過頭了。

趙彩鳳抱著寶哥兒回去，從碗罩下面的碗裡掰了小半個花卷，用熱水沾著，餵起了孩子。

「可憐的娃啊……」趙彩鳳嘆了一口氣，心想自己雖然也吃不到那些人間美味了，可畢竟曾經吃到過。趙彩鳳從來沒想過，曾經擁有對於她來說，也變得如此讓人羨慕。

楊氏從前頭進來，瞧見趙彩鳳在餵孩子，笑著道：「喲，寶哥兒還挺喜歡吃花卷的呀，瞧他吃得多香呀！」

趙彩鳳拿小帕子給寶哥兒擦擦嘴道：「一天沒好好吃一頓了，能不香嗎？」

楊氏嘆了一口氣。「陳阿婆腿腳不方便，又帶著幾個孩子，沒法張羅吃喝，那也是沒辦法。」

不一會兒，寶哥兒就吃飽了，在趙彩鳳的懷裡打起了盹，趙彩鳳便把他抱到了前頭，和趙彩蝶睡在了一起。她和楊氏兩人稍微將門口打掃了一下後，楊氏趁著天還沒全黑，拿著針線在門口縫衣服，想把趙彩鳳那件新衣服給趕出來，好讓她過幾天趕集的時候能穿上。

這時候李阿婆揣著一個小籃子從趙家門口走過，跟楊氏和趙彩鳳打過了招呼之後，逕自去了宋家，才進門就看見宋家掀了的房頂，笑著道：「這回我可是來巧了！」

李阿婆說著，從籃子裡拿出一個青花布小袋子，擺在了桌上，接著道：「這是錢木匠託我兒子帶回來的，說是給二狗的一半分紅，他想著妳家急用錢，就讓先帶回來了。」

許氏並不知道趙彩鳳和宋明軒之間的約定，聞言納悶道：「錢木匠和我家明軒有做什麼生意嗎？哪裡來的什麼分紅錢，我怎麼不知道？」

李阿婆笑著道：「虧妳還是做娘的，這秀才春可不是妳家二狗想出來的嗎？錢木匠如今接了大貨了，要給人做好幾十個呢，大抵也是為了這才拿銀子給妳家二狗的吧！」李阿婆說著，笑著道：「終究還是唸書好，唸書的人腦子活，我前一陣子還跟我家老大說了，得讓小的們去唸書，不說別的，就是考不上秀才、舉人，也強過將來當睜眼瞎呀！」

許氏聽宋明軒說過，那米春是趙彩鳳請錢木匠做的，如今聽李阿婆說的又是另外一番話，自然有些疑惑，正要問個明白呢，宋明軒正好從裡面出來。

聽李阿婆說明了來意，宋明軒便謝過了。

李阿婆見事情已經辦妥，就高高興興的先走了。

許氏忙不迭地問宋明軒。「這銀子究竟怎麼回事？怎麼好端端的，還有人給你送銀子？」

宋明軒見自己老娘問起了這個問題，便開口道：「這是彩鳳和錢木匠約定的，說是可以讓錢木匠給別人也做這秀才春，就是每做一個，要從中收一些利錢。」

許氏從來沒聽說過這也能收錢的，睜大眼睛問道：「這咋還能收銀子呢？萬一錢木匠不肯，偷偷還給別人做，那彩鳳也不知道啊！」

宋明軒對趙彩鳳能收到這樣一筆銀子也覺得很納悶，但這事也是周瑜打黃蓋，一個願打，一個願挨。當然趙彩鳳這是遇上了錢木匠，若是換了其他人，這筆利錢怕就難收了。

宋明軒見李阿婆走遠了，便拿著銀子要給趙彩鳳送過去。

許氏瞧著自家光禿禿的房頂，再看看宋明軒手裡的荷包，臉上生出了一絲不捨來。「明軒，要不你跟彩鳳說一句，就說這銀子我們先借了用一用，等過兩日我在趙地主家結了帳就還上，總不能讓寶哥兒和你奶奶睡露天吧？」

宋明軒握著荷包的手一緊，窮人家沒什麼錢，對銀子也越發敏感看重，宋明軒只捏了一下，就約莫估計出裡面大約也就是一兩銀子半吊錢的樣子。

「娘，這可不行，我和彩鳳說好了，這錢木匠的銀子一送來，就給她送過去的。我們家難，難道他們家就不難嗎？我們家好歹就寶哥兒一個娃，他們家可是三個娃，比我們家更吃緊！」宋明軒說著，便起身要走。

許氏自然知道宋明軒說的是實話，可眼下也確實是宋家更難一點啊！原先的那些積蓄早已經給許如月看病的時候花銷空了，如今宋家真的是半兩銀子也拿不出來了，更何況再過兩個月，宋明軒就要進京趕考，到時候這銀子從哪邊出，許氏還沒想明白呢！

「哎，你要送過去就送吧，少不得你前腳送過去，我後腳借出來。你也知道，你爹和你那幾個叔叔不是一個娘養的，你爺爺雖然還健在，可何嘗管過我們一日？當年你中了秀才，才想著讓你去祠堂那邊磕頭的，這兩年也越發冷淡了，而我娘家的人又死光了，如今能幫得上你的，也就只有這幾個熱心的鄰居了。李奶奶人好，可她在家也不作主，而且總不能老讓人家幫襯我們。我心裡也不是圖這幾兩銀子，就是想著借生不如借熟，你若是不願意，一會兒我再去跟彩鳳她娘說。」

許氏這話說得也很在理，屋頂沒了，不修是不可能的，要修就要錢，沒錢只能借，而如今能借錢的人家，也只剩下趙家了。話說到了這分上，宋明軒自然也是明白的，但他是個讀書人，有著讀書人特有的堅持和酸腐，很多事情也確實沒法開口。

最終，宋明軒還是沒戰勝自己的意志，拿著錢往趙家送過去了。

趙彩鳳倒是沒想到，李阿婆到宋家是送錢去的，她也沒想到錢木匠這麼信守承諾，這麼快就給自己送來了銀子。宋明軒把錢放在趙家堂屋裡的八仙桌上，趙家也就這張八仙桌像樣一些，可惜配著的長凳都不怎麼好，只有兩張是勉強可以坐人的。

趙彩鳳想起宋家那剛剛被風颳走的房頂，又看了眼宋明軒放下的銀子，倒是對宋明軒佩服了幾分。這眼看都無瓦遮頭了，他還能在第一時間把錢給自己送過來，這讀書人的品性到底還是有的。趙彩鳳伸手，想把那銀子收到自己的懷裡，手心按住那荷包的時候，宋明軒臉上的表情忽然鬆動了一下。

趙彩鳳偷偷地抿了抿嘴，心道：小樣，就知道你想借錢吧！趙彩鳳把宋明軒的猶豫和掙扎盡收眼底，清了清嗓子，將錢挪到了自己跟前，笑著道：「這錢來得正好，過幾天我正要跟我娘去鎮上趕集呢，你有什麼要帶的，我給你帶回來。」

宋明軒能有什麼要帶的？眼前宋家要解決的是房頂的問題，連房頂都沒銀子修了，哪裡還有多餘的銀子買別的？宋明軒尷尬地抬起頭，看著趙彩鳳，欲言又止。

趙彩鳳見他打死都不開口，那憋得滿臉通紅的小樣簡直快讓自己繃不住了，只能強忍著問道：「你家的房頂壞了，修房頂要些什麼東西？我去鎮上給你們帶回來。」趙彩鳳雖然不是演技派的，可這句話也是說得關懷備至。

宋明軒看著趙彩鳳，臉皮發燙，又低下頭，聲音也變得小了一些。「家裡目前還沒有銀子修房頂，等過一陣子我娘收了地主家短工的銀子，再修也不遲。」

趙彩鳳聽他這麼說，卻還是一字不提借錢的事情，睜大眼睛道：「怎麼，現在不修？馬上就是梅雨季節了，這六月天，娃娃臉，說下雨就下雨，你總不能在家還當落湯雞吧？」趙彩鳳這會子都替他著急了，方才還覺得他老實，這會子已經覺得他老實過頭了。這性子要是不改一改，以後就算考上舉人，入了仕途，怕也是要被人排擠的。

宋明軒內心早已經被折磨得沒一處是完整的了，趙彩鳳每一次提問就像在他傷口撒鹽一樣，可他萬萬沒想到，趙彩鳳這麼做都是故意的。

宋明軒嘆了一口氣，開口道：「實不相瞞，我想借了這銀子修房頂，只是……」

「只是什麼？」趙彩鳳急忙開口問他，感覺自己都快被他弄得憋不住了，哪有這樣等著人開口借銀子的？不等宋明軒接著說下去，趙彩鳳繼續道：「只是不好意思開口是不是？」

宋明軒被趙彩鳳給說中了，臉皮滾燙地低著頭。

他原本就長得白皙羞赧，這個樣子越發讓人覺得青澀可愛，也只有這種時候，趙彩鳳才覺得宋明軒有些孩子氣。

「我知道，你們讀書人向來是不喜歡為五斗米折腰的，但是你要知道，吃米的不光只有你一個人，你一個人挨餓受凍都無所謂，可是你肩頭有一家老小，讓他們跟著你挨餓受凍，那你就是酸腐、沒本事！」趙彩鳳抬起頭，看見宋明軒依舊是一副小雞啄米聆聽訓斥的樣子，又接著道：「你有沒有本事，這會兒姑且還不知道，但是你的酸腐，我倒是看出幾分來了。」趙彩鳳說完，打開了荷包，將裡面的半吊錢取了出來，剩下的推到了宋明軒的跟前道：「這一兩銀子借你，不過我事先說明了，有借有還，再借不難。」

宋明軒這時候才抬起頭，看著趙彩鳳的眼神中已經帶著幾分不可思議。他實在沒想到趙彩鳳能說出這麼一席讓他一個讀了十多年書的人都辯駁不起來的話。他看著趙彩鳳，眼底多了幾分熱切，拿了她推過來的荷包，重重地點頭。「妳放心，我一定會努力備考的！」

趙彩鳳撇過臉不去看宋明軒，也不知道怎麼的，竟覺得有些羞澀，因此也沒理他，就悄悄地瞥著他往門外去了。

第二天，宋家就請了搭房頂的工匠過來，重新把房頂修了修。

趙彩鳳站在房子下頭問那工匠。「師傅，麻煩你看看邊上兩間的房頂爛了沒有？要是爛了就一起揭了換新的。」

宋明軒正在邊舂米邊看書，聞言正要攔著，那邊趙彩鳳橫了他一眼，他也不好意思開口了。

果然，那工匠發現另外兩間房的屋頂也爛了。茅草頂的房子就是這樣，用個一、兩年就爛得不成樣子了，好在便宜，修起來也容易。

「那一起換新的吧，你老遠來一趟也不容易，省得過幾天一場雨下來，又要請你跑一趟！」

那工匠聞言，笑哈哈地道：「還是小媳婦妳說得有道理！」

宋明軒聽見那工匠喊趙彩鳳小媳婦，整個臉都脹得通紅；倒是趙彩鳳跟沒事人一樣，還跟那工匠說笑聊天。

趙彩鳳笑著進了房間，這會兒正好是正午，她便拎著籃子準備給楊氏和許氏送午飯去，昨兒乾糧剛吃完了，今兒一早楊氏又走得早。楊氏心疼趙彩鳳手上磨破了皮，所以沒讓她早上跟著一起去，只讓她中午給她們送吃的過去，再留下來幫忙。

趙彩鳳才走到門口，便瞧見宋明軒從堂屋裡走了出來。

宋明軒見趙彩鳳開了木柵欄要往外去，遲疑了片刻，還是開口叫住了她。「彩鳳，這東西……」上頭的工匠還在修房頂，宋明軒更覺得不好意思，走了幾步，將他手裡的一樣東西遞給了趙彩鳳。

趙彩鳳一看，原來是兩個布套子，還帶著一個大拇指，雖然比起現代的手套，這東西做得不算精緻，但是套著這東西，剝玉米殼應該會好很多。趙彩鳳笑著道了聲謝，抬起頭的時候才發現宋明軒身上的長衫似乎比以前短了不少，怪不得今天看他怎麼看怎麼彆扭呢，原來是這個原因！趙彩鳳瞧了一眼她手中的套子，頓時就明白了，又低下頭，笑得比方才更嫵媚了幾分。「傻子，你把衣服剪了，出門不怕被人笑話嗎？」

宋明軒低頭看了一眼自己短了一截的衣服，似乎並沒覺得有什麼不妥。「我平常鮮少出門，留一件可以出門穿的衣服就夠了，也不打緊。」

於是，趙彩鳳去給楊氏送午飯的這一路上，難得的心情很是愉快。

李阿婆正在自己家門口做針線活，難得看見趙彩鳳出門，便笑著招呼道：「彩鳳，給妳娘送吃的去啊？」

「是呢！我娘給趙地主家打短工，早上沒來得及帶上乾糧。」趙彩鳳人長得美，以前比較內向，在村裡頭不算熱絡，誰知道經歷了這一難，反倒變得和以前不一樣了。外人只當是趙彩鳳變懂事了，誰又能知道，趙彩鳳壓根兒是換了一個芯子。

「妳娘一個人拉扯你們四個不容易，幸好如今妳大了，也能幫上忙了。對了，明兒妳全叔要往鎮上去換東西，聽妳娘說妳們也要去，我讓他用牛車載妳們一程吧！」李阿婆向來熱心，且又喜歡趙彩鳳，要不是她的大孫子已經娶親，兩個小的還跟趙小三一般大，否則她也是想要趙彩鳳做孫媳婦的。

「那敢情好，明兒一早我和我娘就在村口的小橋上等著李叔了！」趙彩鳳高高興興地答應了。到了古代，趙彩鳳才理解出「遠親不如近鄰」這句話的真意了。牛車雖然也不快，但是至少不用靠腳走路，從趙家村到河橋鎮，徒步大概需要兩個半小時，趙彩鳳也是在走過一次之後，才發現自己原來可以這樣持久，這要擺在現代，妥妥的能拿下每日運動第一名啊！

楊氏和許氏吃過了窩窩頭，兩人在玉米地裡面休息了一會兒，趙彩鳳便趁著這會兒空擋，戴著手套剝起了玉米殼。宋明軒的針線活說起來還真是比趙彩鳳拿得出手，趙彩鳳瞧了一眼這手套，心裡覺得很是滿意。

許氏往趙彩鳳的手上看了一眼，想起今兒一早起來瞧見自家兒子短了的衣服，頓時就明白了。都說有了媳婦忘了娘，那小子一開始還不答應呢，這會子倒是知道疼媳婦了。

許氏拿胳膊肘杵了楊氏一下，神神秘秘地湊到楊氏耳邊，又往趙彩鳳那邊指了指。「瞧見沒有？我家明軒給彩鳳做的。我昨兒才說彩鳳剝玉米剝得手上都蛻皮了，那孩子竟連書也不看了，剪了自己的衣服做起這東西來，我原本還不知道這是做什麼用的呢！」

楊氏一看，心下也是大喜，眉開眼笑道：「我也擔心我家彩鳳臉皮薄呢，沒想到她這幾天也沒說什麼，我估摸著這事情準能成！咱們倆也該存些銀子了，等過一陣子，咱們兩家都出了孝，得把孩子的親事辦一辦，不然村裡人都瞧著呢，怪不好意思的！」

許氏賊笑道：「這有啥不好意思的？要兩個孩子真心喜歡，我心裡也就放心了，我家明軒是個老實人，又聽話。不瞞你說，一開始我是真怕他不答應啊！」

楊氏這會兒也是喜上眉梢，點頭道：「這下好了，不用我們操心了。」

趙彩鳳把玉米剝得差不多了。

眼看就要天黑了，楊氏和許氏從玉米地裡出來，擦了一把汗道：「總算幹完了，等我把這些都運回去，趙地主家就能給錢了。」

運玉米的車是一個獨輪車，許氏把繩子掛在肩膀上，趙彩鳳和楊氏兩個人幫忙把玉米裝上去。

其實這獨輪車也是最讓趙彩鳳無語的一樣運輸工具了，你說你都有銀子做一個輪子了，怎麼就剩不下銀子再做一個輪子呢？非要這樣東倒西歪的，有什麼好呢？不過想雖這麼想，趙彩鳳還是乖乖的把玉米都裝了上去，三個人一起推著車往趙地主家去。

秤過了重量，取了工錢，這連續十幾天的努力，總共才換了兩吊錢，趙彩鳳也算是對這廉價的勞動力無語了。可從楊氏欣慰的眼神中能瞧出來，趙嬸子給的這些銀子不算少了。

楊氏和許氏辭別了趙嬸子後，和趙彩鳳一起回家，回到家還來不及坐下來歇一會兒，楊氏就讓趙彩鳳數一半的銅錢給許氏送過去。

趙彩鳳明明也有幫忙，楊氏卻不貪那一份銀子，開口道：「妳大娘家困難，我們作為鄉鄰，理應幫襯著點的。我們家還有些銀子，再加上明兒賣了雞蛋，也夠在鎮上採購些東西的了。」

趙彩鳳聽了，便提醒楊氏道：「娘，妳明兒可要跟姥爺說一下我的事情，這農忙也過去了，我老待在家也不是個事兒妳瞧瞧，妳們兩個人在田裡頭忙了十來天，還不頂姥爺家麵攤子上兩天的錢呢！雖然還要扣掉成本，可那也比這體力活強些！」

楊氏也覺得趙彩鳳說得有道理，如今趙老二跟著錢木匠學木工去了，趙老三又向來懂事，讓他看著趙彩蝶也沒啥問題，等湊夠了銀子，交了束脩，趙老三也可以唸書去了。楊氏想起這些，心裡就覺得欣慰了起來，笑著道：「我們家的難關，可算要過去了。」

要不是因為這個難關，何至於耽誤了趙彩鳳？楊氏想到這裡，不禁想起今兒來旺媳婦數落趙彩鳳是望門寡這事，心裡又難過了起來。

趙彩鳳見楊氏這一會兒高興、一會兒又難過的表情，為了哄她開心一點，便假裝不高興地道：「娘，妳當我不知道呢！妳私下裡早就跟宋大娘說好了的吧？」

「啊？說好了什麼？」楊氏想起這事情，還覺得有些不好意思，頭一回瞞著女兒讓她出嫁，結果就沒遇上好運，這一次她是鐵了心想緩緩說的，沒想到女兒居然就猜到了。

「沒說的話，那我可讓錢大叔回來的時候，把我們兩家中間的柵欄給架起來嘍？」趙彩鳳玩笑道。

楊氏瞧著越發聰明伶俐的女兒，嘆了一口氣道：「是娘不好，這事沒跟妳商量。娘是怕妳那事情才過去，心裡頭不痛快。再說了，如月也才過去，怕妳宋大哥心裡頭也不痛快，你們兩個小的都不痛快，我們怎麼好提呢？少不得瞎操心一場了。如今見你們這樣要好，我和妳宋大娘也算放心了。」

趙彩鳳被說得一愣一愣的，她哪裡就跟宋明軒要好了？

錢。

在古代，一兩銀子大約就是一千個銅板，也就是一吊錢，但貧民百姓通用一般都是銅錢。

當趙彩鳳拿著一吊錢去找許氏的時候，許氏便開口道：「沒料到今兒就能把地裡的活給結了，早知道昨兒也不讓明軒借銀子了，倒是讓他回來好一陣臊呢！」

趙彩鳳想起昨兒宋明軒借錢的樣子，想必許氏說的好一陣臊肯定是延續了很長的時間，在那麼臊的情況下還能想著給自己做一副手套，也算他有良心了。

趙彩鳳笑著道：「這有什麼好臊的呢？自家鄰居本來就要互相幫襯著點的。」趙彩鳳想了想，還是把銀子放在了桌上道：「大娘，我的錢不著急還，眼下正是你們家要存銀子的時候，再過兩個月宋大哥也要進京趕考了，總不能連個路費也沒有。還有筆墨紙硯，哪一樣不要花銀子？妳還是先留著吧！」

許氏聽趙彩鳳這麼說，千恩萬謝道：「那敢情好，不過這銀子妳也別給我了，明兒妳們不是要去鎮上嗎？直接給明軒帶些紙筆回來吧。我也不懂這些，就瞧見他整日裡沾水寫字，這寫下來的字留不住，也不知道他寫得好不好，少不得要留幾篇，到時候進京好讓同學師友瞧一瞧，看看他是個什麼水平，心裡也好有個數吧！」

趙彩鳳聽了許氏這一席話，心裡還真是覺得以前把許氏給看扁了呢！沒想到她還有這個見識，大概是家有考生，也練出來了。她本想把錢收下的，可想了想還是回絕了。

「不然讓宋大哥和我們一起去吧，我也不知道他少些什麼，索性一起買了回來，這去一趟鎮上也不容易，正巧明兒李叔趕著牛車去呢！」

許氏本想推辭，可又覺得趙彩鳳說得有幾分道理，便扯著嗓子問宋明軒道：「明軒，彩鳳說讓你明兒和她們一起上鎮上趕集去，你去不去？」

宋明軒方才瞧見趙彩鳳在他窗口一閃而過，也知道趙彩鳳來了，所以他這會兒壓根兒沒讀進去書，聽著她們在外頭說話，聽到趙彩鳳邀請他明天一起去鎮上趕集的時候，也不知道為什麼，就一個人傻笑了起來。他平常是再嚴肅不過的一個人，發現自己這點異常之後，就急忙收斂了，沈著聲音，壓抑著自己的一些小興奮，道：「既然這樣，那就去一趟吧。」

趙彩鳳往裡頭瞟了一眼，也沒聽出宋明軒這語氣中的悶騷來，倒是笑著應了。「那好，明兒卯時在村口的小橋邊上等著。」

許氏笑道：「哪裡要去村口的小橋邊上？家門口一起走就好了。」

第二天一早，在楊氏的一再堅持下，趙彩鳳穿了上次許氏給的料子做的新衣裳出門了。她們兩人一人揣著一籃子的雞蛋，才出門就瞧見宋明軒已經揹著一個書簍子，在門口等兩人了。

宋明軒今日身上穿著一件淺灰色的褂子，上頭並沒有補丁，應該是宋明軒口中所謂可以穿出門的衣服。趙彩鳳看了一眼宋明軒，他平常比較嚴肅，再加上消瘦，看上去讓人有一種拉長了臉的感覺。但今日趙彩鳳只要仔細看，就知道宋明軒眼底其實還是有著淡淡的笑意的。

「都打點好了，那就走吧。」楊氏一發話，三人就往門外去了。

宋明軒很自覺地跟在楊氏和趙彩鳳身後一丈遠的地方。

大家夥兒來到小橋邊的時候，看見李阿婆的兒子正巧趕著牛車來了，上頭只坐著她媳婦一人，還有大把的空位。

趙彩鳳和楊氏便坐在了後面的車板上，宋明軒把書簍放了下來後，坐在李全邊上那個也許可以稱之為「副駕駛」的位子上。

在車上坐定下來後，幾個人和李全媳婦就打開了話匣子。

「彩鳳，妳這身衣服真好看，這料子摸上去滑滑的，妳這模樣看著哪裡像是村裡的姑娘？分明是城裡的小姐呢！」李家一家人都很熱心，李全媳婦說話又好聽，哄得楊氏都高興了起來。

楊氏笑著道：「小時候有個和尚打從我們家門口過，見了彩鳳也說，這姑娘將來肯定是當少奶奶的命呢！」

「可不是呢！」李全媳婦扭頭看了一眼前面安安靜靜坐在牛車上的宋明軒後，湊到楊氏跟前小聲道：「不是我說，宋家這小子我看著不賴，這回妳家彩鳳沒準因禍得福了呢！」

趙彩鳳就不明白了，一窮二白的爛秀才一個，有那麼吃香嗎？更何況家裡還帶著一個不是親生的拖油瓶……這條件還能算得上不賴？

一路上有說有笑的，雖然牛車走得不快，但也不覺得無聊。

前頭趕車的李全也和宋明軒說起了話來。

「二狗，進京趕考的銀子都備好了嗎？有什麼不湊手的，儘管跟叔開口，別苦了自己。」

「銀子正備著呢，到那個時候怕也差不多了，要是差了，再問李叔你借一些，就是什麼時候能還上，我自己也說不準。」宋明軒其實對這一科並沒有太大的信心，但是他不能當著別人的面也這麼說。

今年事情太多，如月又病得厲害，從去年年底到今年開春，這好幾個月其實都是荒廢的。讀書這東西講究循序漸進、熟能生巧，況且宋明軒沒有銀子上縣學，很多資料也是殘缺的，就這點比起一般的考生，他就差了好一截了。

雖說縣學裡頭束脩有朝廷供給，但是自己吃用的銀子也是少不了的，且裡面不免有很多豪門富戶的公子哥兒，不好好唸書，竟是去混玩的，搞得學堂烏煙瘴氣的，所以宋明軒去過一年之後就不想再去了，如此也能省下一筆銀子。

「你進京打算住哪兒？這時候也該找個落腳的地方了，上回我去京城的時候，那客棧的老闆說，如今外地的考生都已經到了，這大小的客棧都快滿員了，連私家宅院都已經少之又少，你這會子不先找個住的地方，去了京城可不是要露宿街頭了？」李全平常在鄉里間收一些瓜果蔬菜，隔三差五去一趟京城賣給酒樓，所以消息也靈通些許。

這一點宋明軒其實還真的沒料到，從趙家村到京城，坐馬車至少要三、四個時辰的樣子，說起來是不遠，但是考試三場又分了好幾天，也不可能來回跑，少不得要在京城住上小半個月，要真是露宿街頭，那也不可能。

「這我倒還真的沒想到，只想著到時候去了，隨便找個地方住下，哪怕簡陋些也無所謂。」

李全聞言，笑著道：「你也別著急了，這樣吧，我跟那家買我們村菜的酒樓老闆說一聲，他們酒樓後面有幾間柴房挺乾淨的，我平常去晚了來不及回來，都在那邊將就一晚上，我瞧著還能住人。反正八月裡也不大冷，你帶上鋪蓋，湊合個十天半個月吧！」

宋明軒聞言，一時都感動得不知如何是好，恨不得坐在車上就給李全作起揖來，一個勁兒地道：「李叔，這讓我如何謝你才好呢！」

李全看了宋明軒一眼，嘆息道：「當年我小的時候，你爹就這樣罩著我，如今我自然也要照顧你的。不過你小子將來要是有出息了，可別忘了我，咱們趙家村這些年是沒落了，連個像樣的舉人也沒出過，原先趙地主家祖上還請私塾，讓整個村的孩子都上學去，如今也是一代不如一代了。」李全說完，忽然就頓了一下，開口道：「你說我家二虎是不是讀書的料子啊？眼瞅著這也十來歲了，在家裡厭得慌，皮得我腦門子冒煙！」

宋明軒笑著道：「皮的孩子腦子活絡，沒準還是讀書的料。唸書也是可以改心性的，我娘說我小時候就跟猴子頭一樣，後來唸了私塾，先生嚴厲，才好了些。」

「照你這麼說，那我也得給我家二虎備一份束脩了。」

宋明軒便道：「趙大嬸想把小武送去鎮上的私塾，這幾天我正教他唸《三字經》呢，不然明兒你讓二虎一起來學吧，小孩子有個玩伴，學起來還快些。」

趙彩鳳聽宋明軒這麼說，在心裡默默地點了點頭，還算是個知恩圖報的人。不過其實《三字經》這種東西，學了真的有用嗎？

說話間，已經到了鎮上。河橋鎮平常也不熱鬧，只有趕集的時候人才多一些。到了鎮口，李全夫婦就跟趙彩鳳他們分開了，他們是駕著牛車來的，一會兒回去的時候少不得要裝上了東西，就沒地方坐了，所以回去時，他們還得靠雙腳。

宋明軒並沒有和趙彩鳳母女分開走，雖然他在這鎮上也算很熟悉，但是一會兒大家夥兒一起走回去，好歹也有個伴，所以宋明軒一路就跟著趙彩鳳她們。見楊氏買了一些糙米要給彩蝶吃，他摸了摸荷包裡的銀子，想了想，也彎腰拿起了那個打米的竹升。

趙彩鳳如今對宋家的經濟狀況很是瞭解，瞧他這臉上的表情，就知道他並沒有多餘的錢買糙米，但是楊氏買了，他也不好意思不給寶哥兒買上一些。趙彩鳳見了，便伸手奪了他手裡的竹升，笑著道：「我娘買那麼多，是要跟寶哥兒一起吃的，小孩子能吃多少？每天熬那麼一口，還浪費我家柴火呢！你還是留著銀子，買你的筆墨吧！」

宋明軒瞧著趙彩鳳這樣子，也就乖乖的聽話了，又看了一眼那糙米和那上頭標的銀子，默默地想，若是一會兒他買完了筆墨還有多的錢，就過來也給寶哥兒買上一些。

去完了雜貨鋪，放在以前楊氏就帶著趙彩鳳去楊老頭的麵攤上吃麵了，但今兒是坐牛車過來，比走路快了許多，還沒到吃午飯的時候，兩人便跟著宋明軒一起去了賣文房四寶的店裡頭。一來，趙武馬上就要上私塾了，楊氏也要過來瞧一瞧價格；二來，趙彩鳳也對這個挺有興趣的，想知道在這年頭讀書，算不算是一件很奢侈的事情。

那掌櫃的看見宋明軒過來，果然臉上並沒有心花怒放的表情，只是稍微擠出了一絲笑道：「宋秀才，好久不見了，家裡的東西都用完了？」

掌櫃的說這句「好久不見」可真是一點兒也不假，他這邊的幾個熟客，哪一個不是十天半個月就會來買一次東西的？唯獨這宋明軒，買一次東西能隔上半年才來第二次，偏生他買的還很少，不過就是店裡頭最廉價的那幾樣紙筆。

就連趙彩鳳都聽出了掌櫃的言語中的不敬之處來，但是宋明軒臉上卻依舊帶著溫文爾雅的笑，全然沒在意掌櫃的對他的態度。

宋明軒開口道：「嗯，家裡的東西用光了，想再來添兩樣東西。給我兩支羊毫小楷，再來一百張毛邊紙，墨的話，就用最便宜的那一種好了。」

這三樣東西加起來大概二百文錢，但是對於宋明軒來說，卻也是不少的銀子了。他得存著銀兩上京趕考，可京城的筆墨紙硯肯定比河橋鎮上的更貴。

趙彩鳳瞧見那掌櫃的轉身在裡頭的貨架上找了片刻，然後趁著宋明軒在看別處的時候，把一疊毛邊紙給收了起來，放到了櫃檯的下面，接著才轉身對宋明軒說話。

「宋秀才，實在不好意思，毛邊紙賣光了。最近進京趕考的秀才頗多，我原先的庫存也不夠用了，不然你還是買別的吧。」

毛邊紙是邊角料，價格是正常宣紙的一半，但是書寫效果其實差不多，對於宋明軒這樣的窮書生來說，是再實惠不過的東西了。掌櫃的這麼做，分明就是想讓他買更貴的那一種。趙彩鳳看在眼裡，如何不明白掌櫃的意思？趙彩鳳和楊氏進來的時候，雖然和宋明軒走在一起，可卻互相沒有招呼，因此那掌櫃的並不知道他們是一起的。趙彩鳳這會兒也打算按兵不動，但看掌櫃的如何說服宋明軒。

宋明軒雖然很想要買紙，可是價格一下子翻了一倍，他如何承受得起？正蹙眉鬱悶的時候，瞧見趙彩鳳朝他稍稍地搖了搖頭。宋明軒雖然不解，可他一向聽話，再加上最近趙彩鳳就跟改了性子一樣，越發厲害了，他也不敢忤逆她，深怕她生氣，於是便回了掌櫃的道：「那我還是不要了，就買墨和筆吧！」

掌櫃的沒預料宋明軒竟然真的如此一毛不拔，臉上越發不好看了，收了銀子，嘴裡冷笑道：「我倒是頭一次聽說有不用紙的秀才，宋秀才只怕錦繡文章都在腹中呢！」

趙彩鳳使了眼色讓宋明軒出去，楊氏才要去喊宋明軒，就被趙彩鳳拉住了，道：「娘，妳看看這筆怎麼樣？眼看著小三就要上私塾了，我們得給他準備些筆墨才好。」

楊氏被趙彩鳳一打岔，也便忘記了宋明軒，低頭看著櫃檯裡的那支筆道：「瞧著倒是挺好的，貴不貴？」

趙彩鳳便向掌櫃的打探了起來，今日她穿了一身新衣服，且容貌秀麗，瞧著就跟大戶人家的俏丫鬟一樣。

掌櫃的見了，笑著問道：「姑娘要什麼？」

趙彩鳳便挺著胸膛，低著頭在櫃檯上看了片刻，最後才滿臉堆笑道：「掌櫃的好，我弟弟這就要上私塾了，你也知道，小孩子不會寫字，上好的宣紙給他用也浪費了，你這兒有什麼紙合適小孩子塗鴉用的？我買些回去。」

掌櫃的見趙彩鳳談吐不凡的樣子，越發就來勁了，笑著迎上去，把方才藏了起來的毛邊紙拿了出來道：「這毛邊紙小孩子塗鴉最好了，既便宜又實惠。」

趙彩鳳瞧著那一疊大概有百來張的樣子，便闊氣地道：「既然這樣，那這一整疊就都給我吧！」

趙彩鳳買完了毛邊紙，那掌櫃的才想起她沒買筆和墨，問道：「姑娘不買筆墨嗎？」

趙彩鳳笑著道：「這才想起來，筆墨家裡頭還有呢，等過幾日需要了，再來問掌櫃的買吧！」

瞧著趙彩鳳笑容可掬的樣子，掌櫃的也跟著陪笑道是。

楊氏跟著趙彩鳳出了文房店後，這才突然想起，忙道：「彩鳳，咱家哪裡來的筆和墨啊？少不得要買點回去。」

趙彩鳳一手抱著毛邊紙，一手拉著楊氏道：「娘妳著急什麼？小三還沒進私塾呢，等他真上了學，再買也不遲的。」

這時候宋明軒見她們兩人出來，忙就迎了上去，才走到跟前，趙彩鳳就把懷裡的毛邊紙迎面塞給了他。

「也真不知道你是笨還是老實，沒瞧見那掌櫃的使壞呢！怎麼沒半點脾氣？」

宋明軒接了趙彩鳳扔過來的毛邊紙看了一眼，臉早已紅了一大半，開口道：「他若不肯賣我，我又如何強買強賣？」

趙彩鳳嘆了一口氣，覺得宋明軒說的也有道理，再瞧了一眼他那面白胳膊細的樣子，只怕和那掌櫃的理論，也理論不出什麼來，不過就是受氣罷了。

三人買齊了東西後，便打算往楊老頭的麵攤那邊去了，才走到一半，忽然就瞧見有人一邊跑一邊喊道——

「出人命了、出人命了！楊家老頭要殺兒媳婦了！」

楊老頭在這河橋鎮上生活了一輩子，左鄰右里的人都喊他一聲「楊老頭」，所以楊氏一聽，便知道說的是自己的老爹，「唉呀」地喊了一聲，忙不迭就撒開了丫子飛跑起來，邊喊道：「彩鳳，快去看看，妳姥爺家出事了！」

趙彩鳳也不認識路，聽楊氏這麼說，便急忙跟著楊氏飛奔了起來，兩人跑到一處開闊地的時候，才瞧見一堆人正圍著看熱鬧。

楊氏忙擠了進去，便瞧見楊老頭手裡拿著一把菜刀，正要朝著跌倒的一個年輕媳婦砍過去，另一邊的楊老太則跪在地上，苦苦地求著楊老頭。

楊老太聲嘶力竭地喊道：「老爺子，兒子已經沒了，你再殺了這個掃把星也沒用啊！」

楊氏一看，正是自己的父母，忙推開了人群，擠進去問道：「爹、娘，這是怎麼了？振興怎麼沒了？到底出了什麼事啊？」

這時候看熱鬧的人越發多了，楊老頭已經忍無可忍，狠狠地握住了手裡的菜刀，往前推了一下道：「妳別著急，等我殺了這掃把星給振興報仇了，再告訴妳不遲！」

楊老太見狀，哪裡肯鬆手，越發哭得厲害。「老爺子，沒了兒子，我們還有閨女呢！殺了這掃把星，你還要替她償命啊！」

楊氏聞言，也跪下來抱著楊老頭的腰道：「爹，有話好好說，你可別氣著自己了！」

這時候楊老頭早已經是強弩之末了，原先一股怒意積出來的力氣也散得差不多了，忽然就一鬆手，菜刀堪堪要落下來，被眼疾手快的宋明軒給接住了。

幾個人見楊老頭的身子倒了下來，忙不迭喊道：「老爺子，你這是怎麼了你！」

那年輕媳婦見狀，哭了幾聲，悄悄的就擠出人群跑了。

趙彩鳳對著那背影看了一眼，便跟著楊氏和楊老太一起去看楊老頭了。趙彩鳳前世雖然不是救人的醫生，卻也懂得一些急救手法，這一看就是楊老頭被那掃把星給氣急了，心臟病突發的跡象。

趙彩鳳連忙讓楊氏和楊老太將楊老頭給平放了下來，解開楊老頭胸口的衣服，伸手在楊老頭的胸口做起了心肺復甦術。幸好楊老頭的症狀並不是非常嚴重，大約過了半炷香左右就微微睜開了眼睛。趙彩鳳也跟著鬆了一口氣，伸手擦了擦額頭上的汗珠，抬起頭的時候就瞧見宋明軒正一眨也不眨地盯著自己。

趙彩鳳連忙就乾笑了兩聲，看著宋明軒，厚著臉皮大聲道：「宋大哥教的救人辦法可真有效啊！哈哈哈……」

宋明軒看著趙彩鳳，臉上的表情僵硬了。

幸好大家都在關注楊老頭的身子，也並沒有在意到趙彩鳳和宋明軒之間的動靜。

楊氏和楊老太合力將楊老頭扶起來，這時候楊老頭還不能走路，宋明軒便取下了身上揹著的書簍，遞給趙彩鳳，上前矮下身子要去揹楊老頭。

楊老頭雖然年紀大，可他身子結實得很，而宋明軒雖然長得高，卻跟根竹竿一樣，瘦得後背的蝴蝶骨都膈得人胸口疼——這是趙彩鳳被宋明軒揹過一次之後的真實感受。不過看見宋明軒這樣自覺地顯示出自己的男子漢氣概，趙彩鳳還是挺欣慰的。

宋明軒揹上了楊老頭，步子果然沈重了不少，楊老太和楊氏兩人各扶著一邊。

楊老頭看了一眼後面跟著的趙彩鳳，問楊氏。「這小夥子是……」

「是隔壁宋大嫂家的。」

楊老太連連點頭。「喔喔，就是那個今年要去考舉人的對吧？這怎麼好意思讓他揹著呢？」

趙彩鳳倒是覺得沒什麼不好意思的，這個社會對男人太寬容、對女人太嚴厲，宋明軒就揹個老頭算什麼了？於是便笑著道：「這有什麼不好意思的？他不揹難道讓我們揹嗎？」三人的身高顯然都不符合揹楊老頭的條件。

楊老太見趙彩鳳說話也不避嫌，又見楊氏臉上神色淡淡的，心裡頭便有些數了。

宋明軒畢竟力氣小，只揹了一段就喘得不行了，所幸楊老頭這時候已經可以自己邁開腿了，所以楊氏便和楊老太扶著他一起走。

趙彩鳳從袖中拿了一塊帕子出來，丟到宋明軒的手裡，自己揹著他的書簍往前走。

宋明軒看著趙彩鳳的背影，低頭擦了擦額頭上的汗，心裡頭有幾分甜絲絲的。

眾人去了楊老頭家後，才發現家裡還躺著個死人呢，屍體就架在小院裡的門板上，一個看著和趙武差不多大的男孩子正跪在屍體的跟前，頭上戴著白布麻繩，身子瑟縮發抖著。

楊氏雖然和她弟弟關係不好，可如今看著他成了一具屍體躺著，也忍不住落下淚來。

楊老頭扶著牆一路往裡頭走，在門口的一張杌子上坐了下來。

楊老太神色淡然地道：「昨兒晌午，妳弟弟和往常一樣出去喝酒，到了晚上還沒回來，我跟妳爹出去找了半宿，才在鎮外的河邊找到了他。縣衙裡的仵作也瞧過了，說妳弟弟是喝多了酒，自己不小心摔在了石頭上，給摔死的。」

趙彩鳳前世就是當法醫的，可以說這才是她的拿手本事。喝醉酒要摔死人也不是簡單的事情，得要有相當大的巧合性。比如說，她曾經檢查過一具屍體，是死者喝醉酒以後，踩到了空的窨井蓋，摔下去造成後腦出血而亡的，這件事情政府部門最終買單了。但像這樣的事情，現代都那麼稀少，更何況是古代？

而且，一個喝醉酒的人，沒事還往鎮外的河邊跑，這，又是為了什麼呢？

第六章

趙彩鳳覺得疑點重重，但是她又不能直接把這些疑點說出來，便開口問道：「姥姥，舅舅平常喝多了酒，也會去鎮外嗎？」

「去什麼鎮外啊？平常若是喝多了，最多就是爛醉在路上，或者是在家裡炕上挺屍，沒事去鎮外做什麼？」楊老太對這個兒子也是失望透頂了，所以這會兒話語中還帶著幾分怨恨。

趙彩鳳稍稍往前靠了靠，雖然屍體上頭蓋著被單，但還是有一股濃重的酒味透出來。趙彩鳳稍稍皺了皺眉頭，又問道：「姥姥，舅舅的壽衣可換上了？」

楊老太又嘆了一口氣道：「誰知道他今天會死，哪裡來的壽衣？剛交代了隔壁的周婆子去張羅，怕要到午後才能做好呢！」

趙彩鳳這時候就有些瞭然了，若是喝醉酒的人，隔了一夜，這時候身上的酒味也少了許多，但楊振興的身上卻還有著濃重的酒氣，那就說明了一件事——楊振興除了喝酒，身上肯定還沾上了不少酒。這種情況就比較難說了，很多喝醉酒的人，沒有自制能力，喝酒的時候喝一半倒一半也不是沒有，但像楊振興這樣全身都泛著酒氣的，只能說他倒了的酒還不少呢！

宋明軒這時候也早已喘完了，聽趙彩鳳問了這兩句，便也開口道：「這也奇怪了，既然楊大叔平常不去鎮外，喝醉了酒自然更不可能去鎮外了。老太太，妳可知道昨兒和楊大叔喝酒的是什麼人？不如請了他們來問問，也好知道楊大叔為什麼要去鎮外？」

趙彩鳳聞言，扭頭看了宋明軒一眼，見他臉上的神色也帶著幾分疑惑，心裡便稍稍讚許了一番，跟著道：「對啊！姥姥，妳去問過了沒有？」

楊老太開口道：「他都是一個人喝悶酒，哪裡來什麼朋友？那些酒肉朋友，也沒一個會管他的死活。」

趙彩鳳略略點頭，這時候她若是有一把手術刀，能剖開楊振興的胃看一眼，事情也就真相大白了。可古代人似乎很講究遺體的完整性，所以解剖屍體這種辦法，似乎在這裡也行不通。趙彩鳳繞著屍體走了一圈，又想起方才她舅娘那落荒而逃的樣子，疑心就更重了。

「姥姥，姥爺為什麼要殺舅娘呢？舅舅的死，怎麼說也是意外，也不能怪到舅娘一個人身上吧？」

楊老太聞言，一個勁兒地搖頭，嘴裡狠狠地道：「若不是殺人要償命，我一早就殺了她！要不是因為她，妳舅舅也不至於這樣整日借酒澆愁！」楊老太看了一眼跪在屍體跟前的那孩子，終究還是沒狠下心腸說，低下頭摀著臉哭了起來。「我命苦的兒子啊……我的兒子……」

楊氏聽楊老太哭了起來，也跟著一起哭了，這哭聲一下子就此起彼伏了起來。

這時候外頭正好有人進來，見了楊氏母女便道：「二丫頭也回來了？妳爹娘正到處託人給妳送信呢，妳回來就好了！」那人說著，把手裡的一套壽衣遞給了楊氏道：「也算巧合，棺材鋪裡還就剩下這半疋布了，正好做成了一套。你們也別哭了，快給振興張羅張羅，讓他安安心心地去吧！」

楊氏接了衣服後，本要去廚房燒熱水來的，但她擔心趙彩鳳害怕，便讓她去燒水。

趙彩鳳哪裡會怕死人？瞧見宋明軒在一旁坐著沒事幹，便喊了他去燒水，又道：「一會兒燒完了水，你先回去吧，這兒也沒你什麼事了。」

趙彩鳳剛來的時候，因為一切不大熟悉，所以話也少很多，但經過了這一段時日，早已經適應了，言語中越發有了幾分讓人不可抗拒的霸道，宋明軒對她，還真的就有些言聽計從的樣子了。

宋明軒走到廚房門口，轉身對趙彩鳳道：「我瞧著妳舅舅死得有些蹊蹺，再狠心的女人，死了男人那也是要守寡的，可我看妳那舅母，臉上倒是半點傷心的神色也沒有。」

趙彩鳳壓根兒就沒去觀察她舅母的表情，沒想到宋明軒卻如此細心，頓時讓趙彩鳳開了眼界，見宋明軒也這麼說，便索性壓低了聲音開口道：「我也覺得是！喝醉酒了沒事去鎮外做什麼？除非是有人喊他去的。只怕喊他出去的人，並沒有安什麼好心。」

宋明軒點了點頭，鑽到廚房裡燒水。

趙彩鳳則又到了院中，看著楊老太揭開了蓋在屍體上的床單，只見臉上一點兒傷口也沒有，趙彩鳳便問道：「不是說舅舅是摔死的嗎？怎麼臉上沒有傷口？」

楊老太開口道：「傷口在後頭呢！」

趙彩鳳便湊上去看了一眼，果然見枕頭上沾著血跡，原來剛才床單蓋得太嚴實，給遮住了。趙彩鳳一時忍不住好奇心，走上前，伸手摸了一把屍體的頭部，覺得頭上的骨頭像是全部碎了一樣，竟然是軟的。她一時好奇，將他的頭微微往邊上一扭，見屍體的後腦勺上，分明有兩處傷口。

趙彩鳳這時候都要笑出來了，這樣拙劣的手段，這地方上的仵作竟然沒看出來？

這時候宋明軒剛好端著一盆熱水出來，見趙彩鳳站在那邊發呆，便走了過去。

趙彩鳳瞧見他過來，擰著眉頭，裝作一臉疑惑地道：「倒是奇怪了，舅舅是摔死的，怎麼後腦勺上有兩處傷口呢？難不成舅舅第一次摔了沒死，爬起來之後又摔了一跤，這才摔死了？」

宋明軒並不傻，聽趙彩鳳這麼說，直接就回應道：「怎麼可能呢？再說了，喝醉酒的人最易向前摔，這傷口卻是在後腦勺，實在是讓人疑惑得很呢！」

楊老頭方才被宋明軒揹了一小段，心裡覺得這個男孩子雖然清瘦，但看著卻老實厚道，如今聽他這麼說，也忍不住抬頭問道：「這位公子，你……方才說什麼？」

宋明軒忙道：「我是趙大嬸隔壁家的鄰居，老爺子喊我一聲明軒就好了。我是覺得，楊大叔死得有些蹊蹺，只怕那仵作並沒有查探清楚。」

誰家也不願意平白無故死個兒子，況且楊振興畢竟是楊老頭的老來子，雖說埋怨了這麼多年，可養兒子還是為了將來老了能有個指望，如今說沒就沒了，楊老頭氣也是真的，但更多的還是心疼，所以聽宋明軒這麼說，一下子就勾起了楊老頭的疑心了。

「小夥子，你說這話什麼意思？難道仵作還會騙我們不成？他騙我們能有啥好處呢？」楊老頭顫巍巍地從杌子上站起來，湊過來看了一眼楊振興的屍體。

趙彩鳳見他腳底還打抖呢，忙上前扶著他道：「姥爺，你先別著急，我們聽他慢慢說。」

宋明軒瞅了趙彩鳳一樣，覺得她看自己的眼神陰陰的，怎麼總感覺她給自己下套似的……

再說了，方才自己也是聽了她那套言論才懷疑起來的，這下反倒成了自己的事情。不過宋明軒想了想，不管趙彩鳳是有意還是無意，她的懷疑都很正確，所以他便走上前，伸出他平常寫字的手，稍稍移動了一下屍體的後腦勺。

「老爺子你看，楊大叔的後腦有兩處傷口，我們且看他傷口的位置，是在後腦上面靠近頭頂的地方，這個地方一般摔跤是很難摔到的，除非是有比他高的人，從後面拿著重物砸過去，才會有這樣一個傷口。」宋明軒說著，手指又微微一動，將另外一處傷口展現在楊老頭的面前，繼續道：「這邊還有另外一個傷口，這就奇怪了，為什麼楊大叔會連摔兩次呢？楊大叔喝醉了酒，假設他是一跤摔死的，那麼後腦勺應該只有一個傷口；但假設楊大叔一跤沒摔死，那他第一跤摔過之後，第二跤因為腳下不穩，摔下去的力道肯定還沒有第一跤重，所以第二跤應該輕很多。可是我看了一下傷口，這第二個傷口才是足以斃命的，這麼說來，豈不是很不合理？」

趙彩鳳聽宋明軒分析得有理有據，也暗暗驚奇。說起來她雖然是當法醫，但是他們法醫講究的是科學根據，很少會用這種推理的辦法，一般都是用事實證明真相。方才她聽宋明軒這一段分析，雖然理論居多，卻細緻入微，竟然可以作為呈堂證供，頓時有一種要對他刮目相看的感覺了。

「宋大哥說得有道理！」趙彩鳳略略瞇了瞇眼睛，看著楊氏為楊振興脫下了身上的衣服，叫他兒子給他擦身子。這裡的習俗，兒女死了，爹娘是不能插手的，所以這些事情只能由楊氏和他兒子來做。雖然趙彩鳳也覺得他這兒子長得跟楊振興不大像，但好歹叫了這麼多年的爹，總有些感情。

把楊振興身上沾酒的衣服脫掉之後，酒氣果然淡了很多。趙彩鳳稍稍朝屍體邊上靠了靠，假裝去看他頭上的傷口，實則略略聞了一下他嘴裡的氣息，的確還有酒味。但是他摔死的跡象已經有了疑點，那麼是真的喝醉酒還是假的喝醉酒，自然也不是仵作說了算的。不過，趙彩鳳這會兒已經差不多覺得楊振興肯定是他殺的。好端端的一個人，喝醉酒了不回家，跑去鎮外做什麼呢？

這時候楊氏已經幫楊振興收殮完成，瞧見趙彩鳳還在邊上站著，開口道：「彩鳳，妳膽子小，帶著妳表弟到邊上去吧。」

趙彩鳳差點兒把這事情給忘了，原先那個趙彩鳳據說膽子很小，並不敢看這些死人什麼的。趙彩鳳深怕露餡，想了想，開口道：「娘，我沒事。舅舅是親人，親人死了有什麼好怕的呢？」

楊氏聽趙彩鳳這麼說，也信了幾分，把水倒了，去房裡找了白布竹竿，掛起靈堂來了。

宋明軒這時候卻沒有再說話，只坐在楊老頭的邊上。

楊老頭看著穿上了壽衣的兒子，一把老淚縱橫，撲過去伏在屍體上，捶著門板哭道：「你這個不爭氣的！你到底是怎麼死的，你倒是說句話啊！」

宋明軒見楊老頭這樣，忙上去扶住了他道：「老爺子若是也覺得我說的有些道理，那咱們就一張狀書告上去，給楊大叔討回公道！」

趙彩鳳平時對宋明軒的看法就是謙謙君子，實在沒想到他還有幾分血性，頓時也來了興致，跟著附和道：「對，討回公道，不能讓舅舅就這麼白死了！」

楊氏這會兒正從房裡出來，手裡還拿著一卷白布，聽見趙彩鳳說的話，忙問道：「妳在說什麼呢？妳舅舅怎麼就白死了？」

趙彩鳳這時候覺得宋明軒腦子不錯，很有為她揹黑鍋的潛力，所以便開口道：「是宋大哥說的，說舅舅死得冤枉，可能不是自己摔死的呢！」

方才宋明軒分析傷口的時候，楊氏也沒怎麼聽，但這時候聽趙彩鳳說得真切，也就問了起來。「當真？那是不是可以上衙門告啊？」楊老頭和楊老太剛死了兒子，楊氏這會兒算是他們的依靠，這個時候自然要站出來。

楊老頭看著自己兒子的屍體，伸手擦了一把臉上的淚，咬著牙關道：「咱告！就告那娼婦掃把星！」

趙彩鳳也不知道楊老頭對自己的兒媳婦為什麼這麼的怨恨，但她其實也很明白，每日裡看著一個長得跟自己兒子不像的孫子，確實很有心理壓力，長期下來形成心理病症也未可知。

但她是現代人，深知一個人被殺都不是單純簡單的，況且宋明軒剛才有一點分析得很正確，從楊振興後腦勺上的傷口看來，應該是一個比他高的人，在身後用器物砸中他而造成的，可方才趙彩鳳也看見了那豆腐西施的身高，顯然沒有殺人的可行性，如果豆腐西施不是凶手，就很可能是幫凶。

趙彩鳳看了一眼跪在地上的小男孩，不過八、九歲的樣子，老子死了、老娘跑了，以後的日子也不知道要怎麼過了。趙彩鳳伸手揉了揉他的腦袋，問他道：「國強，你娘平常出門嗎？都跟什麼人在一起？」

那孩子抬起頭看了一眼趙彩鳳，眼神中帶著幾分戒備和疑惑。

趙彩鳳心裡便笑了起來，這麼一個小孩子還懂裝深沈了？看來定然是小時候知道的事情太多了。趙彩鳳和顏悅色地朝他笑了笑，開口道：「你娘被爺爺給嚇跑了，一會兒姊姊去幫你找她回來，可你不告訴我你娘愛跟什麼人在一起，我上哪兒找去呢？」

那孩子忽然低下頭，纖瘦的脖子卻梗得筆直，倔強道：「我娘不會回來了！我爹說我娘成天想著跟人跑，如今我爹死了，我娘就更不會回來了！」

果然是一個飽經風霜、命運多舛的孩子啊！趙彩鳳在心裡默默地感嘆了一句，揉了揉他的腦門道：「只要你說出你娘平常愛跟什麼人在一起，她就跑不遠。怎麼，難道你要做沒爹沒娘的孩子嗎？」

「我跟沒爹沒娘的孩子本來也就沒什麼區別，我爹每天都罵我是小雜種，說我是我娘和外面的野男人生的。」小孩子說話並沒有多少怨氣，但是這不冷不淡的態度反倒讓趙彩鳳倒吸了一口冷氣。

趙彩鳳嘆了一口氣，道：「算了，你是乖孩子，這麼懂事，如今你爹沒了，他以後也不會罵你了，你上前給他磕個頭吧。」

楊國強走上去，跪在楊振興的屍體前磕了一個響頭，臉上帶著幾分負氣的表情。

另外一邊，宋明軒早已經拿出了筆墨紙硯，就著院子裡一處堆放雜物的平臺，將那毛邊紙攤平了，開始寫起狀書。

趙彩鳳走過去瞧了一眼，宋明軒寫著一手蠅頭小楷，竟是非常之秀氣。她以前看史書的時候就聽說，書法對於考科舉的人很重要，很多考官相當看重書法，反而對文章本身的要求會放寬，宋明軒的這一手書法，肯定會給自己加分不少。趙彩鳳想起他每日裡撚著毛筆在窗臺下用白水寫字的模樣，這時候想來，卻也覺得很是生動。

寫狀書是有固定格式的，文筆還在其次，主要是要寫陳情訴狀的來由。趙彩鳳看了一下宋明軒的行文筆墨，倒是簡明流暢，忍不住點了點頭，嘴裡小聲讚許道：「字不錯，狀書也寫得不錯。」有些小事情不過就是無心之舉，趙彩鳳來了古代這麼久，早已經忘了要偽裝了，況且平常在家裡的時候，鮮少有見到字的機會，因此這時候偶然瞧見了一次，竟一時忘了自己是穿越成一個不識字的村姑！

「妳知道我寫了什麼？」宋明軒抬起頭，眼神中帶著幾分疑惑地看向趙彩鳳。

趙彩鳳猛然明白過來自己露餡了，臉頰頓時脹得通紅，想了良久才笑道：「誰認識字了？不就是誇你一句字寫得好看，就得意了？它認識我，我不認識它！」

趙彩鳳當然不知道，以前自己是個老姑娘，即使做出這樣的表情和舉動，也是相當沒有誘惑力的，可如今這皮囊不過十五，正是最青春年少的時光，偏生又長得好看，所以在宋明軒看來，這樣的趙彩鳳真是前所未有的動人。

宋明軒忽覺得心裡有一頭小鹿奔得飛快，他忙低下頭，蘸飽了墨水，繼續落筆。

河橋鎮雖然叫作鎮，但它卻名副其實是一個縣城，縣衙就在離楊家三條街外的縣府路上。因為靠近京城，且民風淳樸，所以這一帶很少有謀財害命的官司，百姓們的日子雖然過得清苦，卻很安穩。

宋明軒洋洋灑灑地寫完了狀書後，又從右到左默讀了一遍，抬起頭的時候瞧見趙彩鳳已經去給楊氏打下手紮靈堂了，也稍稍地鬆了一口氣。不知道為什麼，最近自己有些怕趙彩鳳，總覺得她變了樣似的。宋明軒以前對於趙彩鳳的印象，除了很文靜以外，也確實沒別的了。他那時候是足不出戶的看書、趙彩鳳是足不出戶的帶孩子，兩個人連話都沒說幾句，談何熟悉呢？不過說真的，宋明軒還是挺喜歡現在的趙彩鳳，他覺得，興許是趙彩鳳經歷了這一次的事情，所以已經將心打開了，反而就活得比以前瀟灑了。可是自己呢？彷彿還在故步自封。

趙彩鳳幫著楊氏打理好了靈堂，楊氏正想去隔壁周婆子家，讓她請了鎮上專門承辦喪事的鼓樂隊來——鄉下人家辦個喪事也要熱鬧，這是習俗——可楊氏還沒跨出門口呢，楊老頭就把她喊住了。

「妳去喊幾個男人來，咱不辦這喪事了！咱把妳弟弟的屍體抬回縣衙去，問問那仵作，妳弟弟到底是怎麼死的！」

楊氏一聽這話，就知道楊老頭是打定主意要討公道了，也挺起了腰桿子，點頭道：「那行，我這就喊人去，咱不能讓振興白死了！」楊氏說完，又補問了一句。「只是，咱告誰呢？難不成真的告弟媳婦？這沒憑沒據的，他們也不會信我們啊！」

宋明軒這時候已經寫好了狀書，笑著道：「我寫的是告仵作不按實給出死因。我私下裡想了想，那仵作會這麼做，或許不是巧合，若他一貫就是這麼驗屍的，只怕他也不是什麼有能耐的仵作，留著也是草菅人命，不如讓縣老爺撤了他才好呢！」

趙彩鳳倒是沒想到宋明軒的腦子這麼活絡，看來這書呆子不可貌相，以前是自己小看了他。

楊老頭想了想，心裡卻是不服，問道：「單告這仵作，那害死我兒子的凶手豈不是沒事？」

趙彩鳳這時候也有一點憋不住了，這聰明才智都讓宋明軒給占去了，自己好歹還是一個高知穿越女，真是活得憋屈，於是便笑著道：「姥爺放心，若那個仵作真的是受人之託這樣辦事的，他自己露了餡，自然也不會保著別人了，到時候少不得順藤摸瓜，一個都少不了的。」

宋明軒沒料到趙彩鳳居然猜出了他的想法，越發就興奮了，忍不住扭頭又多看了她一眼，一時又臉紅了起來。

楊老頭一個勁兒地點頭，誇獎道：「果真還是你們年輕人腦子活，像我是再想不出來的，咱就這麼辦！」

不一會兒，楊氏便喊了幾個年輕力壯的鄰居過來，這些人大多和楊振興差不多歲數，又是楊老頭和楊老太看著長大的，如今知道楊家出了這樣的事情，也很是同情，一個個都說願意幫忙。四個大漢一人一個角，抬起了放著屍體的門板；趙彩鳳扶著楊老頭；宋明軒揹上了自己的書簍，拿著狀書；後面跟著看熱鬧的百姓，一群人浩浩蕩蕩的，就往縣衙去了。

這河橋鎮有些年份沒出人命官司了，平常縣太爺審理的大多都是偷雞摸狗、家庭糾紛等案子。俗話說清官難斷家務事，這位縣太爺也很會搗糨糊，每次一到審理不清的時候就各打五十大板，這個辦法屢試不爽，以至於時間長了，這縣衙的門檻都落灰了。

今日忽然聽見有人擊鼓鳴冤，縣太爺頓時就精神大振，慌忙讓師爺出去看了。

那師爺一看，居然是楊家人來了，急急忙忙就進去回稟道：「大人，是楊老頭帶著一群鄉民來了，還把楊振興的屍首也給抬來了！」

縣太爺一聽，放下筆管站起來道：「怎麼又抬來了？不是說讓領回去了嗎？你辦的什麼事？」

師爺平常也是閒散慣了，一味只知道拍縣太爺的馬屁，開口道：「大人，我是按您的吩咐辦了啊！連結案的陳詞都寫好了，那楊老頭看過了以後，按了手印就把屍體給領回去了，我哪裡知道他們怎麼又來了呢？」

縣太爺嘆了一口氣，站起來道：「算了，別管了，出去瞧瞧。」因為河橋鎮離京城大約只有四、五十里路，這裡並不像別的地方天高皇帝遠的，縣太爺就等於半個土皇帝。縣太爺為了自己的烏紗帽，少不得也要擺出一副勤政愛民的模樣，所以便喊了捕快、師爺，迅速地擺起了架子，升堂審理。

眾人把楊振興的屍體擺在了公堂上，楊老頭跪下來道：「青天大老爺，我兒子冤枉啊！他不是摔死的，是被人害死的！」

縣太爺一聽，也嚇出半身冷汗來，出了人命官司可是要上報朝廷的，弄不好還要影響績效考核，他在這河橋鎮待了好些年了，正等著朝廷發布的調令，聽說是要去一個江南魚米之鄉的，要是因為這事黃了，怕是要抱撼終生。縣太爺一下子意識到這件事情的重要性，忙調整呼吸，驚堂木一拍，開口道：「楊老頭，你說說看，你的冤屈何在？一早分明就是你領了屍體回家的，如今不過半日，怎麼就說你兒子是被人害死的呢？」

楊老頭畢竟年紀大了，驚堂木一響，身子都打哆嗦，趙彩鳳等人又被攔在了公堂外面，只能遠遠地站在門口看著。

所幸宋明軒站在一旁，見楊老頭有些怯場，便開口道：「梁大人，這裡有一份狀書，是狀告縣衙仵作怠忽職守、草菅人命的。」

縣太爺見公堂上還站著一個年紀輕輕的後生，又一拍驚堂木，抬頭道：「堂上何人？見了本官為何不跪？」

趙彩鳳聽了他這兩句臺詞，差點兒就要笑出來了，果然古裝電視裡的臺詞也不是空穴來風的，原來縣太爺審案還真這麼審。

宋明軒卻是一點兒也不怕驚堂木的，朝著縣太爺的方向拱了拱手道：「堂上河橋鎮趙家村秀才案首宋明軒。梁大人可還記得？晚生和貴公子是同窗。」

趙彩鳳一聽，不得了了，果然不能小看這宋明軒，居然還是秀才案首？只有考第一名才能叫案首呢！趙彩鳳雖然貴為學霸，但是在這種重要考試中，卻從來沒有拿過案首，簡直是給穿越女丟臉啊！看來宋明軒這土著學霸，也不是浪得虛名的。

那縣太爺伸出脖子，仔細打量了宋明軒一眼，這才點點頭道：「喔，原來是你啊！你跑這裡來做什麼？再過兩個月就是秋闈了，你這麼空閒，跑來給人打官司啊？」

在古代，狀師可不是什麼體面職業，大多數都是一些考不上功名、只能靠嘴巴吃飯的文人，誰要是當了狀師，等於就是告訴別人自己考科舉失敗，怕要改行了。可是宋明軒這樣的案首，怎麼可能考不上呢？所以縣太爺才被他嚇得差點兒掉下巴。

要知道，一個縣裡出了舉人，那便是整個縣的榮耀，所以這幾個月縣太爺除了坐鎮縣衙之外，跑得最多的地方就是縣學了。只要自己手下這一批才子能多中幾個舉人，績效考評上面就會有一些好評。誰知道，正是這關鍵時候，種子選手宋明軒居然跑來給人打起了官司！

宋明軒見縣太爺認出了他來，也覺得有些不好意思，避開了秋闈的事情，開口道：「這楊振興是我鄰家的親戚，死得有些不明不白，還請縣太爺明察，還他一個清白。」

縣太爺一看是熟人，頓時就改了態度，撚著山羊鬍子道：「那你說一說，到底哪裡不明不白？我先聽一聽。」

宋明軒便道：「還請縣太爺傳了給楊振興驗屍的仵作上來。」

說起來，在縣衙當仵作還真是一個閒差，像河橋鎮這個幾年沒出人命官司的地方，仵作是不常見到屍體的。這位馬仵作，平常看得最多的不是人的屍體，而是動物的屍體，比如這隻雞是被趙家的狗咬死的？是被陳家的牛頂死的？還是被自家的雞給啄死的？興許看多了動物的屍體，看起人屍來，也會有些失手的。

不一會兒，馬仵作就到了，他長著一張方臉，面色黝黑，看上去老實巴交的，見這麼多人在公堂裡面站著，便有些疑惑地跪了下來，問縣太爺道：「大人，傳小人上堂有何吩咐？」

縣太爺指了指堂上楊振興的屍體，開口道：「喏，你再說一說，他是怎麼死的？有人說你看走眼了。」

趙彩鳳隱約覺得那仵作的身子僵了一下，視線下移的時候，就瞧見他放在背後的手握緊了拳頭，這些小細節坐在他面前的縣太爺看不見，可是站在堂外的趙彩鳳卻看得一清二楚。

仵作頓了半刻後，開口道：「大人明察，這楊振興的屍體，是小人檢查的，他頭上有傷口，身上有酒氣，發現他的地方是在鎮外的河邊，邊上有一大塊染血的石頭，手裡還捧著半罈子酒，按照小人推算，他應該是喝醉酒以後，走在城外河邊的時候，不小心摔在了石頭上，摔死的。」

趙彩鳳按照馬仵作的話，頓時又想出了兩個疑點，可惜她進不去公堂，也不能在門口大聲喧譁，不然怕會被那縣太爺判一個咆哮公堂的罪名，到時候屁股受罪就不好了。她正著急怎麼把這些細節告訴裡頭的人時，就聽宋明軒向著縣太爺拱了拱手，開口道——

「梁大人，方才馬仵作的話說得的確有些道理，但是還有幾處疑惑不明，還請馬仵作給晚生解惑。」見縣太爺點頭應了，宋明軒便側過了身子，看著跪在地上的仵作，有一種居高臨下的感覺。

宋明軒臉上的神情嚴肅，端的是一派老成，但配上他白嫩的皮肉，就讓人覺得有些違和了。也許是大人裝久了，他真的不當自己是孩子了，所以才會有這樣嫻熟老練的動作，可惜了這麼好的皮囊，都白白糟蹋了。

宋明軒接著開口道：「第一，馬仵作說死者的後腦勺有傷口，敢問是幾個傷口？第二，既然死者的傷口在後腦勺，那麼他應該是往後摔的，敢問喝醉酒的人，有幾個走路是往後摔的？第三，假設死者往後摔成立，有幾個人是摔倒了手裡還抱著酒罈子的？」

馬仵作聞言，頓時就脹紅了臉頰，申辯道：「酒鬼當然是抱著酒罈子的，我們發現他的時候，他就是抱著酒罈子！」

宋明軒這時候臉上卻有了一些笑容，低下頭問道：「馬仵作還沒告訴我，死者的後腦勺有幾個傷口？」

馬仵作愣了片刻，臉上頓時出現死灰一樣的顏色。

趙彩鳳雖然看不見他的臉，但是從宋明軒帶著幾分得意的眸中，也能猜得出來這時候馬仵作的臉色如何。宋明軒問得不錯，死者後腦勺有兩個傷口，如果是自己摔死的，必定有一個掙扎爬起的過程，這個過程中又怎麼可能還捧著個酒罈子呢？方才在楊家的時候，並不知道有這麼一個酒罈子的存在，所以一直沒想明白，這會兒聽著馬仵作說了出來，才真是叫馬腳大露。

縣太爺見馬仵作這掙扎的樣子，也覺得有些不對勁了，開口道：「人家宋案首問你話呢，你快回答。馬大龍，你是這些年閒飯吃多了，連這些本事都沒了？叫你瞅一眼人怎麼死的，你還給我瞅出了冤案來？」

那馬仵作抬起頭，皺起一雙粗黑的一字眉，似乎是在給縣太爺使眼色。

縣太爺驚堂木一拍，逼問道：「本縣問你，你身為仵作，為何連這楊振興的死因都看不出來了？」

馬仵作被驚堂木唬得一跳，低下頭，下了半日決心，這才抬起頭道：「大人，這可是你逼我說的！今兒一早，你家小舅子來找我，說他昨晚約了楊振興喝酒，誰知道那楊振興喝多了，跑到鎮外給摔死了！他害怕得不行，給了我十兩銀子，讓我千萬別說出去。我一聽既然人是自己摔死的，又有銀子拿，就讓衙門的人弄了回來，隨便檢查了一下傷口，寫了一個屍檢報告。大人，銀子我可以交出來，但我真沒想到這是謀財害命的官司啊！這楊振興本來就好那一口，喝多了摔死也不是沒可能，您開恩饒了小的吧！」馬仵作說完，一個勁兒地磕起了頭，額頭上早已經落下汗珠來了。

縣太爺一聽也傻了，他那小舅子算是這河橋鎮的一霸，要不是有他兜著，只怕早不知道得罪了多少人，如今又沾上這事情，那可是重罪啊！縣太爺的額頭上也跟著汗如雨下了起來。

宋明軒見聞，拱手道：「大人，既然馬仵作供出了疑犯，還請大人將嫌疑犯提上堂來審問，到底為何要殺了這楊振興？」

縣太爺愣了愣，抬起袖子擦了擦額頭上的冷汗，轉身對師爺道：「去把舅老爺拿來，對了，這事情別讓夫人知道，省得她哭爹喊娘的。」

宋明軒對這位縣太爺還算熟悉，知道他並非貪官污吏，不過就是品性中庸而已，從這些年治理河橋鎮的政績也能看出來，他就是個膽小怕事的主，如今出了這樣的事情，又關乎自己的仕途，雖是親小舅子，也未必敢偏私，故而便開口誇讚道：「梁大人真是大義滅親，讓人佩服！」

趙彩鳳在堂外聽見這一句，差點兒沒笑出聲來。當初還擔心宋明軒品性太過迂腐耿直，會不會沒法適應官場，如今看來，自己還真是杞人憂天的那一個了。

果然沒過多久，縣太爺家的小舅子就被捕快和師爺羈押了過來。這小舅子平素在河橋鎮作威作福，人人都稱他一聲福爺。

福爺見了如此陣勢，雖然害怕，卻也壯著膽量，跪下來陪笑道：「姊……姊夫，你這是做什麼呢？咱們一家人好說話，你怎麼還請上了秦師爺來綁我呢？」

縣太爺驚堂木拍得砰砰的，厲聲道：「公堂之上，只有官民，沒有親疏，你少跟本官套近乎！」

福爺見這一招不管用了，哭喪著鼻子道：「姊夫，你咋這樣啊？一會兒我告訴大姊，說你欺負我，夥同外人一起整我！」

這縣太爺什麼都好，唯獨有一個毛病，且河橋鎮人人知曉，那就是懼內。原來他也是屢試不中的類型，中了舉人之後就再沒有考上什麼，幸好老丈人家殷實，是這一帶的大戶人家，所以給他捐了一個官，在這河橋鎮上當了好些年的師爺，縣太爺高升之後，又保舉他做了知縣，才有了如今的前程，說起來也是靠了妻家的支持。以前小舅子是地頭蛇，他偏私些也是有的，可如今人命關天，弄不好是要掉腦袋的，縣太爺也不敢造次了。

「你給我跪好了！我問你，你為什麼要買通馬仵作，掩蓋楊振興的死因？」

福爺聞言，臉上便露出了猙獰的怒容，狠狠盯著那馬仵作道：「好你個兔崽子，你拿了老子的銀子，就這樣替老子辦事？」

這福爺長得像瘦猴一樣，卻震懾住了人高馬大的馬仵作，那馬仵作忍不住往後面退了退，懼怕道：「福爺，這人命關天的事情，瞞不住啦！楊振興到底怎麼死的，你心裡清楚！」

福爺紅著一雙眼睛，恨不得過去咬上馬仵作一口。

那邊縣太爺開口道：「小福子，你說吧，楊振興怎麼死的？你說了以後，別的事情也不用多想，爹娘自有我來奉養，孩子我也替你養了，除了你那媳婦我不敢要之外，你一切放心。」

福爺被幾個捕快按著，臉上帶著幾分怒容，瞪著縣太爺道：「你這忘恩負義的狗官！好好的縣太爺不做，審起一家人來了？你知道你這官哪裡來的嗎？是我們家用銀子給你買的！

我呸……」

縣太爺被自己的小舅子罵得狗血淋頭，在外面看熱鬧的人都哈哈大笑了起來。

宋明軒卻沒有笑，一本正經道：「梁大人，這胡福藐視公堂、褻瀆朝廷命官，這兩條就已經是重罪了，按照大雍律例，應施以杖刑三十，還請大人用刑！」

縣太爺魂還沒回來呢，聽宋明軒這麼說，身子顫了一下，算是回魂了，便開口道：「拉下去，先用刑，打完了再繼續審問！」

那福爺本就是紈袴，身上沒幾兩肉，板子才打到一半的時候，已經招架不住了，覺得這一頓板子下去，一樣要送命，還不如老實交代的好，遂哭喊著道：「我……我說……我說……」

縣太爺見他終於肯說了，忙令捕快停手，將他拖了進來，丟在堂上，問道：「你快說，你和這楊振興有什麼仇恨，要謀害於他？」

福爺吃痛，皺著眉頭道：「我跟他能有什麼仇怨？是他那婆娘，嫌棄他沒出息，不想跟他過了，還說他整日喝醉酒了回家，不是打她就是打孩子，我沒法，只好幫她把他給解決了。」

眾人聽得一頭霧水，連縣太爺也不解地問道：「他打婆娘那是他的事情，他又沒打你婆娘，你何必去幫那婆娘解決？」

福爺苦著臉，臀部隱隱作痛，哭喪著臉道：「那婆娘生的兒子是我的，她說我若不幫她，她就要領著兒子來胡家認祖歸宗。」

縣太爺這下也算明白了，胡老太爺是這個地方的元老了，向來性子耿直，對這個兒子已經是忍無可忍，若是知道胡福在外面做出這樣的事情，只怕胡福也是沒有活路的。

楊老頭聽了這些話，如夢初醒，愣愣地看著楊振興的屍體，老淚縱橫道：「兒啊，你養了九年的兒子，果然不是你的骨肉，這叫什麼事兒啊！」

公堂外面擠著密密麻麻的人群，大家聽了這麼勁爆的真相，紛紛唏噓不已。

楊老太聞言，眼睛一白就要往地上倒去，幸好被趙彩鳳和楊氏一人一邊扶了起來，嘴裡喃喃道：「我們老楊家這下算是絕後了……」

趙彩鳳心裡也嘆息，她在現代是獨生子女，這一穿越過來，他們家也絕後了。趙彩鳳想到這裡，覺得鼻腔酸澀了起來，竟不知不覺就落下了淚。

宋明軒頭一次當狀師，沒想到就這樣大獲全勝，他自己原本就是很沈悶的人，也不知剛才怎麼一口氣說了那麼許多話出來，這時候再回想一下，還真有一種如夢初醒的感覺。宋明軒臉上多了一些笑意，也不知為什麼很想要有人能跟自己共鳴一下，就轉身往公堂的門口上看了一眼，誰知竟看見低著頭偷偷抹眼淚的趙彩鳳。美人垂淚，這是讓人多麼揪心的畫面啊！

趙彩鳳身上穿著他原本珍藏著、一心想給別人的花布面料衣裳，站在公堂的門口，夕陽染得她面頰微紅，眉宇間都是橙黃的顏色，那種溫暖和酸澀感直接就撞在了宋明軒的心頭。

這樣一個花朵一樣美好的姑娘，卻因為莫須有的寡婦罪名，被鄰里唾棄。宋明軒覺得心口熱熱的，彷彿有什麼東西呼之欲出，口乾舌燥，一時間說不出話來。

就在這個時候，擦乾了眼淚的趙彩鳳抬起頭來，正好看見站在遠處偷看自己的宋明軒，她的臉色一板，頓時生出幾分威嚴來。沒穿越之前，趙彩鳳只要這個樣子，都能嚇壞那一群想要開她玩笑的後輩小帥哥們。果然這一招非常之有效，等趙彩鳳移回視線的時候，見宋明軒早已經調轉了腦袋，再不敢看她了。

宋明軒這時候心裡心虛得很，以前如月看他的時候，他只覺得那目光暖暖的，心裡很安定；但趙彩鳳看他的時候，這種暖暖的感覺卻變了，變得心驚肉跳，像上了考場卻猛然發現題目是以前做過的，但答案卻實在想不出來那般緊張，讓人又悔恨、又欣喜……過了良久，宋明軒才調整好這個心態，再抬頭看趙彩鳳的時候，才覺得自己又恢復了正常。

捕快押著被打得半死不活的福爺離去，隨行看熱鬧的人都在誇讚縣太爺不是個昏官。

宋明軒朝著縣太爺拱了拱手，一臉赤忱地開口道：「梁大人如此明察秋毫、大義滅親，真是讓晚生佩服！」

縣太爺一邊搖頭一邊擺手道：「宋案首，家門不幸，本官也只是做自己的分內事而已。你秋闈在即，還是安心備考吧，若是有什麼困難，只管去縣學找周夫子，他好些日子沒見你了，也常念著你。」

宋明軒在縣學就讀的時候成績優秀，所以那裡的先生都記著他，只是縣學的風氣實在不算好，所以宋明軒只道：「晚生知道了。今日的事情，要多謝縣太爺主持公道。」

宋明軒有功名在身，可以不跪縣官，平民百姓卻不能。大家見宋明軒對著縣太爺行禮，紛紛就跪了下來，恩頌道：「大人明察秋毫、大義滅親，實乃百姓之福啊！」

楊老頭一個勁兒地磕頭，嘴裡念叨著。「大人是好官啊、清官啊！」

梁大人做了這麼多年縣太爺，頭一次受百姓擁戴，頓時覺得頭上的烏紗帽又重了幾分，他親自上前，把楊老頭扶了起來，臉上神色嚴肅地勸慰道：「老人家，節哀順變。」

楊老頭再一次抹了一把淚水，一個勁兒地點頭。

梁大人這才轉身，在宋明軒的肩膀上拍了拍道：「宋案首，秋闈要努力啊！只怕明年我就要調任了，希望在調任之前能聽見你的好消息。」

宋明軒頓時覺得責任重大，但還是重重地點了點頭。

楊振興的喪事辦得不算隆重，但還是請了專門管喪事的鼓樂隊來吹吹打打，這個習俗幾千年沒有改，趙彩鳳也終於理解為什麼現代人掃墓還要放鞭炮了。

到了晚上，眾人都已經累趴下了，楊老頭因為兒子沈冤得雪，被楊氏勸著去睡覺了，楊老太身子也不好，所以一起睡了。古時候有風俗，靈堂裡不能沒有人守夜，所以這守夜的任務就交給了楊氏、趙彩鳳還有宋明軒了。

也是湊巧，從衙門回來的路上遇見了李全夫婦，所以就託他們帶了信給許氏，說是趙彩鳳母女要在鎮上料理完了喪事再回去，宋明軒也會在鎮上逗留兩日。

這一整天忙得沒有停歇，到了半夜大家都餓得前胸貼後背的。趙彩鳳來了這古代還是第一次熬夜，幸好天氣不冷，坐在草垛上靠著牆也能眯一會兒。

靈堂裡點著油盞，雖然光線不亮，但看書也已經綽綽有餘了，宋明軒拿著一本書，就在趙彩鳳對面的牆根下坐著，兩人中間隔著一具屍體。

趙彩鳳打了一個哈欠，肚子咕嚕嚕的亂叫。

楊氏見了，笑著道：「我去給你們做些吃的吧，這到天亮還有些時辰呢！」

古代人日出而作，日落而息，從天黑的時間估算一下，這時候頂多才十點半，連半夜都還沒挨到，這要是真的熬一宿，可不真要餓死了？趙彩鳳連連點頭。

楊氏站起來的時候，腳尖差點兒碰到睡在草垛裡的楊國強……不對，他現在應該叫胡國強才對了。

趙彩鳳他們走了之後，後面的事情就沒管，案子既然審理清楚，且又是人命關天的事情，理應由縣太爺呈書上報，由刑部統一量刑，最後是死是斶，尚且不知。趙彩鳳看了一下這孩子，長得白白淨淨的，連睡覺都皺著眉頭，可想而知他的童年有多艱辛。

「唉……」趙彩鳳嘆了一口氣，家裡的三個弟妹已經夠自己受的了，這孩子既然上頭有自己的嫡親祖父祖母，不如還是讓他認祖歸宗吧。

宋明軒聽見趙彩鳳的嘆氣聲，便抬起了頭，隔著屍體上蓋著的團花被面，覺得趙彩鳳的眉眼從來沒這麼溫暖過。

「寶哥兒的祖母也在呢，當初如月被趕出來的時候，並不知道自己懷了孩子，是後來才知道的。趙家村的人都知道寶哥兒不是我的兒子，可他們方廟村的人卻都以為寶哥兒是我和如月生的。」

宋明軒冷不丁地冒出這樣一句話來，讓趙彩鳳很不理解，再看一眼宋明軒那豆芽菜一樣的身板，若真想生兒子，還是再等兩年吧！

「孩子的親奶奶在，那你們怎麼不把孩子送回去呢？怎麼說那戶人家好歹也是地主家，總比你家富裕些，你瞧寶哥兒現在這樣子，跟你一樣瘦猴似的。」小孩子營養不良，容易影響發育，寶哥兒現在就是頭大身子小，長此以往，肯定對身體有危害的。

宋明軒低下頭，睫毛在眼瞼上落下陰影，嘆息道：「我娘也這麼跟我說過，可我想著，這麼小的孩子，他又不懂事，在我家雖說缺衣少食，但至少不會不管他，萬一他回去之後，也不知道他那個嫡母怎樣對他，能不能有活路還兩說呢。」

宋明軒說起這些話的時候，還真有些慈父的樣子。趙彩鳳想了想，宋明軒想的還是對的，若真容得下他，當初那女人也不會趕走如月，只怕她趕走如月的時候未必不知道如月已經有了身孕，如今瞞著上頭，無非就是不想讓人知道如月懷了個孩子，那麼寶哥兒若回去，就是送死去的。

「行了，反正小孩子吃得也不多，拉扯拉扯也就大了，他長大了，總歸也是管你喊爹的。」趙彩鳳說完這句話，又看了一眼睡在自己腳跟頭的楊……不，胡國強，終於明白了宋明軒的意思。

這小子自己窮得紙筆都買不起了，還有這惻隱之心呢，總算是讀書沒讀進狗肚子裡。趙彩鳳又嘆了一口氣，可楊老頭家的事情，她也是作不了主的。等她嘆完氣抬頭的時候，就瞧見宋明軒已經低下頭，在看自己手上的書了。

楊家的客堂小得很，布置成靈堂更顯得狹小陰森。趙彩鳳從牆上拿了一件掛著的衣服，蓋在了胡國強的身上。大人作孽，小孩受罪，古往今來都是這個道理。

沒過多久，楊氏就從屋外走了進來，對趙彩鳳道：「彩鳳，妳帶著明軒去廚房吃麵條，我端出來不方便，我先在這裡守著。」

趙彩鳳拍了一下屁股站起來，往門口走了兩步才回頭喊宋明軒，就見他扶著牆爬起來，走路還有些艱難。趙彩鳳只看了一眼，便知道他是坐的時間長了，腿麻了。趙彩鳳對今日宋明軒的表現很滿意，且這時候並沒有外人，所以就折回去，扶著他的手臂道：「你沒事吧？」

宋明軒頓時就脹紅了臉，抿著嘴搖頭。

趙彩鳳抬起頭，這才發現宋明軒是一個高個子的瘦子，居然比自己高了整整一個頭還多。見他不說話，她便開口問他。「哪條腿麻了？」

宋明軒並不知道趙彩鳳要做什麼，老實回答道：「左邊。」

趙彩鳳鬆開了宋明軒的胳膊，蹲下來，伸手在宋明軒的小腿肚上按摩了起來。她做法醫的時候，有時候對著地上的屍體一研究就是幾個小時，等站起來時不光腿腳發麻，甚至還頭暈眼花，誰知道如今這趙彩鳳的身子，倒是不怕這些了。

指腹上不輕不重的力度傳導到宋明軒的腿肚子上，隔著薄薄的面料，讓宋明軒覺得自己的腿也跟著發熱了一樣，一時間定在了原地，連步子都不會挪了。

過了一小會兒，趙彩鳳才拍拍手站起來道：「你走走試試看，應該好多了。」

她原本差點兒要說，這是因為長時間保持一個動作，血液不流通所致的，但是想一想，作為現在的趙彩鳳來講，會知道這些才奇怪了呢！況且這兩日她已經有點忘形了，其他人都不在意，這宋明軒可聰明著呢，萬一被他看出些什麼來，也是不好的。

宋明軒這時候哪有心思胡思亂想，視線一直停留在趙彩鳳的脊背上，等趙彩鳳抬頭的時候，他才慌忙地移開了視線，頗有一種做錯事的小孩子被人發現的心虛感。

宋明軒動了動腿，果然不像針扎一樣的疼了。這時候趙彩鳳也不扶他了，自己一個人往廚房那邊去，宋明軒又覺得似乎缺了些什麼，其實讓她扶著的感覺好像還挺不錯的……發現自己越想越歪的宋明軒頓時就回過神來，伸手拍了拍自己的臉頰，重新換上嚴肅的神色，跟著趙彩鳳進了廚房。

廚房的門框很矮，宋明軒這個個頭要彎腰進來。

桌上點著一盞油燈，上面放著兩碗麵條，趙彩鳳坐了下來，很自覺地選了小一些的那一碗，滿意地喝了一口麵湯，舒爽暖和的感覺頓時從口中傳遍全身，讓人精神一振。她吃了兩口麵後，抬起頭的時候發現宋明軒也坐了下來。他吃麵的樣子很優雅，比以前電視上看到的富家公子的做派還要優雅，他不會吸麵條，發出咻咻的聲音，而是實打實地挾一筷子麵，吃掉了後再挾另一筷子。趙彩鳳第一次知道，原來吃麵也可以吃得這樣好看，這大概就是傳說中的坐有坐相、吃有吃相吧？這一切應該不會是許氏教的，那麼，肯定就是在書上學的了。

第七章

在靈堂裡守了一夜，第二天一早大家都跟烏眼雞一樣。

一大早，隔壁的周婆子就火急火燎地跑過來，還沒推開院門呢，就在外頭喊道：「楊老頭，振興媳婦死了！上吊死了！」

楊氏正在院裡掃地，聞言丟了掃把，開門把周婆子給放進來，忙問道：「妳說誰死了？」

「振興媳婦，國強他娘啊！昨天縣衙的捕快到處抓她，她不是逃跑了嗎？今兒一早被人發現在五樹坡後面的破廟裡上吊自殺了！」

楊氏默唸了一句「阿彌陀佛」，臉上還帶著幾分厭惡，道：「死了也活該，她爹娘也是倒楣，養了她這樣一個閨女！」

周婆子走進來，左右看了一眼，像是在找東西一樣，見楊氏不語，這才問道：「國強去哪兒了？那孩子你們預備怎麼辦呢？」

說到這事情，楊氏心裡頭還真沒底，她自己拖著四個孩子，累死累活的，自然是不想讓家裡再有負擔，但這事還得要看楊老頭和楊老太的想法。

「我也不清楚，看兩老的意思吧，畢竟養了這麼多年。況且胡家那邊，也沒說要來領人，這要是冒冒失失地送過去，怕也是丟人現眼。這事已經弄得人盡皆知的，兩老臉上也不光彩。」

那周婆子道：「我是看著國強長大的，這孩子可得人疼呢，可惜父母都是不長進的，怪可憐的。」周婆子說完這些話，再沒別的事了，見時辰尚早，便開口道：「我先去張羅墳地的事情，去問問價錢，要是辦好了，也能讓妳弟弟早些入土為安。」

楊氏忙不迭地謝過了，進門的時候瞧見國強跪在楊振興的屍體跟前，蹙著眉頭，看不出他在想什麼。

趙彩鳳在外面洗了一把臉回來，到廚房拿了兩個窩窩頭，招呼宋明軒吃了，又拿了一個遞給國強，那孩子雖然接在了手中，卻一句話都不說，也不吃，還是跪著一動也不動的。

這時候楊老頭從外頭進來，見了國強，欲言又止的，側過頭又抹了一把老淚，這才開口道：「孩子，我老楊家是沒這個福分，如今已是絕後了。一會兒我把你送去胡員外家，他們家家底殷實，你回去也不會過得這樣清苦，你既是他們家的孩子，他們少不得也會好好待你的。以前你爹待你不好，如今看在他已經閉眼的分上，你也就原諒了他，給他磕了這個頭，我就帶你走吧。」

那孩子忽然嗚哇一聲哭了出來，手裡的窩窩頭掉在地上，竟是撲過去，趴在了楊振興的屍體上嚎啕大哭了起來，身子抽得不像話。

趙彩鳳覺得眼底濕漉漉的，忙不迭用手背擦了擦臉頰。

那邊楊老頭繼續道：「你是好孩子，是我們老楊家虧待你了。」

這話說得國強抽得更厲害了，嘴裡含含糊糊地喊著「爹」。

趙彩鳳心想，其實楊振興私下裡可能還是很疼這個兒子的，但這些事情已經無人知曉了。

這時候楊老太揣著一個布包，在門口道：「老頭子，孩子的衣服已經收拾好了。」

楊老頭點了點頭，又像想起了什麼，接著道：「妳傻啦？孩子是要回胡家享福去了，這些破衣服帶回去也只有給他們擦地板用，不如就留著給小三子穿好了。」

楊老太聽了這話，一時沒憋住，也摀著嘴嗚咽了幾聲。

這時候國強已經不哭了，從楊振興的屍體前站了起來，擦了擦眼淚道：「爺爺、奶奶，你們不用送我過去了，胡家我認得，那地方以前我娘帶我去過好幾次，就是不敢進去。」

原來這孩子一直都知道……趙彩鳳聽了這話，越發覺得他可憐。不過楊老頭身體也不好，又是這樣傷心的場面，只怕到時他也禁不住。趙彩鳳想了想，便道：「姥姥、姥爺，你們在家歇著吧，一會兒鄰里都要來弔唁，家裡沒個主人家也不像話。我和宋大哥送國強過去就行了，你們兩老放心吧。」

雖說不是親生的，可畢竟從小養大，也是心頭肉一樣地疼愛過，楊老頭忍不住和楊老太抱頭痛哭。

那邊宋明軒接了楊老太手裡的包裹，上去牽著國強的手。

說實話，以前趙彩鳳覺得宋明軒還是一個孩子，不堪大用，但經過昨天的事情後，趙彩鳳發現，宋明軒雖然還是個孩子，可他畢竟是個男孩子，有時候還是頂一些作用的，最關鍵的是，他腦子很夠用。

這麼一想，昨天他在文房店裡頭未必就沒瞧見那掌櫃的使壞。趙彩鳳和宋明軒一前一後地走著，覺得有些想不明白，便隨口問道：「我說，你昨兒到底有沒有看見那個掌櫃的把紙藏起來啊？」

宋明軒沒承想趙彩鳳這時候會問這個事情，一時沒反應過來，卻也如實回道：「看見了。」

趙彩鳳聞言，氣得在他身後狠狠地跺了一腳。她發現宋明軒不只聰明，簡直還很狡猾呢！

胡家是河橋鎮上的富戶，祖上是地主人家，到了胡老太爺這一代，捐了一個鄉紳，在河橋鎮上也算得上是有頭有臉的人家，可惜胡老爺的兒子胡福不成材，所以便找了梁大人這樣一個女婿，沒想到倒是投資成功了。梁大人雖然讀書上也不是一把好手，但難得的是在官場上有些經驗，十幾年的師爺做下來，如今也混到了一個縣令。

有一個當縣令的乘龍快婿，胡老爺就越發得意了起來，再加上兒子不成器，他也就漸漸不管兒子，只管著自己的幾個外孫和孫子了。

昨兒出了這事情，梁大人還當真沒撿到好果子吃。在公堂上他是得了百姓的稱頌，可回到家裡少不得跪了一宿搓衣板。奈何這事情已經發生，也沒有任何的轉圜餘地了，胡老爺氣得差點兒一口氣提不上來，最後扯著聲音喊「那逆子……那逆子就讓他死在外面吧」。

這不，今兒一早，梁大人還沒去縣府衙應卯呢，胡家的下人就把他給喊了過去。

胡老爺一宿沒睡，從頭髮到眉毛、鬍子，都好像比往常更白了一些。他閨女縣太爺夫人服侍在一旁，狠狠地瞪了梁大人一眼，一副母老虎要發威的趨勢。

胡老爺喝了梁夫人遞過去的藥後，揮了揮手示意她退下。「我和敬儀還有些話要說，妳先出去吧。」

縣太爺夫人福身退了出去後，胡老爺靠在床上，指著一旁的椅子，讓梁大人坐下。「敬儀，我昨晚一宿沒睡啊！阿福他不是個人，可那孩子是無辜的，我不知道也就算了，如今知道了，怎好讓他再流落在外呢？」

梁大人這時候也是頭皮發麻，今兒一早就有人來稟報，說是找到豆腐西施的屍體了，眼下一個人犯已經畏罪自殺了，胡福這事情若是如實上報了順天府，只怕活命的機會也不大。況且這會兒正是他要升遷的時候，要是因為這件事情牽連了自己，更是得不償失。

胡老爺想了想，繼續道：「阿福的事情，你就聽天由命吧。你科舉屢試不第，能爬到這一步也不容易，我們胡家也算是靠著你在這河橋鎮上有些名望，這麼些年來若不是你睜一隻眼閉一隻眼的，阿福還不知道要得罪多少人，這些我都看在眼裡。」

梁大人一向覺得老丈人是個非常嚴厲的人，且他年少時又是依仗著胡家才有了今日，所以在老丈人面前一向都是畢恭畢敬的，如今聽老丈人這麼說，頓時覺得這些年在老婆跟前低聲下氣的都值了。

「岳父您別這麼說！要不是您老，我哪裡能有今天？上頭的明詔雖然還沒下來，但是孔大人跟我說過，南邊有個縣不錯，讓我過去待上幾年，江南那可是魚米之鄉，我還想著帶上您和岳母，一起過去住上幾年呢！」

胡老爺搖了搖頭道：「我這一輩子都在這河橋鎮上過，也覺得不差了，江南雖好，終究太遠了。況且你兄弟雖然不在了，我跟前卻還有幾個孩子，只是如今倒是有一件事情，想請你辦一下。」

梁大人見胡老爺說得一本正經，也一本正經地道：「岳父請吩咐。」

「那孩子，去年開廟會的時候我見過，確實跟阿福有幾分相似。他們住在雞籠胡同，難得出來，所以我們這邊的人沒常見，若是見了，怕這流言蜚語早就傳遍了。」

梁大人一邊點頭，一邊問道：「岳父讓我做什麼？儘管吩咐。」

胡老爺便道：「你或者親自去，或者派個人去，把那孩子接回來吧，終究是你兄弟的種。」

梁大人點了點頭，心裡也不是個滋味。雖然胡老爺白得了個大孫子，但這畢竟不是一件喜事。

「那行，小婿這就去安排。」

梁大人正要出去，就見外頭老管家跑了進來，喊道——

「老爺，那孩子來了！」

胡老爺先是一愣，隨即問道：「哪個孩子？是那個嗎？」

老管家一個勁兒地點頭。「可不是？就是雞籠胡同楊老頭家的那個，這會兒正在廳裡呢！老太太已經親自迎過去了。」

原來這胡福家裡娶了個老婆，也是出了名的厲害，且胡老爺又家教甚嚴，並不准他三妻四妾的，所以胡福在外頭壞事做盡了，在家裡卻不敢有半點的忤逆，反倒和梁大人一樣，有些懼內。他外頭雖有一個兒子，卻不敢說，也不敢帶回家，偏生他自己的兒子身子骨又不好，從小就是抱著藥罐子長大的，所以出了這事情後，他老婆劉氏哭得天翻地覆的，但胡家老太太還是忍不住迎了出去。不管是什麼不三不四的女人生的，終究也是他們胡家的子孫啊！

胡老太太出來一看，那孩子長得臉方耳正、眉頭黑密，看著很沈穩，雖然有八、九歲的樣子，但一點兒都沒有膽怯怕生的模樣，站在堂上坦坦蕩蕩的，倒是有胡老爺年少時的幾分樣貌，她心裡頓時就歡喜了起來，連忙喊坐。

趙彩鳳伸手摸了摸國強的頭頂，從今天起，他就該改名叫胡國強了。

這認親的場景，趙彩鳳也是兩輩子才頭一遭經歷，站在別人家的客廳裡，終究有些詞窮。

宋明軒開口道：「老太太，這就是胡大爺的兒子。」

胡老太太昨兒沒去公堂，自然不知道把他兒子揪出來的人就是眼前的男子，見他送了自己的孫子回來，便點頭謝道：「你們坐吧，這孩子……」胡老太太又瞧了一眼那孩子，眼裡是想親近又不敢親近的神色。

趙彩鳳也不想勸國強去喊奶奶什麼的，畢竟要讓一個這麼小的孩子接受完全陌生的人，還要一些時間。讓趙彩鳳沒想到的是，她沒開口勸，國強卻自己跪下來，朝著胡老太太磕了一個響頭。

國強直起身子道：「老太太請受孫兒一拜。」

宋明軒瞧見國強磕了頭，微微一笑。

趙彩鳳瞧見宋明軒臉上的笑容，想起方才他們兩個人走在前面，宋明軒一路都低頭在跟國強說話，只怕這些都是宋明軒教他的呢！

「快……快起來吧，我的乖孫兒！」胡老太太哪禁得起這麼一聲，眼中頓時蓄滿了淚水，連說話的聲音都顫抖了，忙讓丫鬟扶著親自站起來，走到他身邊，彎腰扶起了他，問道：「好孩子，你叫什麼名字？」

「我叫國強，國富民強的意思。」國強答得口齒清晰。

這邊胡老太太還沒接話，就聽見外頭胡老爺拄著枴杖走近了的聲音，人還沒瞧見便聽他說道——

「名字倒是取得不賴，也不用改了，以後你就叫胡國強好了！」

胡老爺進來，仔細地把孩子打量了一遍，雖然清瘦些，但跟胡福當真是相像得很。胡老也抬起頭看了一眼宋明軒，宋明軒中案首的那年，他還派人給宋家送過喜餅，胡老爺自己科舉不成，卻很看重這些能讀書的後生，所以對宋明軒也是記憶猶新。

「宋案首做狀師倒也是一把好手。」自己的兒子不成器，也不能怪別人。胡老爺雖然難受，可還是打心眼裡佩服宋明軒的。

宋明軒見梁大人和胡老爺都在，忙向兩人行過了禮數。

胡國強便開口道：「多謝老爺賜名。」

胡老看見胡國強身上穿著打補丁的衣服，也知道他過得清苦，吩咐下人道：「帶孫少爺去換一身衣服。」

趙彩鳳瞧見兩位老人都對胡國強和顏悅色，心下也稍微放寬了一點心，稍稍抬頭給宋明軒使了一個眼色——這人也送到了、親也認了，他們倆也該回去了。

胡老爺見下人帶著胡國強走了，忙請宋明軒坐下。

那邊胡老太太雖然難過沒了兒子，可新得了一個孫子，好歹有些安慰，就跟著下人一起看孫子去了。

丫鬟送上了茶，宋明軒謙讓了一回，最後仍坐下跟他們說話，趙彩鳳也只好跟著坐下。

那邊胡老爺開口道：「宋案首此次可是要去京城備考了？」

宋明軒忙拱手回道：「在家備考，預備過兩個月進京。」

胡老爺微微頷首，扭頭吩咐了身邊的老管家一聲。

那老管家躬身退到了一旁的裡間，不多時又捧了一個紅漆木匣出來。

胡老爺開口道：「我素來看重你們讀書人，這幾兩銀子，就權當是你送我孫兒回來的謝禮吧，應該夠你上京的盤纏。」

宋明軒一聽，忙起身推拒道：「不不不，胡老爺，您太見外了！送令孫回來只是舉手之勞而已，況且……」

趙彩鳳明白宋明軒這「況且」後面的話——若不是宋明軒半路殺出來，憑楊老頭和楊老太，誰能想到自己的兒子是被人害死的呢？所以對於胡家來說，宋明軒肯定是沒幹好事的。如今胡老爺卻還要贈他盤纏，他當然覺得受之有愧了。

但趙彩鳳卻不這麼想。人有難處那是正常的，大丈夫能屈能伸，宋明軒這一科若是能金榜題名，那他就沒浪費這些銀子。幾文錢憋死英雄好漢這種事情，趙彩鳳不想它發生在宋明軒的身上。便是在現代，家庭條件好的考生，也總是比家庭條件差的考生多一些優勢的。

胡老爺見宋明軒實在不肯收，也知道他素來是耿直謙遜之人，只怕是覺得有些不好意思，又瞧見趙彩鳳也在堂上，兩人既然一同前來，看來關係也是不一般，便索性開口道：

「這銀子也不是給你一個人的，這位姑娘和你一起過來，自然也有她的一半。」

趙彩鳳正在想該如何勸宋明軒收下這些銀子，如今見胡老爺腦子這般靈活，也有了主意，便順著胡老爺的話道：「沒想到胡老爺是如此慷慨大量之人，那這銀子我就收下了，多謝胡老爺！」

胡老爺沒預料這位姑娘如此爽快，可看她的談吐舉止，又分明不像是貪財的小人，便也擠出了一些笑，點頭道：「那姑娘收著吧！」

木匣子送到趙彩鳳的手裡，眼看著趙彩鳳就要接過來了，宋明軒頓時急了，可他又不好意思當著人家的面給趙彩鳳難看，鬱悶得臉都變色了。

趙彩鳳冷眼瞥看他的樣子，心裡頓覺好笑，想激一激他，便故意開口道：「胡老爺放心，一會兒回去我就把一半的銀子給宋大娘，告訴她，這是胡老爺給宋大哥的謝禮，宋大娘一定會很感激胡老爺的。」

宋明軒聞言，臉皮不禁脹得通紅。

這宋明軒昨天在公堂上義正辭嚴的時候都沒這個樣子，如今卻被一個小丫頭弄得說不出話來，倒是讓梁大人都覺得好笑起來。可一想到他昨天害得自己不得不大義滅親，雖然得到了百姓的擁戴，但回家卻跪了一晚上的搓衣板，梁大人也就笑不出來了。

人也送到了、錢也收下了，趙彩鳳便起身告辭了。

宋明軒這時候又著急了，心想趙彩鳳這人怎麼這樣呢，才拿了銀子就要走了？可是見趙彩鳳沒有半點要留下來的意思，他也只好跟著起身告辭了。

老管家便將兩人送到了胡家門外。

宋明軒出了胡家大門後，才算是少了些尷尬，見趙彩鳳把匣子塞了過來，便開口道：

趙彩鳳手裡抱著一個錢匣子，瞧著宋明軒那一臉不自在的表情，順手就把那錢匣子往他的手裡一撂，開口道：「自己拿著吧！」

「妳給我做什麼？這不是妳要的嗎？」

「對啊，是我要的，可這裡面有一半，胡老爺說是給你的。」趙彩鳳在前面走了幾步，見宋明軒沒跟上來，便轉身看了他一眼，見他臉上還有幾分不自在，笑著道：「我是女的、你是男的，就算這裡面有一半是我的東西，讓你幫我拿著，也不算什麼大事吧？」

宋明軒覺得無言以對，只好悻悻地捧著匣子，跟在趙彩鳳的身後。兩人一前一後走了會兒，宋明軒才開口道：「妳收了人家的銀子，轉眼拍拍屁股就走了，這有失禮數。」其實宋明軒私下裡覺得，對趙彩鳳說這些沒準她也不懂，一個村姑她能懂什麼叫禮數嗎？可這幾天他和趙彩鳳接觸下來，又覺得趙彩鳳並不像是沒有禮數的人。

「你懂禮數你就再回去待著吧！」趙彩鳳撂下一句話，瞥了眼宋明軒，這才繼續道：「這眨眼就要到中午了，你還指望他們留著你吃中飯呢？再說了，一會兒國強換了衣服出來，瞧見我們還在那裡，心裡肯定不好受的。」趙彩鳳總算明白了一點——智商高的人，情商不一定高，像自己這樣情智雙高的人，那也是很少的。

宋明軒聽趙彩鳳這麼一解釋，也覺得分外有道理。他在公堂上也算是巧舌如簧，怎麼到了趙彩鳳的面前，好像說什麼她都能反駁過來，他完全沒有絲毫戰鬥力了。

趙彩鳳見他不糾結方才的事情了，這才開始給他做心理疏導。「你別瞧我收這銀子收得快就看不起我，我這是幫你呢！」

宋明軒低著頭不說話。說實話，他聽見胡老爺說要資助他進京的時候確實也心動過，但是……再心動，那也是別人家的銀子，而他宋明軒必定是要憑自己的努力去考科舉的。他心裡為了這個事情，甚至對於方才趙彩鳳的做法，還有著一些鄙視，當然，他是不敢說出來，也不敢表現在面上的。

「你家裡如今還剩幾兩銀子我雖然不知道，但肯定是不多了。如今正是你家最艱難的時候，有人雪中送炭了，你不要，也是對的，但是……」趙彩鳳說到這裡，就停下了腳步，等著宋明軒走過來。

宋明軒聽得真切，正等著趙彩鳳的後文，見她忽然不說了，便開口問道：「但是什麼？」

趙彩鳳眨了眨眼睛，帶著幾分靈動地瞥了宋明軒一眼，開口道：「你口口聲聲要讓宋大娘和阿婆過上好日子，卻要她們為了你考科舉這樣勞心勞力地湊銀子，你忍心嗎？」

被趙彩鳳這麼一說，宋明軒又覺得自己無言以對了。

趙彩鳳繼續道：「對，你覺得這銀子受之有愧，但是只要你努力上進，這一科能高中，那麼胡老爺這些銀子就沒浪費。將來你中了舉人，總有個進項，慢慢償還就是了，可你現在非要擰著這幾分的骨氣，把家裡人累出個好歹，這算什麼事呢？」

不得不佩服趙彩鳳的口才，這宋明軒越聽，越覺得趙彩鳳說得有道理。他方才明明也找了幾個想要收下銀子的理由，可到最後還是被自己給推翻了。宋明軒低下頭，覺得有些慚愧。

趙彩鳳最喜歡看見宋明軒這副小雞啄米的樣子，大男孩一個了，平常嚴肅得跟個老夫子似的，但被人一教訓倒還有幾分孩子氣，趙彩鳳覺得這樣的宋明軒特別有趣，就跟得了中二病的學生一樣，帶著幾分叛逆的執拗。

「行了，這銀子你好好捧著，回去趙家村後，我幫你向宋大娘解釋。一會兒你看看裡面有多少錢，若是有多的，就去文房店裡面買一些好的筆墨吧，有句話說『工欲善其事，必先利其器』嘛！」趙彩鳳說完這句話的時候，才發現這回真是露了大餡了，這種有內涵的語言，怎麼可能是她這樣的村姑會說的呢！果然，從宋明軒的眼中，趙彩鳳再一次看見了驚喜和疑惑。趙彩鳳想了想，這事情只會越描越黑，於是便急忙道：「快走快走，姥爺家還忙著呢！」

楊振興平常人緣不好，雞籠胡同裡沒幾個人樂意跟他交往的，但是楊老頭一家在這邊住了好幾十年了，大家對他們老倆口都很敬重，且如今他們老年喪子，最是一件讓人悲痛的事情，所以鄰里之間來的人還不少。

趙彩鳳和宋明軒回去的時候，就瞧見楊老太在門口唉聲嘆氣的，趙彩鳳不知發生了什麼事情，便上前問楊氏。

楊氏拉著她到角落裡開口道：「方才有人帶話來，妳大姨說家裡有事走不開，就不來送妳舅舅下葬了。」

趙彩鳳也知道楊老頭除了楊氏外，還有另外一個閨女，也知道那閨女似乎嫁得不錯，但她並不知道家裡出了這樣的事情，她那個大姨還能有什麼事情，竟連回來看一眼都走不開，這還真是應了一句老話：嫁出去的女兒潑出去的水！

楊氏臉上淡淡地道：「妳那大姨也是寒心了，當年為了妳舅舅，我和她兩個人都沒什麼嫁妝，妳爹還好，並不敢小看我，可妳大姨那戶人家並不好相與，這些年她好不容易熬了出來，怕是不想再和娘家有什麼瓜葛了。」

楊氏總是把別人想得太善心了些，這種事情就算以前再不對，人死了回來看一眼，那也是應該的。趙彩鳳想了想，道：「娘妳也別難過了，橫豎姥姥、姥爺還有我們呢，舅舅沒了，咱以後帶著姥姥、姥爺一起過吧！」這句話並不是隨口說出來的，昨晚她就想了半宿，對於趙彩鳳來說，楊老頭不光是她的姥爺，更是一個技術股啊！會拉麵，聽說以前還是個廚子，開了幾十年的麵條攤還能養活三個兒女，就知道他的手藝肯定是不錯的。這樣的技術人員，放在現代那可是要重金招聘的！況且如今老倆口沒了兒子，除了依仗楊氏，也確實沒有別的出路了。

楊氏聽趙彩鳳這麼說，眼底早已經含滿了感激與驚訝，她昨晚也為了這個事情心煩呢！作為女兒，她不得不奉養爹娘，可是楊氏自己也不容易，還拉扯著四個孩子呢，要是再多一對老人，這後面的日子到底要怎麼過，還真的要好好計較計較了。她原本覺得趙彩鳳肯定不支持的，卻沒有想到趙彩鳳自己也有這個主意。

「彩鳳，妳說的可是真的？妳答應讓姥姥、姥爺跟我們一起過？」

趙彩鳳點了點頭道：「如今除了我們，姥姥、姥爺能指望誰？何況我不是說了，我想學拉麵的。」

楊氏聞言，一個勁兒地點頭道：「好好，妳這樣上進，妳姥爺肯定願意教妳的！」

趙彩鳳如今也不擔心楊老頭藏著掖著了，畢竟他兒子都死了，這手藝總是要找個人傳下去的。趙彩鳳唯一擔心的是——拉麵是個體力活兒。她如今這細胳膊細腿的，也不知道能不能拉起來，看來得事先練一練臂力了。

楊振興的屍首在家裡放了三天後，葬在了鎮外的墳地上。梁大人也派了手下的人送了撫恤的銀子來，錢是小事，但畢竟也顯示出縣太爺的寬厚來。

宋明軒因為這個事情，在河橋鎮耽誤了三天，等到第三天的時候，他雖然嘴上沒說，但是趙彩鳳也知道他歸心似箭了。現在的日子對於宋明軒來說，那可金貴得很呢，少複習一天，考試的時候就會多一分的風險。

宋明軒想了想，也確實不能再耽誤了，因此從墳地上回來後，宋明軒便把胡老爺送他的匣子拿了出來，放在桌上，對圍著的一家人開口道：「這銀子是當日我們把國強送回去時，胡老爺給的謝禮，我和彩鳳一人一半。」

趙彩鳳還是頭一次見到這麼老實的人，那天她不過是幫著胡老爺讓他把錢收下，沒想到他還就當真了。

宋明軒打開匣子，卻見裡頭放著五個銀錠子，每個總有十兩銀子重，總共竟有五十兩銀子！五十兩銀子對於像宋明軒這樣的家庭，那可真是一筆鉅款了，他立即被這裡頭的銀子給嚇了一跳。當時他只覺得捧著挺重的，還以為是匣子的重量，沒想到居然有五十兩這麼多。

「這……」宋明軒看了一眼這銀子，頓時就震驚了。他一輩子也沒見過這麼多的銀子，而且還是整錠整錠的。

「什麼這啊那啊的？這銀子可沒我的分，你少在這兒說了。胡老爺是如何給你這銀子的，你不會不知道吧？」趙彩鳳也是無功不受祿的性子，她雖然看著挺眼熱的，但這銀子是給宋明軒考科舉用的，她再窮也不至於要這銀子。

宋明軒看著這麼多的銀子，一時有些失神了。

「這銀子是因為胡老爺聽說你要進京趕考，所以囑咐下人特意給你的，你不肯收下，胡老爺才改口說是給我們一人一半的，我不過就是順著他的意思來，好讓你收下銀子罷了。」

趙彩鳳說完，楊氏和楊老頭、楊老太也都明白了。他們雖然看著這些銀子都眼熱，但絕不是貪財的人。況且這兩日趁著趙彩鳳和宋明軒不在的時候，楊氏已經把他們兩個的事情告訴了老倆口。楊老頭最喜歡讀書人，見宋明軒又長得一表人才，心裡早就把他當一家人了。

「傻孩子，這可是你上京的銀子，快收起來吧！這兩日你為了我們家的事情忙裡忙外的，我還沒空謝你呢，這會子你又拿出這些銀子來做什麼？」楊老頭蹲在門口，手裡的煙桿在牆頭磕了一下，慢悠悠地開口。

楊氏也跟著道：「明軒，彩鳳都這麼說了，這銀子我們不能收，你都拿著吧！」

宋明軒沒料到胡老爺會一下子給他這麼多銀子，這些銀子他一個人拿也確實覺得燙手，況且他之前考秀才的時候，不過才花銷了十兩銀子不到，這五十兩銀子要怎麼花，他還沒想明白呢……

看著宋明軒一臉迷茫的樣子，趙彩鳳笑著道：「行了，你要是真覺得這銀子太多了，那我就幫你收著點，反正你有哪些花銷我也知道，一會兒你回去之前，先去那個文房店裡頭再買一些你要用的東西，這兩個月就不用再到鎮上來了，怪耽誤時間的。另外，如今你有了銀子，也別去住什麼柴房了，酒樓裡白天晚上的客人那麼多，你怎麼看書溫習？不如讓李大叔找個像樣的清靜地方，租上一個月，你也好安安靜靜地看書。」

宋明軒哪裡知道趙彩鳳能為他想得這樣周到？有些事情，他自己都還沒有開始想呢！考秀才的時候在縣學，要求也沒有考舉人那麼高，那時候他在親戚家借住了幾宿就過來了。

後來第二年去考舉人，那時候他年紀小，跟著他們有經驗的窮考生一起去的，因為沒錢，所以在客棧裡頭找了一個通鋪，別說看書了，晚上睡覺時的呼嚕聲那真是叫人震耳欲聾，他是一輩子都忘不了的。是，這些事情他自己知道也就罷了，趙彩鳳怎麼都能想到呢？

其實這些事情，對於現代學霸趙彩鳳來說，還真算不了什麼。當年她高考的時候，她家就在考點外面租了一個套房，她在那邊足足住了小半年呢！很多事情有備無患，優異的成績有時候不僅僅要依靠個人天賦，後天的幫助也是很有作用的。

「這麼說來，這些銀子還未必夠你去京城考試一趟的花銷呢！你這孩子，跟我們還客氣什麼？」楊氏是丈母娘看女婿，越看越順眼的類型，說話的時候嘴角都忍不住勾了起來。

宋明軒臉上卻依舊是老神情，皺著眉頭「這這、那那」了半晌。

最後趙彩鳳一錘定音道：「行了，讓李大叔給你找房子的事情，你也不必張羅了，到時候我去說好了。」租房子這種事情，裡面的門道還挺多的，宋明軒一心備考，這些事情哪裡會放在心上？少不得等去了京城之後，才發現自己要露宿街頭了。

楊氏以前從來沒覺得趙彩鳳這樣能幹，但自從投河被救上來之後，趙彩鳳就比以前能幹也懂事了很多，楊氏只當是自己閨女因為受了挫折，所以一夜之間就長大了。做父母的有哪個不盼著兒女好的？所以雖然趙彩鳳如今和之前大不相同，但楊氏對她是一點兒也不懷疑的。

宋明軒依舊紅著臉，他抬起頭正好就看見楊氏瞧著他的眼神，如今這一家子，只怕除了趙彩鳳其他人都已經把他當女婿看了。宋明軒這時候忍不住又看了一眼趙彩鳳，見她倒是一臉淡然的表情，彷彿剛才那些話也不過就是真心想幫他，並沒有像楊氏這樣，熱絡得讓他有些尷尬。

「這個……」宋明軒還想開口。

趙彩鳳又道：「你現在什麼都不用說了，從明天開始就好好複習備考。你要知道，這五十兩銀子你不是白得了，以後你高中了，定然是要連本帶利地還給胡老爺的，這可就是揹在你身上的債了，為了還債，你也得頭懸樑、錐刺股了！」

宋明軒被趙彩鳳說得一愣一愣的。

楊氏不知道趙彩鳳什麼時候也能出口成章了，不過她聽著有道理，就跟著點頭。

宋明軒想了想，還是覺得無話可說，便嘆了一口氣道：「那就聽妳的吧。」

趙彩鳳點了點頭，伸手從裡面拿出一錠銀子，開口道：「別的先不著急買，先去香燭店裡面，買幾打蠟燭、打幾斤燈油，我家的牛糞都要被你燒光了，你還真好意思呢！」

宋明軒哪裡知道趙彩鳳會忽然提到這個，抿著唇，臉皮脹得通紅。

這一耽誤就是好幾天，但楊氏卻還不能跟著趙彩鳳他們回去，楊振興剛死，留下楊老頭和楊老太兩個人在鎮上住著，楊氏很不放心。

趙彩鳳想了想，便出了一個主意道：「娘妳先在這邊陪姥姥、姥爺幾天，我回去給老三收拾一下，家裡的銀子怕也差不多快夠老三唸私塾了，改明兒我讓村裡人把老三帶出來，讓他就在姥姥、姥爺家住下，順帶唸書，陪著兩老。」

楊氏覺得這辦法可行，又囑咐了趙彩鳳幾句。「那我就在鎮上等著老三過來，妳看看這兩日有什麼人要上鎮上來，給打個招呼，讓他們帶老三一程。」

回去的山路不好走，趙彩鳳別的都還好說，但走路當真是不厲害的。宋明軒卻很持久，別看他瘦，他走起路來，腿長步子大，輸出穩定得很。不過能看得出來，為了等趙彩鳳，宋明軒已經故意降低了頻率和速度了。

宋明軒心裡頭很感激趙彩鳳，他以前考科舉的時候，總覺得分外寂寞，因為很多事情許氏是不懂的，大家都以為進了京城，在那考場裡頭坐上幾天，出來就應該是個舉人老爺了，可事實卻並非如此，到京城只是第一步而已，要考上卻是難上加難。很多考生提前半年就在京城住著，那邊有上好的書院，還有國子監裡頭的先生跟他們切磋文章，可能幾天就有幾年的精進了，這些機會宋明軒都沒有。他唯一能做的，就是依靠自己的力量，考考考！

但是，宋明軒發現，這幾天和趙彩鳳接觸下來，她似乎很理解他的這種心境，而且在唸書方面，趙彩鳳出的那些主意都非常不錯。

宋明軒回過頭，看了一眼跟在他後面拖著腳步的趙彩鳳，開口道：「彩鳳，我們在路邊歇一會兒，吃些乾糧吧？」

趙彩鳳早就想這麼幹了，不過她現在最想做的一件事情其實還是早點回家。作為一個現代人，三天沒有洗澡、換內衣內褲，她都覺得自己快死了啊！

趙彩鳳點了點頭，走到路旁的一根樹樁上坐了下來，她們剛剛走過了一段山路，這一段的路還算平整，要走到趙家村的話，大概還需要半個多時辰，再翻過一個山頭就到了。

趙彩鳳坐下來，彎腰用小拳頭捶著自己的小腿，這讓宋明軒想起了那日趙彩鳳給他捏腿的場景，頓時腦袋轟隆一下熱了起來，又臉紅得恨不得鑽個洞消失算了。

趙彩鳳抬起頭，看了一眼宋明軒的背影，這時候宋明軒扭著腦袋，遞了一個水囊給趙彩鳳。趙彩鳳平常不愛喝水，又覺得揹著累，所以把水囊留給了楊氏，可這會兒她還真覺得有些口渴了，見宋明軒主動把水遞了過來，便接過了，拔下木塞子喝了幾口後，也沒把塞子蓋上，直接就遞還了宋明軒。

這水囊剛剛被趙彩鳳喝過，雖然並沒有直接接觸什麼，可這是間接接吻的道理，宋明軒還是懂的，所以看著那喝水口上亮晶晶的東西，宋明軒一時不能判斷這到底是水囊裡的水，還是……別的什麼東西。

「你喝不喝啊？老讓我這麼舉著！」其實趙彩鳳是故意這麼做的，因為她發現宋明軒只有在怕羞的時候才是男孩子的模樣，這種調戲讓趙彩鳳覺得心情愉快，反正她是不喜歡看見宋明軒那一臉老成的樣子，分明就是個孩子嘛，這樣多可愛！

宋明軒見趙彩鳳並沒有要收回去的想法，便紅著臉把水囊接了過去，就著喝了兩口。也不知是不是自己的錯覺，宋明軒總覺得這水囊裡的水，似乎比之前他帶的要好喝很多……

兩人休息了一會兒後，加快步伐，在太陽落山之前趕回了趙家村。

許氏喊了她道：「彩鳳，時候不早了，妳今兒也別開伙了，到我們家吃頓便飯吧。」

趙彩鳳這時候也沒得選擇了，就答應了下來，況且宋明軒那些銀子的事情，少不得要跟許氏交代一下。

等眾人吃過了晚飯，趙彩鳳見宋明軒帶著趙武進去學《三字經》了，趙彩鳳這時候才偷偷地回了自己家一趟，把宋明軒非要寄存在自己這邊的錢匣子搬了過來，和許氏一起到了裡間說起話來。

「許大娘，這銀子是河橋鎮上胡老爺資助宋大哥考科舉用的，他臉皮薄不敢收，我替他收了起來，如今就交給妳了。眼看著這都六月分了，是時候要給宋大哥在城裡找個房子了，這考科舉不是一件容易的事情，得做好萬全的準備才是。」

許氏是個莊稼人，只知道存銀子給兒子唸書，哪裡知道這唸書考試裡頭還有這麼多門道？聽趙彩鳳說要找房子，她就納悶了。「怎麼還要找房子啊？隨便找個客棧住一下，不就行了嗎？」許氏記得上次宋明軒進京趕考的時候可沒那麼麻煩。

「當然要找一個僻靜一點的房子啊，客棧裡人來人往的，怎麼看書呢？去考試又不是去玩的。而且在客棧住上幾天，銀子也不少，怕都夠租一間院子一個月了吧？」趙彩鳳雖然沒去過京城，但按照經驗分析，就是在現代，租房子住也比住酒店便宜啊！

「怎麼這麼麻煩呢？我們家在京城可沒有一個熟人，這房子怎麼找呢？」許氏這下犯難了，趙彩鳳說得容易，可她從來沒辦過這些事情，倒是聽得雲裡霧裡的。

「現在銀子也有了，過幾天我去問問李大叔，看看他最近會不會去京城，要是去的話就讓他打探打探，王燕如今在京城的恭王府當丫鬟，或者給她捎個信，問問看她有沒有辦法介紹個地方。」趙彩鳳以前從來沒想著到處求人，可到了古代她也只能好好地利用起這些鄰里關係了。

許氏聽她說得有理有據的，又覺得趙彩鳳遲早都是他們宋家的媳婦，索性開口道：「那這事我就託付給妳好了，這銀子妳也別給我了，橫豎妳給明軒張羅好了，他上一回就沒考中，這回要是再不中，家裡頭也沒多餘的銀子供他了。」

趙彩鳳聞言，笑著道：「上回宋大哥要是能考上，那他就不是人才，是天才了！這考科舉哪裡有這麼簡單的？」趙彩鳳前世也去參觀過江南貢院，那裡面的考舍可是密密麻麻的像小弄堂，這樣的考試條件，要想發揮正常也不容易了，所以趙彩鳳也是深深地同情這個年代的讀書人。

許氏聽趙彩鳳這麼說，也覺得有些汗顏，這些年她忙著地裡，對宋明軒雖然關心，但大多數的時候只是說幾句「二狗，你要好好看書啊，家裡頭就指望你啦」，她從來不知道，宋明軒在除了唸書之外的地方，還會遇到這麼多的難題。考試沒地方住、複習沒地方去，還可能連飯都沒吃飽。

許氏看了一眼匣子裡的銀子，她也是頭一次看見這整錠的銀子，心裡忽然覺得有些對不住宋明軒，嘆息道：「我家明軒命苦啊，投生在這樣的人家，但凡在別的條件好些的人家裡，何至於受這樣的苦處？」

趙彩鳳倒是不會自怨自艾，她如今穿越成了這麼一個窮村姑，再抱怨也沒有用了，因此反倒安慰起許氏。「古人言，吃得苦中苦，方為人上人，宋大哥他這樣求上進，老天爺一定會對他厚待的。」不過這也只是趙彩鳳安慰許氏的話，考科舉這事，還真不是一、兩句話能說得清楚的。

既然許氏打算把錢交給趙彩鳳打理，趙彩鳳便也不推託了，對於如何把這五十兩銀子的鉅款花在刀刃上，那也是一件值得研究的事情。

第二天一早，趙彩鳳起來給趙武準備行李的時候，發現趙武壓根兒就沒有幾件像樣的，那些衣服要嘛就是趙文穿下來太大的，要嘛就是已經小了的。

這時候宋明軒和趙武從房裡出來，趙武嘴裡還在念叨著「人之初、性本善……」，一雙小眉頭都皺到髮際線了，看見趙彩鳳也在，頓時就收回了痛苦的表情。

趙彩鳳見他那樣可憐，便開口道：「先吃吧，吃完了再唸，今天要是背不出來，晚上就別吃晚飯了。」

「姊，妳怎麼能這樣呢？妳不知道，這個《三字經》好難好難的！」趙武抗議道。

趙彩鳳笑嘻嘻地走過去，問他。「有多難？不過就是三個字疊在一起唸下去而已，我聽了都會幾句呢！」

趙武顯然非常不服氣，瞪著眼睛道：「我不信！」

哈哈，這回趙武可算是找錯人了，雖然趙彩鳳沒有受過系統的國學教育，但這《三字經》、《弟子規》還是背得很順溜的。趙彩鳳想了想開口道：「行啊，一會兒讓宋大哥唸一遍給我聽，咱倆一起學，看晚上誰先背出來！」

趙彩鳳哪還真跟趙武比呢？到了晚上，只騙他先背了一遍，輪到自己的時候就開始耍賴了。她倒不是不會背，只是她才聽過一遍，要是真的背出來了，宋明軒那傢伙賊精，沒準又要多心了，所以趙彩鳳背了前頭幾句，後面就推說想不出來了。這時候正好許氏也從地裡回來了，趙彩鳳知道許氏會裁剪，打算晚一點拿著織好的布料去找許氏，讓他給趙武裁一身衣裳。雖然趙彩鳳針線活不好，可是凡事都有個頭一次，她都來了這兒了，不可能一輩子不摸針線的。

晚上吃過了晚飯後，宋明軒誇讚趙武道：「小武的腦子很靈活，今天不光背了《三字經》，還背了一些《聲律啟蒙》，而且我發現他反應靈活，只教一遍，後面就能自己對出來了。」

楊氏不在家，趙彩鳳的長姊氣概就越發顯示出來了，散發著濃濃的御姊氣息，見宋明軒誇獎趙武，笑著道：「這就叫腦子靈活了？不過死記硬背而已，讀書要是靠背的，那些老童生哪個不能把四書五經倒背如流？讀書要講究融會貫通、靈活運用的，而且不能沾沾自喜，他才會背個《三字經》就誇他，你這樣當教書先生，可不是要誤人子弟？」

宋明軒不過就是隨便一說，誰知道趙彩鳳居然還能說出這麼一堆反駁的話，可偏偏趙彩鳳這話在理啊！他們讀書最怕的就是入了死胡同，最後成了學究，鑽在裡頭出不來，真到那個時候，考不上舉人進士也就算了，最怕就是把心性也給磨壞了，只能一輩子窮困潦倒。

「咳咳咳……」宋明軒有些尷尬地咳了兩聲，表示非常慚愧。他年紀雖小，但是去縣學的時候還有不少同窗都已經是三、四十的老同學了，那些人嘴裡唸的雖然是錦繡辭藻，但奈何立意平庸，所以屢試不第。宋明軒自己年紀小，不敢說什麼，其實心裡面對那群人還是很敬而遠之的。

瞧見宋明軒低著頭，一副尷尬的樣子，趙彩鳳趕緊又自我檢討了一番。她自己其實也挺佩服那些處處小心，能不被人瞧出端倪的穿越女，她自覺沒有那種聰明才智，若不是她穿到了這個地方，除了宋明軒之外都是目不識丁的莊稼漢，只怕她早八百年就被人給揭穿了。

「我就是隨便說說，不過是婦人之見、婦人之見，你不用放在心上！今兒晚上你早些睡吧，昨晚聽說你輔導小武到很晚才睡覺，你自己的功課也不能耽誤的。」

宋明軒如今對趙彩鳳的態度，他自己也說不上來，只覺得看見趙彩鳳的時候，他心裡有底；看不見她的時候，倒也沒覺得有什麼特別，但在許氏說她把那些銀子交給趙彩鳳去打點的時候，宋明軒又覺得特別的放心。

「功課並沒有放鬆，這幾天正在看往年的題目，打算寫幾篇文章，等去京城的時候找以前認識的同窗看一下。我許久沒入學堂了，也不知道現在他們都做什麼文章。」

趙彩鳳一聽，不得了了，這考科舉不知道近些年的題目走向，就跟高考沒有名家猜題一樣，心裡那叫一個懸啊！

趙彩鳳想了想，斬釘截鐵地道：「這樣吧，過兩天正好小武要去鎮上，他一個人走我也不放心，我去縣衙找那個梁大人，讓他幫忙到縣學弄一份最近稟生（注）們常做的題目來，讓你回來模擬一下，你說怎麼樣？」

宋明軒一聽，頓時喜上眉梢，可又覺得有些不好意思，那麼遠的路，怎好讓個姑娘家去給自己跑？「不……不用了，前兩年的題目冊子還在呢，我就在這裡選幾道題也是一樣的，無非就是史論策論，換湯不換藥的東西。」宋明軒雖然說得輕巧，但他內心對那東西其實還是挺渴求的。沒下場子之前，所有的題目都可以查閱史料，並且慢慢琢磨。這若是真的讓他碰上了一題事先在家裡用心做出來的文章，肯定比在場子裡急急忙忙寫的要好上很多。

瞧著宋明軒那一臉既嚮往又不好意思的表情，趙彩鳳也沒空跟他多說了，一錘定音道：「就這麼定了吧，沒什麼不好意思的，鄰里之間互相幫助是應該的。」

宋明軒抬起頭看著趙彩鳳，臉上有些熱辣辣的，這樣麻煩的事情，她一句鄰里之間互相幫助就揭過了嗎？

趙彩鳳回了自己家之後，許氏從房裡出來，看見宋明軒還在客堂裡發呆，問道：「怎麼不進去看書呢？蠟燭都買回來了，你要用功啊！」

宋明軒愣了一下，問許氏。「彩鳳說，過兩天幫我去縣學求題目冊子，我有些不好意思。」

「這有什麼不好意思的？你是她未來的相公，她不關心你關心誰啊？」許氏聽了，笑得眉開眼笑的。「誰不想當舉人老爺的夫人啊？你爹是沒那腦子，如今你知上進，也好歹讓我當一回舉人老爺的老娘吧！」

宋明軒被許氏這麼一說，越發不好意思了，可看著趙彩鳳這熱絡勁兒，難不成她是真的指望著要當舉人夫人了？宋明軒越想越覺得渾身都不自在了，連身子都彷彿發熱了起來，只得趕緊跑到後院裡面，打了一盆冷水洗臉。

注：稟生，秀才分為三等，成績最好的稱為「稟生」，由國家按月發給糧食；其次稱為「增生」，不供給糧食；三是「附生」，即才入學的附學生員。

第八章

趙彩鳳其實沒打算當什麼舉人夫人，只是她向來性格如此，身為學霸，她知道怎樣才能更好地提高學習效率、怎樣才能在考試中奪得好成績。她不會打沒準備之仗，所以她認為宋明軒既然要去考科舉，就必須要做百分之百的準備，畢竟科舉和高考還不一樣，高考每年一考，科舉錯過了就又是三年，可人生又有多少個三年呢？作為平均壽命只有四十歲左右的古代人來說，三年實在太長了。

趙彩鳳坐在廊下縫衣服，這會兒天剛黑，她還能就著月光縫一會兒。

趙武正在房裡哄趙彩蝶睡覺，但不一會兒就傳來了兩人的呼嚕聲。唸書是個體力活兒，當了學霸後趙彩鳳才真正瞭解，在人前說什麼回家不看書都是假的，還不得回家偷偷賣力，畢竟這世上叫天才的那種人太少了。

趙彩鳳縫了一會兒，發現隔壁宋明軒的房裡點起了蠟燭，看來他又準備挑燈夜戰了。宋明軒的窗戶忽然咯吱地響了一聲，趙彩鳳抬起頭，就瞧見宋明軒拿著燭檯，探出半個身子，黑亮亮的眼睛看著自己。

「外頭天太黑了，妳坐我這窗戶下面借點光吧。」

宋明軒說話的聲音很溫柔，趙彩鳳忽然就像漏了一拍心跳一樣，指尖上傳來一陣疼痛，她皺了皺眉頭，知道自己又被針頭給戳了。

「那……好吧！」趙彩鳳也不忸怩，過兩天這衣服就要帶上，她也確實要趕一下了，而且自己這手藝，在亮堂的地方做的都不一定好了，更別說這黑燈瞎火的。

宋明軒說完，把燭檯放在了窗臺上，趙彩鳳就搬了一個小凳子過去，坐在窗臺下面。宋明軒見她坐好了，又把燭檯往裡邊移了移，生怕被什麼東西碰倒了，燙到趙彩鳳。

趙彩鳳抬起頭，看見宋家的這個燭檯是像一個小碗一樣凹進去的，那點過的蠟燭油正好就蓄在了裡面，便開口道：「這點過的蠟燭油可不能扔，還可以做成蠟燭繼續用的。」

宋明軒倒是挺訝異趙彩鳳居然連這個也懂，眉梢稍稍帶著一些笑意道：「這個我知道，上回去考試之前我也經常這麼做。」

趙彩鳳見他知道，也就不說什麼了，拿針在髮根上比了比，裝出一副很會做針線一樣的架勢，開始縫了起來。古代沒有縫紉機，衣服全部靠手縫，這面料又粗糙，趙彩鳳怕趙武穿得不舒服，縫得都是暗縫，可這樣的技術很考驗人的針線水平，她才剛剛開始學，所以縫得特別慢。也不知道過了多久，宋明軒悄悄地續了兩根蠟燭，趙彩鳳才打了一個哈欠，伸了伸懶腰，發現自己懷裡的這件衣服終於已經是半成品了。

趙彩鳳抬起頭，看見燭光下宋明軒正在振筆疾書，午夜往往是人思維最清楚的時候，所以這時候興許能寫出更好的文章來。趙彩鳳悄悄降低了自己動作的聲音，繼續縫了起來。

夜風徐徐，一切都顯得這麼安靜又溫和，天上的月亮漸漸下沈了，趙彩鳳眼皮打架的頻率也越來越高了，不過幸好她做的是針線活，眼皮一打架，手指尖就遭殃了……趙彩鳳偷偷用眼睛的餘光瞄了宋明軒一眼，見他依舊神采奕奕，眼神、眉梢中都帶著幾分欣喜，那種感覺就像是她上學時候又解出一道幾何難題一樣，有著難言的興奮。

趙彩鳳此時回想了一下，其實當學霸的時候，也有開心的日子。

也不知道過了多久，趙彩鳳手中的半成品終於快成為完成品了，趙彩鳳抬起頭動了一下僵硬的脖子，卻發現方才一直有的沙沙的書寫聲不見了，她抬起頭，慢慢站起身子，看見宋明軒已經枕著書卷睡著了。他的右手上方擺著一方硯臺，這時候正有一隻老鼠在那邊探頭探腦的。窮人家的老鼠，看著都分外的可憐，瘦小的身材越發顯得嘴尖鬚長的。趙彩鳳很想伸手去趕牠，又怕動靜太大了，把宋明軒給吵醒了。看這架勢，他似乎也才睡一會兒而已。

燭檯上的蠟燭慢慢地燃燒著，蠟油順著蠟燭滴落在底部的漏斗中，趙彩鳳對著那老鼠做了半天的動作，那老鼠卻一點動靜也沒有，還在用自己的小爪子去探索硯臺裡的東西。終於，牠餓得再也忍不住了，一嘴巴往硯臺裡面湊，結果接觸到了裡頭的墨汁後，嚇得連連退後了兩步，在桌子上蹭了幾下，後來發現墨水似乎並沒有什麼危險，於是又靠了過去。

趙彩鳳噗哧地笑出了聲來，卻見宋明軒已經睡得香甜。他呼吸均勻，對老鼠的存在似乎並沒有半點戒心。不一會兒，那老鼠悄悄地爬過去，在宋明軒的臉上嗅了一下，那滿嘴的黑墨水就整個都塗在了宋明軒的臉頰上。

宋明軒稍稍輕哼了一聲，嘴裡嘟囔道：「廚房吃去，別啃我的書……」

趙彩鳳再次摀嘴笑了起來，可見這宋明軒和老鼠還是老朋友了。夜裡頭畢竟風大，這樣開窗睡著很容易著涼，趙彩鳳見燭檯中還有半根蠟燭，便放下手裡的衣服，小心翼翼地把燭檯放到宋明軒的書桌上，打算伸手為他整理一下桌子，順帶關窗睡覺。

這老鼠也確實是膽子大得很，居然都不怕人的，趙彩鳳這一連串動作下來，牠還在那邊不停地嗅宋明軒的臉。趙彩鳳努力想了想，今晚宋明軒也沒吃什麼好吃的，就說許氏炒的那一個雞蛋，他也不過只伸了一筷子而已。

趙彩鳳打了一個哈欠，正想伸手過去整理書本的時候，那老鼠似乎是受到了驚嚇，忽然往後面一竄，牠行動靈敏，身子一下子就跳到了桌子下面，正好打翻了趙彩鳳放在桌角的燭檯。燭檯裡面是滾熱的、還沒有凝結的蠟油，而書桌上是宋明軒正熟睡的睡顏，這要是潑下來，宋明軒的這張臉也就毀了！

雖然不知道古代人是不是也靠臉吃飯，但若是有朝一日宋明軒高中狀元，臉上卻有一塊大疤，這也絕對是損美的。趙彩鳳一時來不及思考，伸手便將那撲面而來的燭檯打到地上。

滾熱的蠟油灑在手背上的滋味她兩世都沒有嚐過，燭檯倒地，哐噹一聲，房裡原有的昏黃燭光也一時間變得一片漆黑。

宋明軒忽然直起了身子，就著月光看見趙彩鳳還站在窗外。

趙彩鳳白嫩的手背上沾著蠟油，疼得臉都變形了，忍痛道：「沒、沒什麼事，剛有一隻老鼠，打翻了燭檯。」

宋明軒一聽聲音就覺得不對勁，急忙翻抽屜找了火摺子，將地上的燭檯扶起來點好，這才看見趙彩鳳一直藏在身後的左手。

「彩鳳，妳的手怎麼了？」宋明軒看了一下桌上那為數不多的幾點蠟燭油，抬起頭問趙彩鳳。

「沒什麼。」趙彩鳳又不是十幾歲的小姑娘，受了點傷就要痛哭落淚，她穿成的是個村姑，又不是寵文女主角，若是太矯情，那也就過了。

趙彩鳳正打算打落牙齒和血吞的時候，宋明軒已經端著燭檯從客堂裡面走了出來，將燭檯放在窗臺上，拉住了趙彩鳳的手看了一眼。

原本白皙的手背上被蠟油潑了足有銅錢大小的兩塊，上面沾了蠟油，只能看見紅彤彤的一片，似乎已經鼓了起來。

宋明軒見了，頓時就兩眼通紅，像是要哭出來一樣。

「這可怎麼好，燙破皮了，以後會留下疤痕的。」宋明軒紅著眼睛，抓住趙彩鳳手指的手也有些緊了，忙一手端著燭檯，一手拉著趙彩鳳就往後院的水缸那邊走去，轉身捋起了趙彩鳳的袖子，打了一盆冷水，將她的手泡在冰涼的井水裡頭。

「我看書上說，這樣會少疼一些。明兒我再去李奶奶家問問，看看她家有沒有燙傷膏之類的用一下。上頭的蠟燭油不好用手摳，知道不？」宋明軒絮絮叨叨地說著，趙彩鳳除了被擼袖子把手泡進去的時候稍微掙了一下，到現在還算一切配合。

疼是疼，但對於趙彩鳳來說，這種疼痛也並不是不能忍受的。趙彩鳳感受著井水將自己受傷的手浸泡著的冰涼滋味，慢慢地開口道：「其實也沒什麼，總比潑你臉上強，不是嗎？」

宋明軒看著趙彩鳳的手正心疼呢，沒想到她還有心思開玩笑，頓時又紅了臉。趙彩鳳身上衣服單薄，這後院穿堂風一陣陣的，倒是讓她有些冷了，宋明軒便脫下了自己的外袍，披在了趙彩鳳的身上。

「彩鳳，妳是個好姑娘。」

宋明軒沒來由就來了這麼一句，前不著村後不著店的，讓趙彩鳳聽著便覺得心裡發怵。這會兒月黑風高，她身上還披著他的衣服，雖然沒有乾柴也沒有烈火，可天邊的月亮還那麼圓。有句話說，都是月亮惹的禍……

趙彩鳳這會兒也算是信了這月亮的威力了，無論如何，這樣的月光下，也絕對是一個談情說愛的好時節。

「你也是一個好……好人。」說好男人太肉麻，還是說好人吧。趙彩鳳暗暗覺得自己已經酸倒了一排牙，才說出這樣一句話來。

宋明軒看著她，方才紅紅的眼眶中，已經蓄滿了淚，在月光下一閃一閃的，好像隨時都要落下來一樣。

「男人臉上受些傷，算不得什麼，難道我還靠臉去考功名不成？可是妳的手……」宋明軒又低頭看了一眼趙彩鳳的手，眉宇間的皺痕似乎更深了。

趙彩鳳瞧著他那糾結的表情，有一瞬間不禁要想，宋明軒難道就要為了她這隻手以身相許嗎？

「宋大哥，真的不礙事、真的不礙事，誰沒事看我的手呢？再說，也未必就會留下疤痕來。」

宋明軒卻執拗得很，一本正經地道：「《詩經》有云：執子之手，與子偕老。手上傷了，怎麼會不礙事呢？」

趙彩鳳一想：完蛋了，你是古代要考狀元的人才，我跟你比掉書袋子，那肯定得輸啊！

趙彩鳳乾脆不說話，兩人之間一下子就有些冷場了，趙彩鳳便裝作若無其事的四處看看，等她的視線再回到宋明軒臉上的時候，還是忍不住笑了出來，拿手指在自己臉上比了比道：「宋大哥，你的臉……剛才有一隻老鼠，偷吃了你的墨，然後親了你一口。」

宋明軒此時才反應過來，急忙拿袖子在臉上擦了擦，可這會兒墨跡早就已經乾了，哪裡還擦得掉？

趙彩鳳實在看不過眼了，便從自己袖中拿出帕子，在水盆裡打濕了遞給他。

宋明軒擦乾淨臉上的墨跡，看見東方已經泛起了魚肚白，天濛濛亮了起來，燭檯裡的蠟燭燃燒了它最後幾滴蠟油，熄滅了。

宋明軒握著趙彩鳳的手，迎著晨光細細地看了一遍，蠟油底下的皮膚上起了兩個水泡，但看樣子還不能處理，不然傷口擴大可就不好了。

趙彩鳳看著宋明軒把自己的手研究來研究去的，一時間還覺得有些奇怪，她從小到大沒有這種被人捧在掌心的感覺，如今居然在一個十八、九歲的大男孩身上感覺到了。

趙彩鳳把手從宋明軒的手中抽了回來，打了一個哈欠道：「天都亮了，我要回去睡一會兒。」

「妳等著！」宋明軒急忙往房裡去，拿了一塊半舊的帕子，過來把趙彩鳳手背上的傷口包紮了一下。

「睡覺的時候當心著點，不要壓到了傷口。這會兒天都亮了，我給妳弄些吃的，吃飽了再睡吧？」宋明軒說話的聲音軟軟的，他雖然長相年輕，但態度老成，讓趙彩鳳很有一種被關心的感覺，鬼使神差一樣地點了點頭，答應了。

宋明軒沒啥廚藝，不過就是把昨天做的饃饃加了一些熱水，做成了饃饃糊，又放了一點他們家只供給寶哥兒一個人吃的白糖，熱乎乎地端了一碗給趙彩鳳。

「妳快吃吧，我別的不會，做這個還挺好的，寶哥兒也喜歡吃，妳嚐嚐？」宋明軒把碗送到趙彩鳳面前的時候，眉眼中還帶著幾分期待的神情，彷彿只要趙彩鳳說一聲「好吃」，他就能高興好幾天一樣。

趙彩鳳頭一次見到宋明軒這表情，那笨拙的模樣，倒是有些小爸爸的感覺，也不知道他平常是不是也這樣帶寶哥兒的？

宋明軒正想把碗遞給趙彩鳳，忽然想起了她受傷的手，頓了頓，咬牙縮了回來，拿勺子舀了一勺，放在唇邊輕輕吹了吹，遞到趙彩鳳的唇邊，一本正經又紅著臉道：「妳的手受傷了，不然我餵妳吧？」

雖說是帶著徵求的口吻，可瞧宋明軒這動作，哪裡有半點徵求的意思？這不就直接上手了嗎？趙彩鳳雖然覺得很不習慣，但是這種被人伺候的感覺其實還挺不錯的，尤其是宋明軒那一本正經的表情以及赤紅得快要滴血的耳垂在她面前晃來晃去的時候，趙彩鳳原本因為受傷而略略不爽的心情也好過了不少。

畢竟這蠟油潑在臉上和潑在手上，造成的傷害值還是不一樣的。

不知不覺中，趙彩鳳居然吃下去了一碗饃饃糊，當她滿足地打了一個飽嗝之後，才發現宋明軒的勺子已經在碗底刮了好幾次，這回輪到趙彩鳳臉紅了，她稍稍撇過了半邊臉，拿起一旁的帕子擦了一把嘴後，丟下一句話道：「我睡回籠覺去，你讓我弟弟白天別吵我，叫他帶好小蝶。」

宋明軒放下碗，站起來送趙彩鳳，看著她窈窕的背影走遠，心裡頭居然有些不捨了起來。他才想收拾了碗回房，只見那邊趙彩鳳又回過了頭，衝著他道——

「你也快回去睡一會兒，天才剛亮呢！」

兩人各自回了自己的家，後院裡的雞就開始不停地叫了起來。

趙彩鳳熬了一宿，實在是睏極了，放下趙武的衣服，蒙頭就睡下了。

宋明軒這時候卻怎麼也睡不著，他把方才趙彩鳳身上脫下來的衣服披在自己的身上，總覺得上面似乎還殘留著她的氣息，捧在手裡輕輕地嗅了嗅，又覺得實在沒有什麼別的味道，不過就是自己心裡作祟而已。

這樣折騰了一會兒，宋明軒也覺得有些睏了，翻開鋪蓋的時候瞧見一隻老鼠從炕頭底下鑽出來，宋明軒想起昨晚的事情，頓時心裡來氣，脫下鞋子砸了過去，那老鼠正好跑到牆角，前頭又沒路了，被宋明軒這麼一砸，頓時一頭撞在了牆上，暈倒了。

宋明軒走過去，拎起了老鼠的尾巴，將牠扔出了窗外。

許氏起來的時候，發現後面灶房裡居然燒了熱水，一應早餐也是熱的，可再回去宋明軒的房裡看一眼，他分明還在睡覺，許氏頓時就誤會了，以為是趙彩鳳做的，眉眼笑得眼角的皺紋都起了褶子。許氏吃過了早膳後，還跟往常一樣下地去了。

等到陳阿婆起來的時候，才到趙家喊了趙武和趙彩蝶過去吃飯。趙武瞧見趙彩鳳還在睡覺，又看見桌上放著自己的新衣服，便對陳阿婆道：「阿婆，我姊姊昨晚熬夜給我做衣服了，她這會兒還在睡覺呢，我就不吵她了。」

陳阿婆笑著道：「讓她睡吧，一晚上趕一件衣服出來也不容易。」

趙武帶著趙彩蝶去了宋家，才發現宋明軒也還沒起來呢，宋明軒給趙武的感覺是非常勤奮的一個人，這都太陽曬屁股的時辰了，怎麼可能還沒起來呢？

陳阿婆道：「昨晚也不知道你宋大哥看書看到什麼時辰才睡，讓他也多睡一會兒算了。」

趙武哪裡知道，趙彩鳳和宋明軒兩個人昨晚可是忙乎了一夜，雖然沒有花前月下的，但也在月光下一直耗到了天亮。

趙彩鳳睡醒的時候，已經是下半天了，客堂裡的方桌上放著一個白色的小陶瓷盒子，看著還挺精緻的樣子，底下壓了一張紙條，上面寫著「燙傷膏」三個字。

趙彩鳳笑著打開了盒子，用手指摳了一點那青黑色的藥膏，塗在了傷口處。傷口過了一夜，已經沒那麼疼了，藥膏塗在傷口處涼涼的。趙彩鳳包紮好了出門時，聽見宋明軒的房裡又傳來了其他孩子唸《三字經》的聲音。

趙武瞧見趙彩鳳起來了，忙不迭地跑回家道：「姊，李大叔要把二虎也送去鎮上的私塾，宋大哥正在教他唸《三字經》呢！李大叔說，等唸好了，送我和二虎一起往鎮上拜先生去！我已經好幾天沒見著娘了，好想她呢！」

兩天之後，李二虎的《三字經》也終於馬馬虎虎能背出來了。李全帶著滿滿一車鄉下地裡頭產的瓜果蔬菜，去京城給酒樓的老闆送貨，順帶著將李二虎和趙武送去河橋鎮上拜先生。

李全一聽說趙彩鳳想跟著他上京城，笑著道：「彩鳳，妳這身衣裳可不行，妳要真想去，叔也能帶上妳，不過妳得換上一身小子衣裳。城裡的姑娘穿的那都是花枝招展的，妳穿成這樣出去，人家只當妳是女叫化子，沒準還會欺負妳呢！」

李全的意思趙彩鳳也算明白了，這是要讓她女扮男裝呢！

趙彩鳳雖然胸口挺有料的，但是鄉下人家窮，她並沒有穿耳洞，而且她又瘦小，所以換上了趙文的衣服，再把頭髮往後腦勺一綰，倒也真像個小廝模樣，不過就是皮子白了點，看著還挺像個有錢人家的書僮。趙彩鳳打點好了行裝，又把趙彩蝶託付給了陳阿婆後，便坐上李全的車走了。

宋明軒遠遠地看著趙彩鳳，心裡滿是不捨，急急忙忙地從房裡跑了出去，追上趙彩鳳，把一個荷包塞到她的手裡道：「這些碎銀子妳拿著，到了城裡，找個大夫瞧瞧，看能不能把妳手背上的疤痕去了。」

趙彩鳳這會兒手背已經結痂了，所以並沒有用手帕包著，聽宋明軒這麼說，伸出手擺到他的面前，問他。「怎麼？你嫌棄？」

宋明軒頓時頭搖得跟撥浪鼓一樣，連連擺手道：「沒……我絕對沒有！」

「你都不嫌棄了，還費這銀子做什麼？」趙彩鳳把銀子塞回了宋明軒的手中。「難道你還指望別人牽我的手來著？」

宋明軒聞言，臉上又燒了起來，憋著一口氣，說不出話來。

那邊李大嬸見了，伸脖子看了一眼道：「原來是妳燙傷了呀！前幾日二狗來我家借燙傷膏來著，還說是寶哥兒燙傷——」李大嬸說了兩、三句，也感覺不大對勁了，這宋明軒梗著脖子、低著頭站在跟前，一臉的怨氣，她見狀也不好意思再說下去，訕訕地縮回了脖子。

李全在前頭甩了一下鞭子，開口道：「後頭的人坐穩了，車要動了！」

趙彩鳳正和宋明軒玩笑，車子冷不防往前動了一下，身子就慣性地往後一倒。

宋明軒連忙衝過去，急忙扶住了趙彩鳳，一雙手緊緊地把她的雙手抓住了，兩眼直勾勾地看著她。

李大嬸偷偷往後瞧了一眼後，笑嘻嘻地湊到李大叔耳邊咬耳朵。「牽上了、牽上了，這小手牽上嘍！」

趙彩鳳一雙小手被宋明軒握在手中，不得不說，宋明軒的手掌柔軟乾燥，掌心還微微的溫熱，有握筆的中指指節那邊有一些老繭。

這時候牛車又停了下來，正好留給了兩人話別的時間，宋明軒紅著臉頰，將趙彩鳳的一雙手牽得牢牢的，半點沒有要鬆開的跡象。

「妳要是真去京城，記得牢牢跟著李大叔，千萬別亂走……不然妳還是別去吧，京城人那麼多，萬一妳走丟了那可怎麼辦呢？」宋明軒看著趙彩鳳，一臉的不放心。經過這幾天的朝夕相處，宋明軒已經完全把趙彩鳳當成了「我兒媳婦」，所以這種分別，更有了一日不見、如隔三秋的感覺。

趙彩鳳輕輕地抽了抽手，見他還握得挺牢的，也就隨他去了。「你放心好了，我保證絕對不亂走，我就是想去瞧瞧而已。這不，還得先去見我娘呢，萬一我娘不准我去，我就不去了。」其實趙彩鳳心裡清楚，楊氏是攔不住自己的，但她也不想讓宋明軒繼續糾纏不清，後面李大叔和李大嬸還看著呢！

「那可說定了啊！……還是等過一陣子，我溫習得差不多了，再一起去吧？到時候也好有個照應。」宋明軒擰眉道。

趙彩鳳細細地品味了一下宋明軒的話，一起去……想得倒是挺美的。

「你放心吧，在家好好看書就行了，少操這些閒心了，小心我回來檢查你功課！」趙彩鳳說著，用力把手一抽，朝宋明軒揮揮手。「你快回去吧，還有完沒完！」趙彩鳳說完這一句，心裡頭忽然也跟著漏跳了一拍，頓時就覺得有幾分失落。

車子動了起來，緩緩地行駛在趙家村的村道上，趙彩鳳看見宋明軒的身影越來越小，又往他站的方向揮了揮手，讓他趕緊回去。宋明軒卻像是一根石柱，半點兒反應都沒地釘在那邊，目送趙彩鳳離開。

一旁的趙武見了，往趙彩鳳臉上看了一眼，確認道：「姊，我姊夫捨不得妳走呢，妳還是別去京城了，早些回來陪姊夫吧？」

趙彩鳳瞪了趙武一眼，伸手在他腦門上戳了一把。「說什麼呢！誰是你姊夫？」趙彩鳳說完，忽然也覺得自己有些氣不足的樣子，臉頰頓時有些發熱，扭過頭不跟趙武理論，心裡卻有些嘀咕：我怎麼可能喜歡上那木頭呢，我又沒有姊弟戀傾向，不可能被他摸了摸小手就這樣了吧？趙彩鳳越想越覺得臉紅，便拿了一塊包頭巾把整個臉都包了起來。

前頭李大嬸見了，便朝著李大叔那邊推了一把道：「我說你，把車趕慢一點，這風大，別把彩鳳的臉刮傷了，她將來可是要做狀元夫人的！」

趙彩鳳聽了，覺得耳朵根都紅了起來，但奇怪的是，居然一點兒也不覺得反感，心裡甚至還有了一些小期待，這下……可真的是完蛋了！

把趙武送到了河橋鎮，趙彩鳳才知道楊老頭家的麵攤子又開始營業了，楊老頭這幾天精氣神不大好，楊氏和楊老頭照顧著麵攤，所幸生意倒是還不錯。

留了李家夫婦在麵攤吃了一頓便飯後，趙彩鳳開口道：「娘，李大叔還要往城裡去，我打算跟他一起去一趟京城。」

「妳去京城做什麼？這過去還得幾十里路呢，這個時候去，今天晚上也進不去了，還得在城外將就一宿，妳一個姑娘家的，怎麼好去呢？」牛車速度慢，按照這個速度，到京城時城門也關了，少不得要在城外住上一宿的。

「牛車不給到城裡，我每次都是把東西送到城外的酒樓老闆家，然後搭著他們家的馬車，一起進城結帳的。他們家地方大，倒是能讓彩鳳將就一晚上，只是她是個姑娘家，讓人知道了也不好。」李大叔是趙家村最熱心的人，這忙是肯幫的，但也要和楊氏說清楚。

「李大叔都說了，我穿這一身衣服就跟個小廝一樣，我就說我是李大叔的姪兒，想上京城謀個營生，誰能當我是個姑娘家？我就是想去看看京城到底是怎麼樣的。」

「京城還能是什麼樣的？聽妳爹說，京城裡頭就是人多，一眨眼就給走丟了。」楊氏看著趙彩鳳，一臉的不同意。

「人多才好呢！妳看姥爺這麵攤，生意好的時候，一天也就百來個人吃麵，這要是去京城，怕做一個早市都不止這麼多人了。要是做一個早市就夠一家人營生了，姥爺他們也就不用起早貪黑的了。」趙彩鳳可不敢說自己上京還有一件事情，就是要去給宋明軒找房子，要是說了，沒準楊氏還就樂意了，但是一想到兩家人都睜眼看著他們倆成事，趙彩鳳就覺得有些彆扭。

「丫頭，妳還打算把麵攤開到京城裡去啊？好志氣！不過我聽說要在京城裡頭做生意可不簡單，還要交什麼銀子呢！」李大叔在城裡頭跑得多，比較知道行情。

趙彩鳳想了想，李大叔所謂的交銀子，應該是類似於攤位費一樣的東西，只是那銀子落到誰的口袋裡，這就不知道了。反正現在還是兩眼一抹黑，什麼都不知道，總要去了才能打聽到一些內幕。

「這事怎麼聽著還是覺得不靠譜呢？他叔，最近京城裡太平嗎？」楊氏顯然有些猶疑，但還是沒有下定最後的決心。

「京城能有什麼不太平的？天子腳下，那是最太平的地方了。況且聽彩鳳說，她還要去給宋家那小子看看房子，說是等秋闈的時候要去住呢，這會兒都六月分了，再不去找，好房子、差房子只怕都沒了！」

趙彩鳳見李全還是把這話給說了出來，臉上的表情頓時就僵了。

可沒想到楊氏一聽，頓時兩眼放光道：「原來還為了這事，早說嘛……」

趙彩鳳耷拉著臉，心想：娘啊，我這閨女在妳心目中的地位，如今已經比不上妳看上的那個小女婿了嗎？

「我主要還是想去看看能不能在京城做生意的！」趙彩鳳義正辭嚴地說：「順便再看看有沒有什麼地方可以住下，畢竟他去考試得小半個月呢，不是一天、兩天，哪兒都可以湊合。」

楊氏見趙彩鳳硬要解釋一通，當她是怕羞了，笑著道：「那妳去吧！銀子可帶夠了？出門在外可要注意著身體。」

填飽了肚子，趙彩鳳帶著幾件換洗的衣服，跟李大叔一起踏上了去京城的路途。從河橋鎮到京城大約四、五十里路，因為是在天子腳下，所以這裡的官員也很會做面子工程，一路上都是修築一新的官道。

李全一路上指了幾個莊子，分別是哪些人家的，趙彩鳳都一一記了下來。兩人又走了一段比較難走的山路，快到城外的時候，太陽剛巧就下山了，正好趕到了京城外的十里廟。

十里廟是城外最大的一個小鎮，鎮上的很多百姓都長期住在城裡，這邊剩下的都是一些老弱病殘，有點像留守村莊的感覺。

酒樓的老闆姓黃，在長樂巷口開了一間八寶樓，打著聞香下馬的招牌，生意很好。十里廟是他的老家，這邊每日裡候著小廝，把從城外運進來的新鮮食材送到酒樓去。

李全見地方已經到了，便招呼趙彩鳳下車，想了想又道：「彩鳳，既然妳說是我的姪兒，那就不能叫彩鳳，得換個名字才行。」

趙彩鳳想了想，取名還不如撿現成的，便道：「用我弟弟的名字吧，叔你就叫我小武好了。」

趙彩鳳和李全卸了菜後，小廝就帶著他們兩人去了前院的一處倒座房門口，那小廝開口閉口都是全叔，想來和李全比較熟悉。趙彩鳳站在李全邊上，矮矮的個子，皮膚雪白，因為衣服寬大，倒也沒顯得胸口有什麼大料，斜揹著一個布包站在那邊，看著也挺不起眼的。

李全便向那小廝介紹道：「我姪兒小武，來京城找活幹的，今兒跟我一起在這兒將就一晚上。」

第二天早上天才剛亮，外面就傳來敲門的聲音，趙彩鳳趕緊把頭梳好了，戴上了小廝們尋常戴著的小氈帽，開門讓李全進來放鋪蓋。

兩人就著院子裡的一口井洗了個臉後，趙彩鳳裝了些井水到水囊裡，沒過多久，便有一個和李全差不多年紀的人過來，喊了李全。

「李老大你來了啊？今兒我事忙，沒空和你們一起進城了，你自己趕著馬車去吧，晚上關城門之前出來就行了，我讓榮發在這邊等你。」

李全忙應了，帶著趙彩鳳去外院。

幾個小廝正在往馬車上裝東西，其中一個見李全出來，便招呼道：「全叔，這兒還有兩筐甜瓜，老太太命田裡剛摘的，要帶過去給幾個少爺、小姐吃。」

「行了，有什麼東西要捎帶的，全帶上吧。」李全清點好了東西後，讓趙彩鳳坐在前頭，緊了緊手中的韁繩，開口道：「那我就去了，要是我回來晚了，記得給我留門。」

那小廝一個勁兒地點頭應了，別提有多熱呼了。

趙彩鳳便笑著道：「叔，你可真混得開呀，別人家的小廝還對你這樣熱絡。」

李全哈哈笑了起來，馬鞭甩得噼啪響，笑著道：「你以為那小廝沒賊心眼？上回我帶著我家大姊兒往城裡來，被他給瞧見了，從今往後就這麼熱呼了。」

趙彩鳳噗哧地笑了出來，原來是要認了做老丈人啊，那就怪不得了。不過說起來，李全家的大姊兒好像也有十三了，古代人就是嫁人早，鬧得趙彩鳳每次都覺得思維跟不上。

越靠近城門口，人就越多。

因為最近京城比較安生，所以守城的侍衛也都沒啥精神，其中一個侍衛瞧見李全駕著馬車來，笑著招呼道：「李大叔又來了，最近走得可勤呀！」

李全停下馬車，笑著對那人道：「可不是？這才入夏，地裡頭東西多。對了，你要的東西我給你帶來了，一會兒直接讓你娘去八寶樓的後廚那兒取去。」

那人千恩萬謝，連連點頭道：「那好，一會兒中午輪休的時候，我親自過去取。這幾天老婆快到日子了，一家人都去了寶育堂裡待產了，家裡頭沒人，我這東西也要送過去。」

趙彩鳳聽著挺好奇的，等他們進了城門，趙彩鳳才問道：「那個寶育堂是不是就是隔壁村那個誰開的給女人生孩子的地方？」

「可不是？人家的命可好了，當了寶善堂的少奶奶，又開了寶育堂。這真是人比人得死，貨比貨得扔啊！」

趙彩鳳皺著眉頭，茫然地看著滿大街熙熙攘攘的人群，忽然有一種井底之蛙的感慨。同樣是個鄉下丫頭，人家已經嫁給高富帥，走上人生的巔峰了，而她趙彩鳳卻還在原地踏步，舉步維艱。可是，她怎麼可以服輸呢？她怎麼說也是現代穿越來的高級知識分子，如果不能幹出一番事業，那豈不是給其他穿越女蒙羞？

趙彩鳳做了個深呼吸，鼓勵自己：趙彩鳳，妳行的，總有一天，京城會有妳的立足之地！妳就算沒辦法嫁給高富帥，至少同樣可以走上人生的巔峰！

和李全一起去了八寶樓後，趙彩鳳再次慶幸宋明軒沒有聽李全的介紹，直接住到這八寶樓的柴房裡頭來。原來這八寶樓正位於花柳一條街的長樂巷上，聽李全說，站在八寶樓二樓的陽臺上一眼望去，能看遍這長樂巷的美人……

要是宋明軒住在這樣一個地方備考還能考得上，除非兩種可能：第一，他是天才；第二，閱卷的考官都是蠢材！

趙彩鳳在八寶樓上轉了一圈，館子算不得十分大，但是樓上樓下賓客滿員，據說在這裡吃飽了再進去嫖，比在裡面邊吃邊嫖便宜些，所以這地方的生意也特別好。

李全知道趙彩鳳並不是來找活幹的，索性也沒問店裡招小二的事情，趙彩鳳趁著李全和掌櫃的去結帳的時候，自己跟店小二聊了起來。

「小二哥，京城這地方，哪裡的房子便宜些？」那小二說話聽著並不像京城本地的口音，既然在這兒有落腳之處，總能說出個地方來。

「你要是在我們這兒幹，老闆倒是包吃包住的，住的地方就在這條街後面，離這裡不大遠。」那小二哥瞧著他長得白白淨淨的就很有好感，十分想吸納成工友。

「我不是來應徵的，我就是想問問，有沒有什麼地方有房子出租，可以讓人住一陣的？」

「你是打算在京城租房子嗎？」那小二哥打量了他一眼後，很誠懇地道：「小兄弟，不是我瞧不起你，這京城可不是隨便就住得起的地方，就你這一身衣裳，也就只能去討飯街試試運氣了。」

趙彩鳳低頭看了一眼自己身上寬大的、洗得發白、帶補丁的衣裳，也覺得店小二說的有些道理，可她真不是來討飯的，於是便道：「我是有正經事要辦，不是來討飯的，好歹得有片瓦遮頭才行！」

趙彩鳳後來聽店小二解釋了一番，才知道店小二口中的討飯街並不是乞丐聚集地，而是一個外來貧困人口集中地。那邊住的大多數都是外地來京城投親的外來戶，有很多人是到了京城才知道親戚家已經不在此地了，又沒有盤纏回老家，所以就暫且在那邊安頓下來。

那條街雖然聽起來龍蛇混雜，但其實就是窮人一條街，還有很多進京趕考的窮秀才會在那邊租房子，聽說有考了很多年都沒考中秀才的，乾脆在那邊辦起了私塾來，教那些窮苦人家的孩子認字。

趙彩鳳聽店小二說的那邊雖然不是太好，但是對於宋家現在的生活條件，要找一個像樣的地方落腳也很不容易，住客棧又沒銀子，少不得還是得騰出這麼一個地方，讓宋明軒可以先安頓下來。

李全和掌櫃的結了帳後，要出去給村裡的老百姓帶一些日常用的雜貨。村裡頭百姓買東西不方便，但是油米醬醋什麼的又不能缺，所以李全常趁著上京時帶一點回去，讓李阿婆平價賣給村裡人。趙彩鳳說要去討飯街看看，李全怕她不認識路，親自送到了路口，又告訴她什麼時辰在八寶樓集合，這才買自己的東西去了。

六月的陽光毒辣辣的，曬在趙彩鳳的腦門上，她戴著一頂小氈帽，斜挎著粗布包袱，看著還挺像一個進京找活幹的小廝。

討飯街離長樂巷也不遠，不過隔開三個巷子，京城人多地少，過了主幹道，所有的小巷子都只有兩人寬左右。趙彩鳳問了人，又走了大約有半炷香的時間，才看見在岔路口往裡有一條特別窄的小巷子。巷口有一個木牌坊，橫頭寫著「世康路」三個大字。

入口的地方倒著一堆泔水(注)，看上去被人潑過了，濕答答地鋪了好大一攤，這種天氣又熱，引得周圍一大群的蒼蠅嗡嗡嗡地吵個不停。趙彩鳳踮著腳尖進去，越往裡走越發現這條巷子很深。

進去之後，趙彩鳳才發現，城裡的窮人再窮，其實還是挺懂衛生的，除了公共環境特別髒亂之外，每家每戶只要有單獨小院的，裡面打點得還是挺乾淨的。

這個時候正是晌午，家裡沒什麼人，趙彩鳳四處看了看，發現有幾戶人家家裡住著老人，正在院子裡葡萄架下的蔭涼處做針線。

趙彩鳳覺得隨便敲別人家的門挺失禮的，但是不敲門又瞭解不到情況，想了想，正要鼓足勇氣敲門的時候，忽然間，裡頭的院門一開，一個矮胖身材的中年婦女從裡面滾了出來。

一點兒也不誇張，就那身高，用滾來形容絕對合適！可憐趙彩鳳麻稈一樣的小身材，哪裡禁得起這保齡球的撞擊？一下子就跌倒在地了！

也許是趙彩鳳太瘦弱了，以至於那婦人撞了她還沒察覺出來，直指著裡面罵罵咧咧地道：「這姓毛的，以後別讓我在京城瞧見你，不然我非扒了你的皮不可！不給房租還跑了？

注：泔水，淘米、洗菜或刷洗鍋碗後的水，泛指用過的髒水，亦指餿水。

我操你全家！」

前面幾句趙彩鳳沒聽清楚，但是後面兩句聽得可真切了。有人沒付房租跑路了？那不就表示，裡頭這小院如今是沒人住的？趙彩鳳也顧不著腳上疼痛了，伸著脖子就往裡頭看，只見裡面有一個三間房的小院，中間有個天井，裡頭架著石台，還有一口井，看著乾乾淨淨的。

趙彩鳳一下子就來勁了，見那婦人還沒瞧見自己，脆生生地喊了一句。「哎喲，我的腿啊……」

趙彩鳳這一出聲，那婦人果然就瞧見了她，低著頭，不大確定地道：「小……小兄弟？」

「大嬸，我是姑娘。」趙彩鳳雖然看過不少年輕姑娘被人牙子拐賣去妓院的小說，但是總的來說，那都是女主的智商問題。鑒於趙彩鳳對自己的智商還是很肯定的，所以她大大方方地承認了自己姑娘家的身分。

「哎喲，是個姑娘呀！妳怎麼穿成這樣？在我家門口做什麼？妳這……」婦人前後看了一眼，見並沒有別人，頓時就想明白了，一拍手笑道：「是我把妳給撞了？我這還真沒看見呢，不好意思了！」婦人說著，伸手上前拉趙彩鳳。

趙彩鳳見她身上穿著緞面衣裳，頭上戴著兩根赤金髮簪，耳朵上也戴著金環耳墜，手腕上是一金一銀兩條鐲子，怎麼看也不像住在這討飯街上的人，可她既然說這是她家門口，那想必應該是房東沒錯了。

「我……我是來找房子的，過兩個月我家兄長就要進京趕考了，如今連個住的地方都沒安頓好呢！」趙彩鳳為了防止盤問，索性就嬌滴滴地開口，只說是為了兄長來京城找房子的。

「哪地方人呀？」

「我是從河橋鎮來的。」

「河橋鎮離這兒也幾十里路呢，怎麼就妳一個人來了？家裡人呢？」

「我沒讓我哥過來，他還在家溫習呢！我先進城瞧一瞧，要是有好的房子先租下來，再回去接他出來。」趙彩鳳一五一十地開口，其實她心裡也沒底，但看著這婦人也不像壞人的樣子，就多說了幾句。

「怪可憐的，我瞧妳這個頭，不過十五、六歲吧？怎麼妳家裡人也放心讓妳一個人出來？真是可人疼。」婦人一邊把趙彩鳳扶了起來，一邊道：「我姓伍，大家都喊我一聲伍大娘，這條街上靠左邊這一排都是我家祖上的房子，正巧今兒有那麼一間空下來的，妳若是想找房子，不如進去瞧瞧，我給妳算便宜點，誰讓我出門就把妳給撞了呢！」

伍大娘約莫四十出頭的樣子，笑起來臉團成一團，眉梢的皺紋都更深了些，但整個人看著很喜氣。趙彩鳳聞言，瘸著腿謝過了，跟著伍大娘一起進院子裡看了一眼。

進去之後才發現，這院子後頭還有兩間小房子，一間是茅廁、一間是灶房。雖然小是小了一點，但是麻雀雖小，五臟俱全，一家人住是有那麼些擁擠，可若是宋明軒一個人在這兒讀書過日子，也盡夠了。

趙彩鳳當下就有些心動，只是她實在不知道這邊的行情，又怕自己被人看穿了心思，對方會抬價，所以只為難道：「伍大娘，我們是鄉下人家，沒什麼銀子，也不知道這一間房子長租下來要多少銀子，妳看能不能這樣，我兄長考完了秋闈也就回去了，能不能只租到那個時候？到時候妳這房子還可以再租給別人。」

伍大娘想了想，這會子到八月分倒也不是什麼旺季，但是八月靠後很多外地往京城投親的人就多了，到時候還能租個好價錢，於是便開口道：「那行，就這麼定了！只是這回我可明說了，得先把訂金付了！妳也瞧見了，妳前面那個租客，昨兒來問他收銀子時還說今兒就給，結果今兒過來人都跑了，我也是倒八輩子楣了！」

趙彩鳳又在院裡看了半天，又問了一下伍大娘這邊鄰里之間的情況，得知這兒並沒有什麼人從事噪音工作，也便放心了下來，開口道：「那就這麼定下吧，今天都六月初六了，八月初九開考，不過就兩個月時間了。」

伍大娘的心情也不錯，原來的租客跑了，她原本還以為這房子要空置一陣子呢，誰知出門就又撞上了新的租客，因此笑著道：「咱今天也算是緣分，這房租我也不多收妳了，就按最便宜的給妳，二兩銀子一個月，妳看如何？」

趙彩鳳對這個時代的貨幣實在沒有太多的研究，但她按照楊老頭賣的麵算一下，一碗大肉麵是三十文錢，十碗就是三百文，那三十碗就是九百文；按照現代的物價，一碗大肉麵大概是十五元，三十碗大肉麵就是四百五十元。二兩銀子就將近七十碗大肉麵，那就是一千零五十元，可要是在現代，一千零五十元也不可能在北京城租上一個這樣帶院子的小院啊，住地下室還差不多呢！

趙彩鳳心裡一盤算，頓時就覺得這個價格當真不貴，當即點頭道：「那就二兩銀子！」

趙彩鳳跟著伍大娘回了她家，拿戥子秤了銀子，付好了定金後，又回了方才的那個小院子。

三間房都是明堂，除了灶房比較髒之外，其他的地方都還看得過去。趙彩鳳說幹就幹，捲起了袖子就開始大掃除起來。拿竹竿紮著笤帚在屋子裡打了一圈的蜘蛛網，嗆得她咳了好幾次，也不知道之前那房客是怎麼住下的？絞乾了濕布擦著窗臺，忽然想起那些燭光下和宋明軒一起，她做針線、他看書的光景，要說浪漫，那真是半點兒也搭不上邊，可心裡頭卻還是忍不住覺得挺暖的。趙彩鳳笑了笑，用力搓了幾把抹布，把屋裡僅剩的幾樣家具都擦得乾乾淨淨的。

她原本是個很愛乾淨的人，應該說是帶著些小潔癖的，可自從穿越過來之後，住的、吃的、穿的，沒有一樣是可以用自己原先的生活標準來看的，所以這種潔癖久而久之也被她拋棄得差不多了，而今天當她又可以興致勃勃地打掃起環境衛生的時候，趙彩鳳覺得自己渾身都是勁兒！

趙彩鳳把屋子收拾乾淨之後，看看天色，也已經將近申時二刻了。把房子搞定了，趙彩鳳鬆了一口氣，趕緊回到了八寶樓跟李全會合。

這時候李全也正好回來，瞧見趙彩鳳從後院進來，站起來道：「還說妳會不會迷路了，正和小二商量要不要去找妳呢！」

趙彩鳳搖了搖手裡的鑰匙，笑著道：「李叔，你快看，房子有著落了！」

那店小二見了，也忍不住眼神一亮，往趙彩鳳的肩膀上拍了一記道：「你小子，不賴啊！哪家的房子？」

「是討飯街裡頭的，房東叫伍大娘，看著挺和善的一個大嬸。」

「原來是她呀，那妳可真是走運了，她可是討飯街上人人稱讚的大善人，討飯街上一條十來家整院子都是她家的，怎麼被妳給遇上了？」

趙彩鳳聽李全這麼說，也覺得自己運氣似乎不錯。就連李全都認識這人，想來那伍大娘應該是相當靠譜的。「我今兒去看房子，正巧遇上她找人收房租，可誰知道那個租客竟然跑了，正好空下了這一個小院，我就租了下來。」

「小兄弟，多少銀子租的？」

「三間正房，後面兩間小屋，二兩銀子一個月，我說好了只租兩個月。」

店小二想了想後，一個勁兒地點頭道：「果然沒坑你，這價格還算公道。不過我說你一個人租什麼房子啊？跟著大家夥兒睡通鋪，不是節省銀子嗎？」

趙彩鳳低下頭，略略笑了笑，也沒打算瞞著別人，開口道：「這房子不是我自己住的，我家兄長要進京考舉人，所以讓我來給他瞧一瞧，沒想著能成的，這不正好運氣了？」

「那你可真是走運了，這眼下離秋闈只剩兩個月了，城裡的客棧早就沒有空著的了，廣濟路上像模像樣的小院子也都住滿了人，就連玉山書院外面的農家，都把自己家的房子空出來一間給考生住了！」店小二侃侃而談。

「玉山書院？那是什麼地方？」趙彩鳳雖然聽得隨意，但還是精準地抓住了對話的重點。

「玉山書院你不知道？這天下的考生就沒有不知道玉山書院的！有句話怎麼說的？南棲霞，北玉山，這兩個書院那都是泰斗級的書院，比國子監還強呢！這些年的狀元、榜眼、探花，基本上都是出自這兩個書院，已經沒國子監啥事了！」

趙彩鳳一聽，頓時就來了興致，感覺應該是一個超厲害的民辦院校，著急地問道：「那地方怎麼才能進去上學？」

「這我就不清楚了，我就是平常聽這邊吃飯的客人有時候聊起來的。那麼好的地方，一般人也進不去吧？聽說好多大官家的少爺都在那邊，沒準那兒不收窮人呢！」

趙彩鳳瞥了他一眼，那店小二頓時縮了縮脖子。他話雖然說得不好聽，可還真是大實話啊！這年頭做什麼不要錢的？要進這樣的書院上學，只怕除了一封能上得了檯面的推薦信外，銀子也是少不了的。趙彩鳳嘆了一口氣。

那邊李全便開口道：「妳別擔心，二狗他那麼聰明，就算不上這什麼書院，也能給妳考個舉人回去的！」

趙彩鳳抬起頭，再一次皺著眉頭道：「李叔，咱以後能不叫二狗了嗎？萬一他真考上了舉人，叫二狗別人準笑話他！」

李全嘿嘿地笑了兩聲，撓了撓後腦勺，笑著道：「行、行，這不是習慣了嘛……」

第九章

趙彩鳳和李全在天黑前出了城，又回到了十里廟的黃家，在這兒再住一晚上，第二天就回了河橋鎮。到河橋鎮的時候才剛晌午，去了楊老頭的攤子上，才發現楊氏並不在，問了楊老太才知道，昨兒趙武的入學考試很好，私塾的先生已經收了他當學生了，今兒第一天上課，楊氏不放心，在外頭守著呢！

趙彩鳳聽了也很高興，不過楊氏居然還守著，這也太誇張了，看來不管是什麼年代的家長，對待孩子唸書這件事情，都是很緊張的。

李全家的李二虎就沒那麼幸運了，他如今已經十一、二歲了，完全沒有唸書的天賦就算了，這時候開蒙也晚了，私塾的先生也說了，在他那兒唸書也行，但怕這孩子以後也唸不出什麼名堂來了，不過就是不做睜眼瞎了。

沒過多久，楊氏就回來了，笑著道：「我瞧著午市要到了，所以急忙回來幫忙。兩個孩子都挺聽話的，先生說都不錯，我心裡也安慰了。」

楊氏幫著楊老頭他們招呼客人，忙過了午市之後，大家也都湊合著吃了一頓，楊氏便開口道：「彩鳳，我和妳姥姥、姥爺商量了一下，要不然妳就留在鎮上，一會兒我跟妳李叔回去吧？眼下小武還小，他一個人留下來我確實有些不放心，再一個，這早市午市也挺忙的，妳姥姥、姥爺年紀大了，得有個人幫襯著他們。」

楊氏畢竟是個孝順女兒，想當初趙彩鳳那舅舅還在的時候，也沒說要來幫兩位老人分擔一下，如今楊氏倒是看不過眼了。不過趙彩鳳心腸也挺軟的，這兩個老人起早貪黑地忙一天，確實也很辛苦，如今趙武又要在這邊上私塾，雖說是來陪他們的，但好歹也要讓他們操心，按理是要留一個人下來照顧的。再一點，也是趙彩鳳最想留下來的理由之一，那就是她得把楊老頭這拉麵的絕技給學下來，不然的話，沒有技術股，這攤子將來很難長久的。

「行啊，那一會兒娘就跟李叔他們回去吧，我出來的時候還帶著幾件衣服，夠這幾天換洗的。」趙彩鳳說著，從斜挎包裡頭拿出一串鑰匙來，遞給楊氏道：「這是給宋大哥在京城找的房子，在世康路七十八號，三間正房，後頭有兩間小屋，可以讓宋大娘陪著他一起去。房租已經先交一個月了，房東把房子留著呢！雖然那邊是窮人住的地方，但是我打聽過了，周圍都挺清靜的，宋大哥在那邊唸書應該不賴。」

楊氏愣愣地接過了趙彩鳳遞上去的鑰匙，睜大眼睛問道：「房子都租好了？這麼快？」

趙彩鳳端起碗喝了一口麵湯，點頭道：「嗯，正好運氣好，租上了。對了，京城還有一個玉山書院，聽說裡頭有很多讀書人，要是宋大哥有空，可以去打聽一下怎麼去裡面聽課。」趙彩鳳喝完了湯，拿起手帕擦了一下嘴。要是擱在以前，她是絕對不會端起湯碗喝湯的，因為太不文雅了，可如今沒有勺子，她也只好將就著了。

楊氏瞧著自己忙忙碌碌的女兒，跟著點頭，又囑咐道：「那妳好好在鎮上待著，我把話給妳都帶到。」

趙彩鳳點了點頭，又繼續道：「對了，我還答應幫宋大哥去縣學抄題目，妳讓宋大哥上京的時候在河橋鎮先停一停，我這兩天就去給他抄回來！」

楊氏才回家，腳底都還沒站穩呢，就先往宋家去了。趙彩鳳讓楊氏帶回去的，除了房子的鑰匙，還有用剩下來的八兩銀子。按照趙彩鳳對京城物價的估算，剩下的這些銀子足夠讓宋明軒在京城過得很好了，至少不需要再糾結於每天會不會餓肚子。

許氏看著楊氏帶回來的東西，手裡拿著鑰匙，還滿臉的不確信，開口道：「妳說啥？這房子已經租好了，拿著這鑰匙就可以住進去了？」

許氏這回是真的有些傻眼了，她沒料到趙彩鳳還真的能把這事情給辦妥了。宋明軒先前說趙彩鳳去京城的時候，許氏心裡那叫一個擔心，生怕趙彩鳳被騙了銀子不說，萬一連人也給騙了，那她可就沒兒媳婦了！這會兒瞧見楊氏把鑰匙都帶回來了，她還沒反應過來呢！

倒是一旁的宋明軒見楊氏回來，卻沒瞧見趙彩鳳，開口問道：「趙大嬸，彩鳳呢？她沒跟妳一起回來嗎？」

楊氏倒是沒想到宋明軒想趙彩鳳了，故而直白地道：「我讓她留在河橋鎮幫她姥姥、姥爺了，小武也在那兒，他們老的老、小的小，我也不放心，正巧彩鳳想學拉麵，就讓她留下了。」

宋明軒的臉上頓時被失落的表情所占領，愣愣地「喔」了一聲，又有些不死心，再問道：「那她有什麼話要妳帶給我沒有？」

楊氏想了想，又開口道：「有，她說讓你上京的時候在河橋鎮停一下，她這幾天幫你去縣學抄題目，讓你記得過去取。」

宋明軒見趙彩鳳還沒忘記這件事情，心裡越發感激並帶著幾分甜蜜，有些糾結地點了點頭。

那邊許氏便把鑰匙遞給了宋明軒。「你瞧瞧，彩鳳把房子都給你安置好了，這下好了，你去了京城可要好好唸書，不能辜負了彩鳳對你的一片苦心。」

宋明軒一味小雞啄米一樣地點頭，但心裡頭卻怎麼也開心不起來。他這一走兩個月，一想到有兩個月見不著趙彩鳳，他好像已經非常的難受了。宋明軒皺著眉頭，抬起頭看著自己的老娘和未來的丈母娘，鬱悶地道：「那我明兒就進京吧。」

晚上，用過晚膳之後，許氏在房裡為宋明軒打點行李；宋明軒只顧著整理自己的那些書籍用具，把它們都壓平整了放在書簍子裡。

將宋明軒的換洗衣物疊好之後，找了一塊粗布，打了一個包裹，瞧著宋明軒在房裡忙亂的身影，許氏停下了動作。「我說明軒，你一個人去京城能行嗎？這吃喝洗漱的，哪一樣不費時間？你在家裡雖然我們照顧不周，可好歹一日三餐不會少了你，這要是自己一個人在外面，倒是怎麼個打算呢？」

並非許氏看不起宋明軒，而是宋明軒在廚藝方面確實不大精通，除了能把灶裡的火點起來燒些開水、把乾糧熱一熱之外，平常的吃食他是一樣也不會做的。

宋明軒皺著眉頭不說話，上回他去京城趕考，沒有考上的原因之一就是一天到晚沒有一頓準時的熱飯熱菜，弄得最後幾天腸胃失調。他晚上睡不好、白天吃不好，最後摀著肚子進場子，這要是能考好就奇怪了。

可宋明軒是個有自尊的人，家裡頭離不開許氏，不可能把一老一小丟在家裡不管，所以這就決定了他只能一個人上京。不過這次既然有獨門獨院的房子住，應該可以燒水吃上熱東西，大不了在外面多買一些乾糧，也能過日子。就是京城的物價肯定是比這兒貴的，他銀子不多，還得省著點花才是。

「娘妳不用擔心，我買上一些乾糧，自己熱著吃。」

許氏瞧著自己兒子原本就沒幾兩肉的臉頰，越發就心疼起來了。這些年為了唸書，宋明軒沒少受苦，可他卻半聲也沒吭過。許氏也知道宋明軒壓力不小，奈何自己實在脫不開身。許氏嘆了一口氣起身，到外面的院子裡關門，正好瞧見楊氏抱著趙彩蝶在門口納涼。

許氏見了便停下了腳步，也從家裡搬了一張凳子出來，湊到楊氏的跟前坐了下來。「我說大妹子，有件事我想找妳商量一下。」

楊氏瞧見許氏這一本正經的嚴肅樣，就知道她肯定有啥重要的事情要說，只拿蒲扇在趙彩蝶的後背拍了兩下，抬眼道：「嫂子妳有什麼話就直說好了，咱都是一家人了，還有什麼好客氣的？」

「既然是一家人，那我也就不客氣了，其實這事也是為了兩個孩子。」許氏也伸手在趙彩蝶的身上拍了兩下，眉梢彎彎地道：「明軒明兒就要上京了，我不放心他一個人去……」許氏說到這裡的時候，忍不住頓了頓。

楊氏以為她要拜託自己照看陳阿婆和寶哥兒，便拍著胸脯道：「嫂子，妳放心跟著明軒去吧，阿婆和孩子有我呢，一日三餐我照應著！」

許氏見楊氏誤會了自己的意思，忙不迭地擺擺手道：「不是不是，妳想錯了。」許氏往宋明軒的房間那邊瞟了一眼後，湊到楊氏耳邊道：「我是想著，要不然我就不去了，讓彩鳳跟著明軒一起進京，一來讓她也進城見識見識；二來還能讓他們小倆口多些時間相處，妳說這樣合適嗎？」畢竟趙彩鳳還沒過門，跟著男人出門這種事情確實不大好，但許氏是存了心想讓她當自己的兒媳婦，自然是希望趙彩鳳能和宋明軒一起的。

楊氏一聽，立時就擰起了眉毛，雖沒有馬上就回絕，可還是有些遲疑。「嫂子，明軒是去考科舉的，他身邊陪著個小媳婦會不會影響到他？再說兩個孩子年紀也還小，萬一不懂事弄出啥事來……到時候不是尷尬嗎？」

許氏笑著道：「妳還不知道我家明軒嗎？不是我說，沒有比他再木訥的人了。如月在我們家都住了多久，他哪裡就沒機會了？愣是連人家的小手都沒牽過一下呢，說是非要過了明禮，才能做那些事情。不是我高看了我家明軒，但這事妳放心，絕對不可能的！」

楊氏這會兒也驚了，雖說趙家村的人都知道寶哥兒不是宋明軒的孩子，但是他們哪裡知道宋明軒居然連許如月的手都沒碰過一下，這都住了多久了還這樣清清白白的。

「聽妳這麼說，明軒這孩子倒還真是不錯。」楊氏又想了想，覺得趙彩鳳如今也已經是半個宋家人了，且她要是陪著宋明軒進京，這村子裡也沒什麼人知道，就算知道了，她以後還就是宋明軒的媳婦兒，也不怕別人口舌。再者，若是宋明軒這一科真的能高中了，那趙彩鳳可是功不可沒呢！

「既然這樣，那就依了妳的意思吧。只是我爹娘那邊生意也忙，老三又剛上私塾，我也確實不放心他一個人待在鎮上。」

許氏見楊氏鬆了口，笑著道：「這個妳放心，小蝶我替妳照顧著，我家還有寶哥兒呢，總比妳帶去鎮上強，到時生意忙起來了沒有人照看，別讓拐子給拐跑了。」

楊氏本來還真打算把趙彩蝶帶出去的，可聽許氏這麼一說，覺得很有道理，麵攤邊上人來人往的，他們只要一個不留心，孩子就會被人拐跑，這事她可不能做。

「既然這樣，那彩蝶就拜託妳和阿婆了。明兒我打點一下行裝後，和明軒一起先去河橋鎮上，再問問彩鳳的意思。妳也知道，那丫頭如今不比從前，事事都有自己的主意，我也不能來硬的。」

許氏聞言，一個勁兒地點頭道：「那行！等等回去，我跟明軒也說一聲，讓他明兒自己跟彩鳳說去。」

第二天一早，李全正好要去河橋鎮給李二虎送東西，順便帶一些新鮮的果蔬送給丈母娘家。許氏一早就出去打探了消息，回來讓楊氏和宋明軒到門口等著。

昨晚許氏早已經把讓趙彩鳳去陪考的事情和宋明軒說了，宋明軒雖然嘴上說了幾句「不大合適」之類的話，但是許氏一錘定音以後，宋明軒就再也沒有開口了，相反地，他心裡的某個角落甚至瀰漫著一種複雜的甜蜜情緒，可一想到這種做法和他讀的聖賢書有些相悖，他就不敢再往下想了。

李全趕著牛車過來，瞧見了楊氏和宋明軒兩人都揹著行李，問道：「大嫂，妳昨兒才回來，怎麼今兒又要出去了？」

楊氏知道李全人好，嘴巴又緊，便也沒刻意瞞著他。「這不，明軒要上京，家裡實在抽不出人手去陪著，所以打算讓彩鳳和他一起去京裡頭。」

李全頓時就明白了，樂呵道：「這麼說，這趟回來，妳都可以抱孫子嘍？」

這話說得宋明軒的臉就跟被柴火棍打過了一樣燙，恨不得找個地洞立時就鑽下去。

還是楊氏知道他臉皮薄，笑著道：「嘖，你說哪裡的話？這回咱再不敢亂來了，怎麼說也要等孩子出了孝，辦了事才能算個正經。」

李全便跟著點頭，又瞧了一眼宋明軒，見他尷尬得滿臉通紅，笑道：「明軒，我還得謝謝你呢，要不是你，我家二虎準上不了私塾。」

宋明軒便跟著陪笑，尷尬地點頭。

卻說趙彩鳳幫著楊老頭忙完了早市後，想起了要給宋明軒抄題集的事情，便和楊老太說了一聲，自己去縣衙找梁大人了。正巧，遇上了上回的師爺，手裡拿著一個小東西擺弄著進縣衙應卯，趙彩鳳見了，就急忙上前攔住了他道：「秦師爺，您還認得我嗎？」

那師爺看了一眼趙彩鳳，指著她愣了片刻，忽然就想了起來，笑著道：「喔喔喔，原來是趙姑娘啊！」秦師爺笑道：「趙姑娘，妳來得正好，我正有事要找宋秀才，他跟妳一塊兒來了嗎？」

「沒有，我沒跟他一起。」趙彩鳳也不知道他們找宋明軒做什麼，不過她自己倒是先開門見山地道：「既然遇見了師爺，我有一些小事想請師爺幫忙，不知道師爺能不能行個方便？」

秦師爺看著趙彩鳳，心裡倒是有些不明白，道：「要不是徇私舞弊的事情，趙姑娘但說無妨。」

「就抄些題目而已，能算得上徇私舞弊嗎？」趙彩鳳忙解釋道：「宋大哥過幾天就要上京趕考了，他手邊的題冊都是幾年前的，我想讓師爺幫我去縣學抄一份最近的題冊出來，不知道師爺肯不肯幫這個忙呢？」

秦師爺見只是這種小事，頓時就一口答應了下來，開口道：「不過我有些事情要先進去面見梁大人，趙姑娘不妨在門房等一等？」

趙彩鳳正要答應下來，忽然就瞧清楚了那秦師爺手中的小玩意兒，原來是一個秀才春的模型，頓時就好奇地問道：「秦師爺，你手裡的這東西……」

「這個東西啊？我前幾日去一處朋友的莊子上玩，看見那邊的木匠在做，覺得很有意思，所以讓那木匠做了一個模型出來，正打算給梁大人看一下，看看能不能在全縣範圍內推廣一下，這可是個好東西，用它能省下不少人力呢！」

趙彩鳳撇撇嘴，心裡暗自想：全縣範圍推廣，那可不就家家戶戶都用得上這秀才春？可到時候我這分成的錢怎麼算呢？

「師爺，這東西是宋大哥設計的，這事你知道不？」趙彩鳳試探道。

「我知道啊，所以方才才說要找他呢！這東西既然是他的，我們要推廣，自然也要問問他的意思。」

趙彩鳳勾起嘴唇笑了笑，說道：「你不用找他了，找我就好了，我進去和梁大人說。」

秦師爺見趙彩鳳這麼說，又想起之前兩人親密的樣子，心裡也明白得差不多了，帶著她進縣衙找梁大人去。

梁大人看過那秀才春之後，連連誇獎這東西構造精細，原理又簡單，實在是心思巧妙，把宋明軒誇得天上有地下無的。趙彩鳳心裡都忍不住嘀咕，敢情宋明軒害得他跪了幾晚搓衣板的事情，他已經全忘了？

「這東西好！況且這東西成本也不高，每家每戶都可以備一個，這可比驢拉磨方便多了，哪家也沒那麼多驢子啊！」梁大人興奮道：「秦師爺，你馬上把這個東西的模型畫下來，我這就上書工部，請求皇上在全大雍範圍內推廣一下，這下子好了，升官發財了！」

趙彩鳳被梁大人直白的話給逗得忍俊不禁，但是仔細想一想，其實像梁大人這樣的人，看著搗糨糊，心裡頭卻還能存著百姓，也許平常人覺得有些俗，可這才是真真正正的人，能把自己的慾望坦露出來，也說明了他內心的真實。

趙彩鳳想了想，開口道：「梁大人，那民女在這邊就先恭喜您啦！」

梁大人擺擺手，道：「怎麼宋秀才沒跟妳一起來？我得好好謝謝他呢！」

「宋大哥這幾日正忙著要準備進京趕考，沒空跟我一塊兒過來。不過有些話，我倒是想替宋大哥說一說。」

梁大人這會兒正高興呢，便隨口道：「有什麼話妳就說吧！」

「是這樣的，當初宋大哥是因為家中困苦，他要為上京趕考籌銀子，所以才設計了這樣一個東西，只給了我們村裡的一個木匠，囑咐木匠給別人做這個東西的時候，得來的銀子要和宋大哥五五分成，如今梁大人既覺得這個好，又要全國範圍推廣，那這銀子，宋大哥問誰收去？這樣一來，豈不是斷了宋大哥的財路？」

秦師爺一聽，頓時就不答應了，忙開口道：「他一個讀聖賢書的人，怎麼也這麼一身銅臭？我們這是在造福百姓，他怎麼就只惦記著錢呢！」

趙彩鳳對這種站著說話不腰疼的人實在不敢恭維，反駁道：「秦師爺這麼說就錯了，他用自己的智慧創造財富，怎麼就有銅臭了？再說了，他現在窮得連進京的銀子都沒有，若考不上功名，將來便不能更好地造福百姓，況且……這個東西到底值不值錢，梁大人自己心裡也明白吧？」

梁大人看了一眼那秀才春，想一想這麼多年來自己升遷艱難，如今要是真的能搞出一個全國範圍內的貢獻，那他以後的仕途可謂是一片順遂啊！因此，梁大人點了點頭道：「趙姑娘說得有道理，只是這銀子以前是分成的，如今倒是應該怎麼算呢？」

趙彩鳳心裡嘀咕了一下後，開口道：「一百兩銀子，這個東西就隨便梁大人怎麼去推廣，不論是全縣還是全國，您說如何？」

梁大人雙眼直勾勾地盯著那秀才春，心裡糾結了半天。一百兩銀子可不少啊，他一個九品芝麻官，一年的俸祿也沒有這麼多啊！不過好在作為地方父母，總能有些別的灰色收入，他雖不是大貪官，但也不是什麼青天大老爺。況且胡家在這邊人脈廣，他老婆的幾個鋪子進項又一直很可觀，這一百兩銀子付出去後，若是這個秀才春推廣成功，上頭少不得還會撥一筆銀子以做推廣之用。

這麼一想，梁大人便覺得這買賣虧本不了，於是笑著道：「那就按照趙姑娘的意思。秦師爺，回府上去一趟，讓夫人封一百兩銀子送過來。」

梁大人聽了趙彩鳳的來意後，又親自帶著趙彩鳳去縣學裡找題集。

這會兒離秋闈還剩下兩個月時間，縣學裡的人並不多，有條件的考生早已經在京城租了房子，聽玉山書院的先生授課去了，只有家中貧困的學子還在這裡埋頭苦讀。

梁大人帶著趙彩鳳見了縣學的夫子，說明了來意之後，夫子笑著道：「原來是他要啊，這一科他準備得如何？」

趙彩鳳便笑著道：「我看他整日裡都挺用功的，應該還不賴吧，就是沒有題集，也不知道究竟是個什麼水準，這才來向夫子求一份的。」

夫子便點頭道：「他的文章辭藻、立意都很不錯，就是年紀小，經驗不足，上回去的時候還碰上鬧肚子，這樣如何能考好呢？依我看，功課看了十幾年了，倒不在乎這臨時抱佛腳的功夫，把身子養好才是真，畢竟這三場下來，可是要脫一層皮的。」

趙彩鳳聞言，才又知道了宋明軒上次鄉試未中的原因，敢情除了睡不好、住不好之外，身子還不好？看他麻稈一樣的身子，也能想像得出來，他的底子好不到哪兒去了。

「行，我知道了，這回他已經在京城租好了房子，宋大娘會陪著他一起去，鐵定不會出上次的意外。」

夫子點了點頭道：「那敢情好，咱們縣裡也許久沒出個舉人老爺了，這回他要是中了，梁大人又要破財了。」

梁大人哈哈大笑道：「要是中了，破財我也願意！我也是下過場子的人，都知道這裡頭的辛苦，要是這麼容易中舉人，那這大雍的舉人不是滿地跑了嗎？」

幾個學子在一旁聽了都笑了起來。

夫子整理了幾本題冊，還有一些平常複習用的札記後，遞給趙彩鳳，道：「他是我教過的學生中最有慧根的一個，可惜家裡實在太窮了些，連縣學都供不起。剩下的這些書就算是我送給他的，妳可囑咐他要好好考喲！」

趙彩鳳捧著手裡的書，一個勁兒地點頭道：「夫子您放心吧，這些話我都會替您轉告他的。不過最近宋大哥家裡出了不少事情，這一科說實話他並沒準備完全，要是宋大哥沒考中，你們也別太難受了。」倒不是趙彩鳳對宋明軒沒信心，可瞧著這一個、兩個人的都對宋明軒抱有這樣的心思，她自己都替宋明軒覺得壓力大啊！

從縣學回了衙門後，秦師爺的銀子也取來了。趙彩鳳出去了一趟，不僅得了題集，還賺了一百兩的銀子，真可謂是一舉兩得。不過趙彩鳳心裡想了一下，對於梁大人來說，這一百兩銀子顯然不算什麼鉅款，他以後若是升遷有望，別說一百兩，一千兩、一萬兩都能賺回來，至於怎麼賺，那趙彩鳳就管不著了。

趙彩鳳回麵攤的時候，楊氏和宋明軒正好也剛剛趕到。

楊氏在為楊老太收拾桌子，那邊宋明軒則把書簍子放在桌上，正埋頭吃著一碗麵條。麵條裡並沒有放澆頭，是一碗陽春麵。趙彩鳳忽然就想起方才縣學的夫子說他腸胃不好的事情，又看了一眼他那纖瘦的身子骨，開口道：「姥姥，給宋大哥加幾塊排骨吧！」

「我剛才就說要給他來一塊大肉，他非不要，說最近吃得清淡了，吃不下這些油膩的東西，我也沒好堅持。」楊氏開口道。

這時候宋明軒才知道趙彩鳳回來了，嘴裡的麵條還沒吸完呢，視線就迎了上去，趙彩鳳這時候正巧也往他那兒看，兩人的視線便撞在了一起，宋明軒嚇得急忙低下頭去。

趙彩鳳倒是大大咧咧地往邊上掃了一眼後，走過去把懷裡的書遞給了他。「這些都是縣學的夫子給你的，大家都指望你能金榜題名呢！」

宋明軒一手吃著麵，一手伸了過來拿那幾本書看，臉上多了幾分笑容，又怕桌上有麵湯弄髒了，因此把那些書放到了自己的大腿上，在懷裡抱著。

這個樣子的宋明軒少了幾分老成，充滿了孩子氣，讓趙彩鳳覺得他還挺可愛的，於是便站起來，到一旁的攤子上用空碗挾了幾塊排骨盛過去，推到他面前道：「大肉有些肥膩，排骨總好一些，吃這個。」

宋明軒的臉頰更紅了幾分，抬起頭帶著幾分熱切地看著趙彩鳳。

趙彩鳳撇撇嘴道：「看我做什麼？這又不是我給你的，這攤子是姥爺的，給你吃的也是他們，你要是過意不去，那給銀子好了。」明明是自己好心要給他吃，可是這話說出來，似乎就有那麼點變味了。趙彩鳳也覺得自己有些無理取鬧了，站起來，拿著那一包銀子去找楊氏。

這會兒馬上就要到午市了，攤子上的人也多了起來，在大街上拿出這樣的鉅款也太招人眼了，因此趙彩鳳便把楊氏拉到了角落裡頭，小聲地道：「娘，我這邊剛賺了一筆銀子，妳先帶回去姥爺家放好，等晚上我們再合計合計，要拿這些銀子做些什麼。」

楊氏往趙彩鳳手裡看了一眼，冷不防手上就被一包沈甸甸的東西給壓上來，不禁驚訝道：「妳從哪兒賺這麼多銀子回來……」別是路上撿的吧？楊氏雖然震驚，但也知道趙彩鳳不可能偷銀子，唯一有可能的，就是路上撿的。

「妳先別問這銀子哪裡來的，我回頭再跟妳說，先送回去吧，這兒人多不方便。」

楊氏知道了手裡這一包是銀子，也越發緊張了起來，左右看了看，見並沒有引起別人注意，這才點頭道：「那我先回去收著了，妳在這兒照看著些攤子。」

楊氏和楊老頭知會了一聲，便帶著銀子先回去藏起來。

這邊趙彩鳳便開始為楊老太收拾碗筷，招呼客人。

客人招呼得差不多了，宋明軒的麵也吃得差不多了。李全今兒不去京城，所以宋明軒一會兒還要去驛站看一看，有沒有順帶要去京城的車子，好搭個順風車。不過……原本說好了是要跟趙彩鳳一起去京城，但是宋明軒看見趙彩鳳之後，卻怎麼也說不出口了。他們兩人畢竟還沒過明禮，雖然是鄰居，到底非親非故的，要是兩個人在一起住上兩個月，那真是跳進黃河也洗不清了，所以直到一碗麵都見底了，趙彩鳳在他面前坐了下來，拿著抹布擦桌子時，宋明軒還是沒把那些話給說出來。

趙彩鳳覺得納悶，怎麼今兒宋明軒有些奇奇怪怪的，時不時地偷看自己一眼也就算了，那嘴角還動來動去的，也不知道是在打什麼壞主意？

趙彩鳳伸手拿住了宋明軒面前的麵碗，問道：「吃完了嗎？吃完了那我可去洗了。」

宋明軒覺得心如鹿撞，只連連點頭。

趙彩鳳端起麵碗要過去遞給楊老太，又覺得宋明軒今兒有些怪，又回頭看了他一眼，正巧瞧見宋明軒一雙眼睛直勾勾地盯著自己。

宋明軒沒料到趙彩鳳會忽然回頭，又被她抓個現行，急忙低頭，一雙眼睛在大腿上的書冊上掃來掃去的，最後拿了一本書假裝看起來。

趙彩鳳抿唇笑了笑，撇撇嘴道：「宋大哥，你的書拿反了。」

宋明軒這時候才反應過來，自己手裡的書居然真的是反著拿的，不過……趙彩鳳不識字，她是怎麼知道自己的書是反著拿的呢？宋明軒窘迫地把書翻正了，可卻怎麼也看不進去，隨便掃了兩行後便開口道：「我去驛站看看有什麼車去京城，一會兒就不回來了。」

趙彩鳳這時候才想起來有什麼不對勁的地方，喊住了他道：「等等，大娘怎麼沒跟你一起來？你一個人上京嗎？」

宋明軒一邊往身上揹書簍，一邊點頭道：「是……不是，她說過幾天再去。」

「你說謊吧？」

「啊？沒有啊……妳、妳怎麼知道？」

「你說呢？」趙彩鳳索性轉過身子，把碗往桌上一放，繼續道：「我就覺得奇怪呢，怎麼我娘來了，許大娘卻沒來？家裡沒個大人也不行，總不能讓阿婆一個人帶著兩個小屁孩吧？」

宋明軒被趙彩鳳問得啞口無言，嘟囔道：「其實我覺得，我一個人去也可以，兩個人花銷還大呢，且家裡離不開人，也沒有這個閒錢。」

趙彩鳳覺得宋明軒說的挺有道理的，再看看他那老實的模樣，也點頭道：「說得有些道理，只是……我聽夫子說，你上回秋闈的時候鬧肚子了，這回一個人去，你確定不會再出什麼意外？」

「我看起來就這麼沒用嗎？我……」

宋明軒還想再爭辯幾句，這時候楊氏回來了，見宋明軒和趙彩鳳還在攤子上杵著，開口道：「明軒吃完了呀？吃完了先回家裡看會兒書吧！我剛順路從驛站過來，說今兒下午沒車去京城了，叫明兒早上趕早呢！」

宋明軒抬頭看了趙彩鳳一眼，臉頓時脹得通紅。

那邊楊氏猶不自知，繼續道：「正巧，咱們晚上好好合計合計，你和彩鳳去了城裡到底是怎麼個安排，總不能她每日裡也待在家裡大眼瞪小眼的，我看還是得出門找個活計！」

趙彩鳳聞言，這才反應過來，視線轉到宋明軒的臉上，帶著淺淺的、不明意味的笑看著他。

宋明軒頓時覺得後背一冷，汗毛都根根豎了起來。

做完了午市後，趙彩鳳湊合著吃了一小碗的麵條。雖然方才宋明軒一句話也沒說，但她心裡已經明白了，敢情他們幾個已經算計好了，要讓自己去做陪考的那個人嘍？趙彩鳳心裡也不是不願意，其實在她去了一趟京城之後，也發現京城才是更廣闊的天空、更充滿商機的地方。何況……今兒一早還白得了一百兩銀子，這些銀子足夠在京城租一個小鋪面，把楊老頭的攤位搬過去了。

而且京城人多，晚上還准開夜市，這樣一來，每日的收益肯定也會翻倍的。想到去京城的種種好處，趙彩鳳心裡也是非常的動心，但是……居然又在背地裡算計她，這一點還真是讓她不爽呢！看我不拿喬一回！

「娘，這會兒生意不忙，我先回姥爺家去了。」

楊氏見趙彩鳳臉上神色淡淡的，也擔心她不高興，笑著道：「妳去吧！明軒你也去吧，屋子我已經替你收拾出來了，你將就著住一晚上。」

宋明軒一個勁兒地答應，又聽楊氏繼續道：「彩鳳，一會兒把院子裡兩隻雞殺了，晚上要熬湯。」

趙彩鳳一聽要殺雞，頓時在心裡哀嚎了一聲，她兩輩子加起來都沒見過殺雞啊！可很明顯，原來的趙彩鳳肯定是會殺雞的，不然楊氏也不會這樣一臉理所當然地吩咐她。

趙彩鳳看了一眼跟在自己身後的宋明軒，小聲地問道：「你會殺雞嗎？」

宋明軒沒預料到趙彩鳳有用得著自己的地方，一個勁兒地點頭。「會！會！」

趙彩鳳看著宋明軒那一臉赤忱的樣子，這才心有餘悸地點了點頭。

事實證明，讀書人的話真的是半點也靠不住。當宋明軒追著那兩隻雞滿院子跑的時候，趙彩鳳腦海裡冒出了一句話：你以為我現在還會相信你會殺雞嗎？

宋明軒跑得氣喘吁吁，奈何那兩隻雞知道這是牠們最後的掙扎，半點都沒有要屈服的樣子。趙彩鳳坐在凳子上看了半天秀才捉雞的表演，笑得肚子都疼了，最後才把宋明軒喊了回來。

「去拿一個簍子，撿一根棍子支起來，然後在簍子底下撒一些小米，在棍子上繫一根繩子，等雞去吃的時候，拉動繩子，雞不就抓到了嗎？」趙彩鳳翻著眼皮看著宋明軒，然後看著宋明軒原本就跑得通紅的臉頰越發地紅了起來，最後連耳垂都紅了。趙彩鳳有些不忍心了，拍了拍他的肩膀，語重心長地道：「宋大哥，我敬佩你是一個讀書人，有時候你確實挺聰明的，但是有時候……」趙彩鳳指了指那兩隻雞，攤了攤手。

宋明軒垂頭喪氣地按照趙彩鳳說的辦法捉雞，果然雞很快就被捉到了，可接下去的過程更讓人驚恐——宋明軒用力過猛，一刀把雞頭整個都砍了下來，濺得滿身滿臉的雞血！

趙彩鳳雖然站得遠了一點，但也不能倖免。

最後趙彩鳳總結——殺過兩隻雞的院子，就跟出過人命的案發現場一樣，簡直慘不忍睹！

所幸宋明軒雖然殺雞的技術不好，但常識還是有的，知道熱水可以燙掉雞毛，所以讓趙彩鳳燒了兩鍋熱水，最後把無頭雞的雞毛整個都拔了乾淨。

趙彩鳳把兩隻無頭雞掛起來，看見宋明軒正拿著笤帚在院子裡清理命案現場，便靠在門框上開口道：「其實……讓我跟你去京城也行。」

趙彩鳳這句話才出口，宋明軒握著笤帚的手就抖了一下，一雙黑眼珠子頓時亮了起來。

「但是咱得約法三章，第一，不准說我是你媳婦；第二，不准管我做任何事情；第三，不准夜不歸宿。」鑒於討飯街離長樂巷實在不算太遠，趙彩鳳想了想，還是把第三條給加上了。

宋明軒認真聽完後，點頭答應了，又問道：「那妳呢？」

「我什麼呀？第二條不是說明白了嗎？不准管我做任何事情。」

「沒有，第二條沒問題，是第三條，妳……」宋明軒臉頰微紅，有些不好意思。趙彩鳳畢竟是個姑娘家，她要是夜不歸宿，情況肯定比自己嚴重得多。

趙彩鳳瞥了宋明軒一眼，昂起頭道：「我若夜不歸宿，難不成睡大街去？」

宋明軒得到了趙彩鳳肯定的回答，便不計較她的回答語氣了，只瞇眼笑著，又開始打掃命案現場。

趙彩鳳扶著額頭嘆息，鄙視道：「也不知道剛才誰說自己會殺雞的……」

宋明軒頓時覺得胸口一痛，似乎受了很嚴重的內傷，看來自己這個媳婦兒還真不好伺候呢……

天黑之前楊老頭他們就要收攤子回來了，因此趙彩鳳和宋明軒也趕在這前頭把家裡都收拾了一番，連石板上的雞血都用井水沖了好幾回。趙彩鳳累得坐在一旁的石臺上大喘氣，看著宋明軒拎著簸箕從外面回來。

他身上穿著一件短打，頭髮雖然在腦後紮得很整齊，但是因為剛剛跟兩隻雞搏鬥了一會兒，這會子看著也有些亂。宋明軒長期不下農田，皮膚白淨，雖然高高瘦瘦的，其實還挺耐看的。趙彩鳳的視線在宋明軒的身上來回掃了幾次，唯一的感慨就是太瘦了些。想當初這個小身板還揹過她和楊老頭呢，也不知道當時他是用了怎樣吃奶的勁兒？趙彩鳳想到這裡，還覺得有些小心疼呢！

「你坐下歇會兒，這會兒太陽下山了，院子裡涼快，你在這兒看會兒書吧。我進去燒水，一會兒姥爺他們回來又要忙活了。」趙彩鳳從石臺上跳下來，經過宋明軒的身邊時，宋明軒支支吾吾了兩聲，趙彩鳳便道：「有話快說，有——」那「屁」字還沒說出口，趙彩鳳就反應過來了，柔聲道：「宋大哥，有什麼話你快說吧！」

雖然趙彩鳳喊宋明軒一聲宋大哥，但是從氣勢上來看，她完全是一種大姊的架勢，宋明軒總覺得在趙彩鳳跟前矮了一頭。「我是想說，妳忙一下午也挺累的，我去燒火好了。」

趙彩鳳掃了一眼剛剛打掃乾淨的院子，搖搖頭道：「算了，阿婆說你才剛剛學會生火沒多久。」

宋明軒頓時有口難辯，他明明很會生火的，還煮過東西給她吃……

眾人吃過了晚飯後，楊氏搶著去收拾碗筷，楊老太在院子裡煨大肉，宋明軒便回房去，把放在書簍子裡的銀子拿了過來，擺在八仙桌上。

他對趙彩鳳道：「我娘說了，這些銀子還讓妳管著。」

看見銀子，趙彩鳳才想起今兒一大筆銀子的進帳，忙起身喊了楊氏道：「娘，妳要是洗完了過來一下，我有事情要商量。」

楊氏聞言，匆匆就把碗洗了，幾個人圍桌坐下，那邊楊老頭則坐在門口的長凳上抽旱煙。

趙彩鳳見趙武在房裡亂竄，便指派他道：「小武，去外頭給姥姥看火，讓姥姥進來歇一會兒。」

趙武接到指令，就跳著出去了，不一會兒，楊老太邊擦著手邊進來。

趙彩鳳見人都到齊了，這才開口道：「我原本是不想去京城的，但是事有湊巧，今兒讓我賺了一筆銀子，我便有個念想了，想趁著這兩個月的時間，到京城去瞧瞧，看能不能盤一個鋪面回來，把咱們的店開到京城裡頭去。」

楊老頭聞言，頓時就眼睛一亮，可想了想又嘆氣道：「那時候我和妳姥姥存了小半輩子的錢，也沒能力在京城拿下一個鋪面，丫頭妳有這能耐嗎？」

其實趙彩鳳也不大知道這事行不行得通，但事在人為，她總要試試。

「我自己也不大清楚，所以說先過去瞧瞧。要是能行的話，咱就去；要是不行，咱就安安生生地在河橋鎮盤個鋪子，把生意做穩當了，那也好。姥姥、姥爺年紀也大了，不能總這麼勞碌，這起早貪黑的，日子長了身子也吃不消，所以我想著到時候穩定了，雇兩個打下手的，咱們自己好歹能輕鬆些。」

誰不指望有輕鬆日子過呢？楊老頭聽趙彩鳳這麼說，頓了頓道：「現在找一個幫工，一個月就要一吊銀子，還要包吃包住，咱這本來就是小本生意，一個月也賺不到幾兩銀子，哪裡還能去花這冤枉錢呢？」

「姥爺這麼想就錯了，請了人自己就能休息了，雖然賺得少了些，可是人好歹不那麼累了。我瞧著你們這三百六十五天都沒日沒夜的，便是年輕人也吃不消的，何況你們兩老都上了年紀。」

趙彩鳳說到這裡，那邊楊老太已經開始擦起了眼淚。楊振興在世的時候，哪裡有半句體恤兩老的話？還不是只知道吃喝嫖賭，把家裡糟蹋得連一個銅板都不剩！如今趙彩鳳這麼孝順他們，楊老太頓時就感慨萬千了起來。

趙彩鳳繼續道：「姥姥、姥爺，我這也只是提議罷了，畢竟我沒在京城待過，也不清楚，但是姥爺說你們曾經在京城住過的，自然知道京城裡是個什麼世界。我不過去了一趟，心裡便有了這個念想，覺得要賺大錢，還是得往人多的地方去。」

楊氏被趙彩鳳說得也很心動，興致勃勃地問道：「既然這樣，那妳就趁著這兩個月多打探打探，這要是真的能在京城有個落腳的地方，怎麼也比在河橋鎮強些，至少京城還開放夜市，少不得每天可以多做一會兒生意呢！」

趙彩鳳見楊氏答應了，又繼續道：「我就是這麼想的！姥爺雖然年紀大了，但是廚藝好，到時候我們請個年輕的幫廚，稍微學那麼一點，這店就可以開起來了。也不一定只做湯麵，炒麵、拌麵、刀削麵都可以，種類多了，吃的人也會越多。我私下算了一下，按照這京城的物價，這大肉麵去了那邊還可以漲到三十五文一碗，成本倒是沒提高這麼多。」

宋明軒一直在旁邊安安靜靜地聽著趙彩鳳說話，心裡也順著趙彩鳳的思路算了一筆帳，果真和趙彩鳳說的一模一樣！趙彩鳳這心算的能力，若說是沒學過算術的，都沒有人相信。

楊老頭終於也點了頭，又吩咐道：「丫頭，在京城裡做生意不比我們鎮上，那是要交堂口費的，妳可要摸清楚了。再者，妳一個姑娘家，出去打探這些事情也不合適啊！」

趙彩鳳擺擺手道：「姥爺也太小看我了，這些事情自然是要一樣樣去打聽清楚的。再說了，我如今還能算是姑娘嗎？趙家村的小毛孩們不都叫我趙寡婦嗎？」

楊氏見趙彩鳳拿這個說事，頓時就沈下了臉，嘆息道：「說來說去，還是我對不住妳……」

趙彩鳳見楊氏又想岔了，忙解釋道：「娘，妳誤會啦，我不是這個意思呢！」

「大嬸放心，我會照看著彩鳳的，這些事情她不方便出面的話，我都可以去！」宋明軒這時候哪裡會放棄表明立場的機會？立即就開口道。

趙彩鳳瞥了他一眼，清了清嗓子道：「你現在的任務就是看書、考試、中舉人，其他的都別想！」

宋明軒被趙彩鳳噎了一句，乖乖的閉嘴不說話了。

那邊楊氏也笑著道：「對、對，這些事情你不能操心！彩鳳先過去探探路，以後我們還可以從長計議的，還是以你的考試為重！」

眾人頓時都附和道：「考試為重、考試為重！」

大家商議完畢，便都散去，待洗漱完畢以後，各自回房睡覺。

趙彩鳳洗了一個頭，因頭髮沒乾，便打算做一會兒針線，正巧宋明軒正在看書，房裡點著一根如豆的蠟燭，趙彩鳳便熟門熟路地搬了小凳子，直接坐到了宋明軒的窗下。

宋明軒瞧見趙彩鳳過來，嘴角微微勾起一絲笑意，見她頭上濕漉漉的長髮，便開口道：「晚上風大，妳還是進房裡來做針線吧。」

趙彩鳳左右望了一圈，這會兒已經是夏天了，四周傳來蛐蛐的叫聲，就算有微風拂過，還是帶著幾分的暑氣。雖然房裡看著很空曠，但想起孤男寡女共處一室這種事情，趙彩鳳還是搖了搖頭，道：「天氣熱，外頭涼快，裡頭怪悶的，我就不進去了。」

宋明軒也不知道為什麼，越發想親近趙彩鳳，只覺得有趙彩鳳在身邊，他無論看書識字，都覺得精神很多。聽趙彩鳳這麼說，他便笑道：「那我搬個凳子到外頭去吧，正好我也覺得裡頭熱呢！」

趙彩鳳看看宋明軒乾乾淨淨的腦門，身上的衣服半點汗水也沒有，這叫什麼熱？分明就是騙人的！趙彩鳳覺得有些好笑，不過見宋明軒這一本正經的樣子，也不好意思戳穿他，他這臉皮實在太薄了，萬一惱了可不好。

「那你就出來吧，把這油燈放中間，咱倆一人一半好了。」趙彩鳳細細想了想，談戀愛哪個不是花前月下的？就他們這樣共用一盞油燈的，大抵還算不上吧？只能算是資源分享了。

宋明軒聞言，嘴角忍不住勾起一絲笑。

他人長得不老相，但是神態非常老成，只有笑的時候才有那麼幾分和年紀相仿的樣子，而趙彩鳳又是一個非常懂得愛惜小弟的大姊姊，瞧見他這個樣子，心裡也挺高興的。趙彩鳳堅定地認為，宋明軒不過就是一個大男孩。

宋明軒一手拿著油盞，一手拿著一本書出來，將油盞放在了兩人中間的小凳子上，開始看書。

趙彩鳳也沒去理他，自顧自地納起了鞋底。古代的鞋底，那都是一層層的布剪好了納起來的，足足有半寸厚，不然很容易就磨破了，趙彩鳳每次把針頭拔出來的時候，都要使出九牛二虎之力，咬牙切齒得恨不得低下頭用牙齒上，因此那邊宋明軒看書看得很安靜，這邊趙彩鳳納鞋底的動靜就有些大了。

宋明軒抬起頭，看見趙彩鳳擰眉使勁地將那針頭拔出來的樣子，巴掌大的臉頰都皺成了一團，忽然就非常心疼了起來，放下書道：「我來幫妳拔出來吧？」

趙彩鳳抬起頭瞧了宋明軒一眼後，稍稍偏過身子，搖頭道：「不要。你可以替我拔一針，難道可以替我納整個鞋底嗎？很多事情別人都是無法替代的。」

宋明軒一時語塞，低頭看了一眼放在一旁的書卷，心裡卻恍然大悟。很多事情，別人是無法替代的，考科舉也是一樣，而他宋明軒現在唯一的任務，就是要考上舉人。

宋明軒深吸了一口氣，拿起書卷繼續看了起來，而一旁的趙彩鳳已經費力地把針頭給拔了出來。宋明軒略略掃了一眼，趙彩鳳手背上的傷疤還泛著淡淡的粉色，他覺得鼻子一酸，心裡卻已經暗暗下定了決心——將來一定要讓彩鳳過上好日子！

第十章

兩人在外頭窗戶下看書一直看到三更天，楊老頭和楊老太起來準備麵攤生意的時候，還瞧見他們倆在窗邊坐著，一個人看書、一個人做針線，兩人偶爾停下來說上幾句話，老人家看在眼裡，別提有多高興了。兩人偷偷瞧了片刻，楊老太便催促著楊老頭往灶房裡頭去了。

灶房的燈一亮起來，趙彩鳳才回過神來，打了一個哈欠道：「三更了，姥姥、姥爺都起來準備開攤子了。」

宋明軒這時候也抬起頭，臉上帶著幾分疲憊之色，看了看天色道：「過不了多久就要天亮了，妳進屋睡一會兒，等會兒我喊妳。」

「那你不睡了？」

「我這會兒還不睏。」宋明軒一邊說，一邊卻不由自主地打了一個哈欠。

趙彩鳳搗嘴笑了起來，道：「睜眼說瞎話呢，一起睡！」

宋明軒愣了片刻，臉上頓時就脹紅了，低著頭小聲嘟囔道：「那……那好吧，一起睡一會兒。」

趙彩鳳這會子才發現剛才失言了，瞪了宋明軒一眼。「誰跟你一起睡呢，美得你！我睡我的、你睡你的！」趙彩鳳說完，打了一個哈欠就要起身。

那邊楊老太從廚房裡出來道：「丫頭，先別睡，吃一碗熱麵條再睡，妳姥爺已經給你們倆下好麵了。」

趙彩鳳其實早已經餓得前胸貼後背了，聽說有東西吃，高高興興的就去了。

宋明軒瞧方才趙彩鳳說話的口氣不大好，以為她生氣了，邊愣坐著沒起來。

這時候趙彩鳳正好回過頭來，看了他一眼，道：「快起來進去吃麵呀，難道還要我給你端出來不成？」

宋明軒見趙彩鳳並沒有生氣，又覺得自己有些多心了，興沖沖地站起來，跟在趙彩鳳的身後一起進去。

熱騰騰的雞汁滷肉麵放在桌上，趙彩鳳聞著味道就忍不住要流口水了。

楊老頭這會兒下好了麵條，站在一旁瞧著菸桿，見宋明軒進來，語重心長地開口道：「明軒，一會兒我老頭子就要出去擺攤了，不能親自送你們一程，我只有一句話，好好考試，不管中不中，咱盡力了就好。彩鳳命苦，年紀那麼小就沒了爹，後來又遭了這樣的事情，以後你是她的男人，你就得幫著她，只有你爭氣了，她才能過上好日子；你出息了，她才能腰桿子挺直，再不怕別人在背後戳她脊梁骨了。」

趙彩鳳原本並不是一個容易被感動的人，可不知道為什麼，楊老頭這些話忽然就戳中了她。趙彩鳳心想，當初楊氏出嫁的時候，楊老頭肯定也是這樣囑咐趙老大的，而趙老大肯定也是這樣按著楊老頭的話做的，不然楊氏不會每次想起趙老大的時候，眼中總是閃著淡淡的淚光，彷彿這世上只有趙老大一人是好男人。

宋明軒沒料到楊老頭會說出這樣一番話來，然而他只呆愣了片刻，就撩起長袍，在灶房這樣狹小的地方跪了下來，鄭重其事地開口道：「姥爺請放心，我一定會好好對彩鳳，讓她這輩子再不後悔跟了我宋明軒。」

沒有甜言蜜語的保證，也沒有海誓山盟的諾言，只是平平淡淡的一句話。再不後悔，再不後悔……趙彩鳳默唸著這句話，其實那些甜言蜜語、海誓山盟，哪裡會有這句話管用？人的一生，若是到死的那一天都不曾為任何一件事情後悔過，那才算是最完滿的了。

趙彩鳳頓時覺得臉頰濕答答的，可她偏生沒有古代人的自覺性，都這個時候了，人家宋明軒都下跪磕頭表決心了，她還在一旁呆站著呢！趙彩鳳的腦子忽然有些回過神來了，電視劇裡頭好像不是這麼演的，通常男主對著對方家長指天立誓的時候，女主好像也要跟著跪的！

趙彩鳳急忙擦了擦臉上的淚痕，也跪了下來，對著楊老頭磕了一個頭道：「姥爺，你放心吧，咱去了京城，一定好好活，過出一個人樣，到時候接了你們一起過去！」

楊老頭見趙彩鳳也這麼懂事，老懷安慰地點頭道：「好好好，我知道妳也越來越懂事了，但是我關照妳一句，先好好照顧好明軒，其他的，都可以慢慢來。」

趙彩鳳現在總算明白了，宋明軒如今在他們家的地位，那可是像熊貓一樣的國家級保育動物，不管什麼事情都要以他為中心，以保護熊貓為己任！

不過作為被現代高考洗禮過的趙彩鳳，其實很能理解這種心情，所以楊老頭怎麼說，她就怎麼答應。

這會兒楊老太從外頭進來了，見到兩個人跪在裡頭，急忙上前把宋明軒扶了起來道：「快起來、快起來，好好的，怎麼就跪下了呢！」

楊老頭抽了一口旱煙，慢悠悠地開口。「老太婆大驚小怪什麼？沒啥，就是囑咐他們年輕人幾句，去了城裡要注意些啥事。」

「有話囑咐也讓孩子們吃了麵再說呀！你瞧瞧，麵都脹起來了。」楊老太一邊拉著宋明軒坐下吃麵，一邊道：「老頭子，還杵在這兒做什麼呢？出去裝車呀，外頭天都亮了！」

楊老頭顯然對方才宋明軒的表現很滿意，笑呵呵地和楊老太一起出去了。

趙彩鳳這時候也坐下來吃麵，兩個人正好面對面的。趙彩鳳看了宋明軒一眼，見他情緒似乎很平靜，於是就也很平靜地說：「方才姥爺是隨便說的，老人家就是這樣，喜歡交代來交代去的，你別在意，就當是哄老人家開心好了。」

宋明軒見趙彩鳳說起這個，放下筷子，一本正經地看著趙彩鳳，開口道：「彩鳳，方才我說的話都是真心實意的，我的心思，妳應該明白的。」宋明軒說完，不等趙彩鳳接話就慌忙低下了頭，默默地吃起了麵條來，不敢再多言一句。

趙彩鳳這會兒倒是有些犯難了，宋明軒對她這樣，到底是有了幾分情竇初開的樣子了，可她幫宋明軒的動機卻很單純，只是不想讓宋明軒的人生留下遺憾，想讓他能沒有後顧之憂地好好搏一場。趙彩鳳想了想，決定還是不告訴宋明軒真相好了，省得影響他複習的心思，早戀什麼的，說起來還是會影響些學習成績的。

「行了，我知道了，你筆也折了、誓也發了，我還能不知道嗎？還整日說來說去的，不害臊嗎？」趙彩鳳說著，挑起麵條吃了幾口，見蓋在碗上的大肉有些肥膩，習慣性地就拿起筷子，挾了送到宋明軒的碗裡。

宋明軒愣了一下，悄悄抬起頭看了趙彩鳳一眼，嘴角笑得都咧起來了，然後依舊斯文地、一口一口地吃著麵條。

等趙彩鳳和宋明軒吃好麵條，楊老頭夫婦已經出門擺攤去了，楊氏也收拾好了行裝，等著他們出門。

鎖好了小院門，眾人一起走到了路口才分開，楊氏又忍不住囑咐了幾句。

趙彩鳳如今對這些話已經有了免疫，楊氏不管怎麼說，她都一個勁兒地點頭應是，等楊氏離開的時候，趙彩鳳覺得自己的脖子都變靈活了。宋明軒在前頭帶路，趙彩鳳在身後跟著，心裡頭卻已經七拐八彎地想了好多事情。趙彩鳳神奇的發現，自己的心裡居然還真的有幾分農民進城的興奮感，對未來的世界帶著幾分期待。

宋明軒見趙彩鳳跟在身後沒有了動靜，回過頭看了她一眼。

趙彩鳳低著頭想事情，冷不防，前面的人停了下來，她一下子就撞到了宋明軒的胸口。

趙彩鳳抬起頭，由於角度問題，她那光潔的額頭就正好觸在了宋明軒那兩片微抿的唇瓣上，額頭上略帶濕潤的感覺讓趙彩鳳回過神來，她正要往後退兩步的時候，忽然有一隻手將她的腰身一摟，趙彩鳳的身子便忍不住往前一傾，額頭再一次觸到那溫潤的地方。

蜻蜓點水一樣的感覺，讓趙彩鳳沒來由的就覺得心頭漏跳了一拍，有些心虛的樣子。不對……明明每次都是她調戲宋明軒在先，怎麼這次反倒是自己先被他給吃豆腐了？趙彩鳳頓時也脹紅了臉，正要發作，腰間的力道忽然就鬆開了。她抬起頭，看見一張紅透的臉迅速地轉過去，然後低著頭，風一樣地踩著小碎步飛快地向前走去。

「喂……宋明軒，你跑什麼！」

兩人到驛站的時候，驛站正好也剛剛開門，車夫正在外頭用毛刷子刷馬車。這年頭物資匱乏，好東西只有京城裡頭有，河橋鎮上的很多店鋪都需要驛站的馬車帶東西，而驛站則收取一定的手續費用。趙彩鳳想，這大概就是最原始的快遞雛形吧！

因為昨天楊氏已經過來打過了招呼，所以今兒一早趙彩鳳和宋明軒過來，那車夫見了，只開口道：「喲，這就是楊老頭的外孫女婿吧？真是一表人才！要不是您，楊老頭的兒子可就死得冤枉了，這回可要爭氣著點，給咱河橋鎮爭光，考個舉人老爺回來啊！」

宋明軒剛剛才臉紅了一陣子，這會兒聽車夫這麼誇他，臉早就又紅了。

那邊趙彩鳳倒是沒解釋什麼，她知道有的事情和這些人解釋不通，萬一沒解釋清楚，還惹來一堆閒話，那就沒必要了。

「這位大哥，承你吉言，要是真中了舉人，定少不了給你發喜餅的！」趙彩鳳說著，招呼宋明軒往邊上讓一讓，省得刷馬車的水濺到身上。

從河橋鎮到京城，差不多有四、五十里路，路上加快些，大中午也是能到的。不過趕車的師傅並不著急，每次都會在京城的驛站上住上一晚上，第二天再趕早回來，所以一路上車速也不是很快，搖搖晃晃的，大家就都有些睏了。

因為趙彩鳳睡著了，宋明軒身上又帶著銀子，所以他雖然也很睏，但還是堅持睜大了眼睛。原本他是想拿一本書看看的，但馬車實在晃得厲害，宋明軒才翻開書就覺得頭暈了起來，也只好作罷。

忽然間，馬車一個急煞車，趙彩鳳身子一晃，半夢半醒中的宋明軒也跟著晃了一下，眼看著就要摔下去了，趙彩鳳一把拉住了他，馬車的速度又放慢了下來，宋明軒慌亂中清醒了過來，見自己居然靠在了趙彩鳳的胸口！

外頭的車夫忙賠不是，道：「宋秀才坐穩了，方才路邊有塊大石頭，我沒瞧見，所以才這樣的。幸好我避讓及時，不然要是撞上去了，馬車都要一起翻到山下去了。」

宋明軒聞言，凝神掀開一旁的簾子，往馬車後頭望過去，果然見遠處有一塊大石頭離他們越來越遠。宋明軒急忙喊住了車夫，道：「陳師傅，麻煩你停下，我去把那大石頭搬開了，我們再走吧！」

那陳師傅開口道：「宋公子，您不用去管它，這是前幾天下大雨時山上沖下來的，沿路有好幾處呢，一般小心點駕車都沒妨礙的。」

宋明軒卻堅持道：「我沒瞧見也就算了，既然瞧見了，自然還是要搬開。就算後面的馬車瞧見了，沒撞上去，總也好過像你剛才那樣著急避讓，讓車裡人摔一跤來得好。」

趙彩鳳也跟著道：「師傅你就停一下吧，也不過幾步路的距離，耽誤不了你多少時間的。」

陳師傅見宋秀才的小媳婦也這麼說，便笑著答應了，把馬車停到一旁，轉身對宋明軒道：「宋秀才不用出來了，您的手是握筆的，哪能讓您搬石頭呢？還是我去搬吧！」

正這時候，忽然有一輛馬車從後面飛快地行駛過來，那車夫見有人正在那邊搬石頭呢，便轉身對身後馬車裡坐著的人道：「三少爺，您坐穩了，前頭有地方坍方了，有人正搬石頭呢！」

那馬車裡的少年聞言，稍稍掀開簾子看了一眼，露出一張面無表情的臉，見遠處路邊停了一輛最老式的黑漆齊頭平頂的馬車，看著就像是這一帶驛站專用的款式，只是那車分明已經經過了這一段路，車夫卻還回來把擋路的石頭搬走，可見也是一個熱心人。

「長勝，停下來問問要不要幫忙？」少年放下了簾子，吩咐道。

那駕車的小廝聽了，也放慢了速度，將馬車在陳師傅的邊上停了下來，問道：「師傅，要搭把手嗎？」

陳師傅方才遠遠地看見這塊石頭，也沒預料到會這麼重，如今搬了一下，才發現這石頭真是死沈死沈的，他憋足了力氣也只能把它推開幾步，見有人上前來幫忙，笑著道：「那敢情好啊，正好搭把手！」

被叫做長勝的小廝跳下馬車，看了看地上的石頭，上前往掌心裡頭吐了兩口唾沫後，開口道：「師傅，乾脆你閃開點，我來好了！」

陳師傅瞧著他小小的身板，心想：這話你可說大了吧？少不得我還要在你邊上搭把手的！見他彎腰去搬，正要上去幫忙時，只見那人低吼了一聲，那大石頭就被他給抱了起來，往路邊走了兩步，摔到了旁邊的溝裡了！

陳師傅頓時驚訝得睜大了眼睛，讚嘆道：「小兄弟，你這力氣怎麼就這麼大呢？」

同時發出感嘆的還不只陳師傅一人，一直在前頭馬車裡觀看進度的趙彩鳳和宋明軒也都怔住了。那小廝的身板看著和宋明軒沒有什麼兩樣，尤其個頭還比宋明軒足足矮了半個頭的樣子，沒想到這樣的人居然能一下子就搬起一塊大石頭來！趙彩鳳嚥了嚥口水，視線繞回到宋明軒的臉上，只見宋明軒的臉上也帶著幾分尷尬的神色，眉宇蹙得緊緊的。

趙彩鳳憋著笑，見大石頭已經被搬走了，便稍稍挽起簾子，對著馬車外頭喊。「陳師傅，石頭已經搬走了，那我們就啟程吧！」

陳師傅應了一聲，謝過了那小廝，往前頭來拉車，才跳上車就忍不住誇讚道：「那小夥子看來是個練家子，這麼大的石頭我都挪不動呢，他居然一口氣就給搬起來了，不簡單！」

趙彩鳳聽陳師傅這麼說，才知道那石頭是真的重，況且宋明軒是腦力勞動者，搬不動石頭也算不了什麼，於是便搭腔道：「我瞧著那石頭怪沈的，有可能是那小夥子天生神力也說不準呢！我聽我娘說，有的人出生力氣就大，和身材沒啥關係。」

宋明軒聽趙彩鳳這麼說，心裡才好受了些。

這時候後面的馬車趕了過來，因為方才兩人互相幫助過，所以那小廝和陳師傅也自來熟了起來，開口問道：「師傅，你是哪個驛站上的？」

「河橋鎮的。」

「喲，那已經跑了二、三十里路了！」那小廝笑了笑，想起方才車裡頭傳來女子的聲音，便故意壓低了聲音問道：「師傅，你這車上都搭什麼人呢？」

那小廝的話才問出口，馬車裡的男子就清了清嗓子，沈聲道：「長勝，好好拉你的車！」

長勝一聽裡頭的聲音有變，慌忙就耷拉著腦袋，低聲道：「是，少爺！」

話音剛落，他手裡的馬鞭就飛快地甩了起來，啪啪啪幾聲之後，馬車一躍上前，已經到了趙彩鳳他們馬車的前頭了。

趙彩鳳方才零碎地聽了幾句，心裡頭便有些好笑，心想沒準是剛才自己出聲了，讓對面車上的人知道這車裡有女客了，所以才故意問那麼多的。看來這不論古代還是現代，喜歡亂搭訕的男人也是不少的，這樣一來，以後自己還是少開口較好。

陳師傅看見前頭的馬車走了，轉身囑咐道：「宋秀才，你們坐穩了，咱這馬車老了，禁不起那樣折騰，不然準散架了不成。」

這時候，遠處忽然傳來一聲巨響，緊接著是一聲馬嘶聲，趙彩鳳被嚇了一跳，馬車的速度已經慢了下來。

陳師傅一邊放慢了速度，一邊道：「我就說這馬車不能這麼拉吧，車軸子斷了吧！」

趙彩鳳聞言，拉開簾子往外頭看了一眼，就見方才雄赳赳、氣昂昂超車的馬車此刻陷在了前頭的一個大泥潭裡，一只輪子已經掉了下來。

趙彩鳳原本並不是幸災樂禍的人，可方才陳師傅那話說得有意思，她就忍不住噗哧地笑了一聲。這時候，前頭馬車裡的男子正好從裡頭出來，趙彩鳳無意間抬眸瞥了一眼，卻見那個男人也正好往這邊看過來，似乎是聽見了這兒馬車裡傳出去的笑聲。

那男子長著一雙桃花眼，眉飛入鬢、薄唇微抿，嘴角輪廓分明，看著讓人有幾分難以親近的感覺，趙彩鳳頓時有些心虛，手上一鬆，簾子就落了下去。

宋明軒探出頭去看了一眼，見前頭的車子壞了，微微擰了擰眉頭。

前頭兩個人正在互相商量，那小廝開口道：「少爺，不然您騎馬先回去吧？我看看能不能找個地兒把這馬車給修好了。」

「我騎馬回去，等你把馬車修好了，難道你自己當牲口，把車給拉回去？」男子的聲音帶了幾分陰冷，配著他那張冰山一樣的臉色，話語中便透出幾分刻薄來。

「那……那怎麼辦？」

「找地方把車修好，再回去也不遲。」

「可是……可是太太還等著您回去呢，今兒是她的生辰，您要是回去晚了，太太又該生氣了。」

「那你說怎麼辦？」男子瞪了長勝一眼，扭頭看著慢慢行駛過來的馬車，不說話。

長勝這會兒靈機一動，忙上前把車攔住了道：「師傅，能讓我們家少爺搭個車嗎？您瞧我這車壞了，少不得要耽誤時間，我家少爺回去有急事呢！」

方才這小廝幫了陳師傅，所以這會兒小廝才開口，陳師傅下意識的就想答應，可一想到自己車裡坐著女客呢，讓一個大男人上來搭車怕不大好，因此就有些猶疑道：「您稍等，我問問我車上的客人。」

趙彩鳳其實倒不介意別人搭車，只是覺得這車她已經付了銀子的，本就是想坐得舒服一些，所以就開口道：「要搭車可以，但世上沒有免費的午餐，到時候記得給陳師傅銀子就行了！」

站在馬車外頭的蕭一鳴聽了，皺了皺眉頭，心道：好潑辣的小氣丫頭！

陳師傅聽了趙彩鳳的話，笑著道：「虧得小媳婦還想著我呢！不打緊，方才這位公子的小廝也幫了我的忙，就當是我還他的。小媳婦若是答應了，那我就讓這位公子上車去了。」

蕭一鳴想了想，開口道：「師傅，我不上車裡頭坐了，我在你這趕車的地方坐著就行，把我的東西放裡面就好。」

蕭一鳴說著，一旁的小廝早從前頭馬車裡拿了一個鳥籠子出來，遞給他道：「少爺，那您就先走吧，我修好了車就回去找您！」

「行了吧你，隨便你回不回來！」蕭一鳴接過了鳥籠子，掀開馬車簾子，這一抬頭間就瞧見趙彩鳳一張顧盼神飛的臉，這張臉，分明就是方才偷偷掀起簾子幸災樂禍的那丫頭！

蕭一鳴神色淡然地瞥過了車裡坐著的兩個人，將那鳥籠子放在了車裡面，放下了車簾子，單腿一跳，往陳師傅駕車的地方坐了上去。

陳師傅見蕭一鳴還真坐了上來，忙不迭道：「這位公子，您還是坐裡頭去吧！外頭不乾淨，仔細把您這身衣服給弄髒了。」

「不打緊，你趕車吧。」蕭一鳴臉上透著幾分嚴肅，讓人覺得頗不好親近。

陳師傅見他堅持要坐在外面，便也不勸了，甩開了鞭子，馬車就動了起來。

不一會兒，車後面就傳來了鳥兒嘰嘰喳喳的聲音。

原來這公子哥兒是現如今將軍府蕭家的三公子，因為今兒是蕭夫人的生辰，所以昨兒特意下了京郊的莊子，把他偷偷養在莊上的一隻八哥給取回去，是要當成壽禮送給自己母親的。

那八哥被莊子上的小廝訓練得極有趣，沒事就會說上幾聲「福如東海、壽比南山」，確實是有意思又喜慶。這會兒牠瞧見了生人，便有些人來瘋的樣子，一個勁兒地扯著嗓子喊

「福如東海、壽比南山、夫人吉祥」等。

趙彩鳳這會子也被牠給逗樂了，好奇地看著這隻鳥道：「鸚鵡學舌，壞東西！壞東西！」

趙彩鳳實在是年少時被「還珠格格」洗腦得太深了，到現在還忘不了小燕子逗鸚鵡的那一段戲，但只說了幾句，自己都忍不住笑了起來。

那八哥一時間學不來，脖子伸得老長，張著翅膀撲閃撲閃的，繼續喊：「福如東海，壽比南山、壞東西……」

「噗……」趙彩鳳一聽那八哥真的學了一聲「壞東西」，忍不住就笑了起來。

這下宋明軒也好奇了起來，從紙包裡剝了幾顆瓜子仁來，一邊餵牠，一邊逗牠。「關關雎鳩，在河之洲，窈窕淑女，君子好逑。」

這麼長一段話，那八哥哪裡就能學得會？可為了吃那香噴噴的瓜子仁，牠還是很賣力地學習著，一個勁兒地拍翅膀叫道：「君子好逑、君子好逑！」

有隻八哥作伴，趙彩鳳和宋明軒都不悶了，直到進城的時候，這八哥也算是熟讀了四書五經了。

才到京城，蕭一鳴就掀開簾子把八哥給拿走了，依舊還是一臉不苟言笑的神色。

那八哥瞧見蕭一鳴來取牠，總算可以不用再受這兩個人的折磨了，高興地拍打著翅膀，興奮道：「壞東西！壞東西……」

蕭一鳴看著手裡的八哥，臉色一僵。

馬車進了京城後，陳師傅在離討飯街最近的一個路口上把宋明軒和趙彩鳳放了下來，兩人站在車水馬龍的大街上，忽然有一種舉目無親的孤獨感，彼此對視了一眼，彷彿這世上能互相扶持的，只有對面的這個人了。

趙彩鳳嘆了一口氣，探頭探腦了半天，開口道：「我去問路，你在這兒待著。」

宋明軒身上揹著書簍子，看著熱鬧繁華的大街，也是感慨萬千。三年前他來這裡時，行色匆匆，入目的繁華富貴好像和自己根本沒有一絲一毫的關聯，那個時候的他，根本不知道考了功名以後要做什麼，彷彿只是一個讀書的機器，對於富貴，並沒有像今天這樣的感悟。宋明軒看著趙彩鳳嬌小的背影，她身上穿著粗布衣裳，但仍舊遮掩不住她的嬌美，她一點兒也不怕生，正在和路邊的小攤主打探路線。宋明軒看著路上穿著花紅柳綠衣服的小丫鬟，心想著，這些衣服若是穿在趙彩鳳的身上，肯定會更好看的。

「發什麼呆呢？我知道怎麼去討飯街了，你跟著我！」趙彩鳳過來，看見宋明軒的視線正盯著穿紅戴綠的小丫鬟，心裡便莫名湧出了一絲火氣，心道：這還沒中舉呢，倒先成了陳世美了！不過趙彩鳳很快就又安慰自己道：幫他考科舉是因為不想浪費人才，至於他是不是陳世美，跟自己有什麼關係呢？趙彩鳳這麼安慰自己，心裡頭忽然就好受了些。

那邊宋明軒回過神來，見趙彩鳳已經走出了兩丈的距離，忙不迭就跟了上去。

兩人一前一後地走著，各懷心事。大約走了兩炷香的時間，終於到了討飯街的巷口了。

趙彩鳳這會兒也不生氣了，指著裡頭道：「這就是討飯街，裡面住了很多窮人，我們也是窮人，所以也只好住裡面了。」

宋明軒看了一眼巷口的路牌，擰眉道：「這不是叫世康路嗎？怎麼叫討飯街呢？」

趙彩鳳回道：「我聽店小二說，世康路聽起來像食糠路，且這邊很多外地來的叫化子，所以大家就都叫這裡討飯街了。」

宋明軒點點頭，跟著趙彩鳳往裡頭走。其實對於宋明軒來說，這兒的條件已經不算很差了，家裡的茅房下了一場雨，屋頂就爛了，這兒再破爛，至少都是瓦房，不過就是年分長了，看著有些破落了。

趙彩鳳回頭看了宋明軒一眼，見他眼底還有幾分喜色，就知道他並不嫌棄這地方寒酸，心裡也算鬆了一口氣。

兩人又走了一會兒，才來到了趙彩鳳租下的那個院子。趙彩鳳拿鑰匙開了門鎖，推開門的時候瞧見裡頭鬱鬱蔥蔥的葡萄架子上已經掛下了葡萄來，心情都好了一半。

「怎麼樣，還行不？白天你可以在這葡萄架下看書，又涼快又遮陽。」

宋明軒臉上帶著淡淡的笑，開口道：「妳可以在這葡萄架下做針線，也不怕太陽曬了。」

趙彩鳳抿嘴笑了笑，心道：想得還挺美的呢！

兩人參觀了一圈房子後，放下了身上的行李，開始整理房間。

趙彩鳳想了想，讓宋明軒住在了靠東面的房間裡。這會兒正是夏天，西面的房間下午被太陽一曬，都可以直接烤人肉了。這年代沒有個空調、電扇的，要讓宋明軒住那裡頭看書，不中暑才怪呢！算了，看在他現在是重點保護對象的分上，還是烤自己吧……

趙彩鳳把衣服整理好，將床單鋪上後，在院子裡的井裡打了水，提著往後院燒水去了。

宋明軒則是先擦了擦書桌，將自己的文房四寶都放在了上頭，等一切安置好了，才想起自己這間房是靠東面的。

大夏天的，東面的房間涼快，西面的房間熱，這是誰都懂的道理，方才看似趙彩鳳隨意的一句話，其實早已經透著對他的關心，宋明軒心裡頓時就覺得暖融融的，可想了想終究不忍心，便去廚房找了趙彩鳳道：「彩鳳，西面的房間亮堂，我看書正好，還是我住西面吧？」

一樣的一扇門兩扇窗，哪裡有可能西面的房間就比東面的亮堂呢？分明就是宋明軒想明白了方才趙彩鳳分房間的用意，不好意思了唄，還算這傢伙有良心！趙彩鳳嘆了一口氣道：「算了，你要看書的，西面多熱啊，我從小體寒，熱點沒關係。」

「不不不，還是我住西面吧，所謂心靜自然涼，我看書心靜，就不會覺得熱了。」宋明軒堅持道。

趙彩鳳這會兒正在廚房裡頭燒水，被熏得滿頭大汗的，聞言一把將宋明軒給拽到了灶門口，問他。「熱不熱？」

「熱！」宋明軒被火熏得一頭汗，擦了擦臉道。

「這麼熱你能靜得下來嗎？」趙彩鳳鬆開手，把宋明軒往邊上一推，不容置喙地道：「該幹麼幹麼去吧，我的秀才爺。」

雖然趙彩鳳的脾氣越發的直來直往了，可宋明軒從灶房出來的時候，面頰卻是紅撲撲的，也不知道是不是方才灶裡的柴火給熏的。宋明軒走進自己房間時，還覺得腳下輕飄飄、心裡甜滋滋的，一邊整理著書，一邊傻笑。這時候他正巧拿出一本《詩經》來，便想起了上頭那幾句話。「關關雎鳩，在河之洲，窈窕淑女，君子好逑……」

趙彩鳳粗粗地弄了一頓中飯，便開始打算出去採購東西了。兩人來的時候輕裝上陣，基本上沒帶什麼東西，一應的吃喝用具，都要現買。

幸好這討飯街住著窮人，四周的物價都不算貴，趙彩鳳買了一些油鹽醬醋之後，發現物價大約是和河橋鎮差不多的水平。趙彩鳳送了一批東西回家之後，就打算出去買糧食了。

京城的糧鋪和河橋鎮的也差不多，只大米的種類比河橋鎮多了些，不過這兒是討飯街，所以很多珍貴的珍珠米、碧粳米也沒瞧見。趙彩鳳如今也吃慣了小米粥、窩窩頭，對大米已經不像剛穿越過來的時候那樣渴求了。但想起宋明軒那木板身材，還是狠下了心腸，買了五斤大米。

趙彩鳳又瞧見隔壁肉攤上的豬肉挺好的，稍微要了一小塊排骨，打算做個排骨湯喝一下。前世她實在是活得太瀟灑恣意了，吃飯從來靠外賣，以至於穿越後連個廚藝也沒有，如果可以選擇的話，她一定會去學個烹飪再說。

趙彩鳳將菜和米搬回了家，在院子裡闢了一小塊地方，把買回來的薑、蔥埋在土裡，這樣的話等它們長根了，以後就不用每次做菜都要買了，直接在這邊摘就好。

這會兒正是下午，宋明軒在房裡看書看熱了，就拿著書本、搬了一個小竹椅子，坐在葡萄架下看書，看著趙彩鳳忙忙碌碌的身影，心裡滿滿的都是柔情密意。

趙彩鳳種好了薑、蔥，抬起頭的時候深深地呼了一口氣，伸手拿袖口擦了擦臉上的汗珠，感嘆這種面朝黃土背朝天的日子真是辛苦。楊氏為了四個孩子，能堅持到這個分上，當真是不容易。

宋明軒見狀，急忙就放下了書，走到一旁的石桌上，倒了一碗壺裡的涼水送過去。趙彩鳳的手上全是泥巴，哪裡有手接碗喝水？宋明軒見狀，便把碗直接送到了趙彩鳳的唇邊。

趙彩鳳也不避讓，低下頭猛喝了好幾口，這才舒服地嘆了一口氣道：「種地真是累死了！」

宋明軒看了一眼趙彩鳳方才張羅出來的一丈寬的小地方，表示這個地……似乎小了一些。

趙彩鳳揮揮手道：「行了。我去洗洗手，做晚飯去，今兒晚上有肉吃。」

宋明軒瞧著趙彩鳳精神奕奕的樣子，眉眼裡盡是笑意。看著她往灶房去的背影，他端著方才趙彩鳳喝過的那碗水，一口氣就灌了下去，這水……可真甜啊！宋明軒抬起頭看看天，忽然覺得京城似乎處處都是好的，除了手裡喝的水是甜的之外，就連這天似乎也比趙家村的更藍一些。

趙彩鳳雖然廚藝一般，但還是硬著頭皮燒了一菜一湯出來，炒蔬菜有些老，味道也鹹了一些，幸好排骨湯沒什麼技術含量，倒是很不錯。雖然吃的是白米飯，但比起以前在趙家村吃的高粱飯，已不知道好到哪兒去了。

趙彩鳳一邊吃，一邊道：「今兒才來，所以給你做頓好的，以後可別想著頓頓都吃肉，銀子就那麼多，得省儉著花。明兒我做好了飯後，會出去外頭找找有什麼工作，看能不能在這邊打個短工，好補貼著家用，順便打聽打聽這裡開店的行情，學一些店鋪經營之道，看看能否把麵攤開到京城裡頭來。」

宋明軒倒是不意外趙彩鳳有這樣的打算，只是她一個女孩子家要出去做這些，他終究不大放心。「妳早些回來，別著急找活，打聽清楚了才能去幹。其實妳也不必急在一時，胡老爺的銀子若是省著點花，還能堅持兩個月的。」

趙彩鳳這會兒滿腦子想的都是開店的事情，有了那一百兩銀子在手，趙彩鳳的信心一下子也雄厚了不少，開口道：「你放心吧，我先打聽著，這京城的銀子若是真的那麼好賺，早不知道多少人都湧進來了。少不得還得琢磨琢磨，怎麼樣才能真正的站穩腳跟。」

宋明軒知道趙彩鳳心裡自有打算，也沒再多話，安安靜靜地吃著飯。兩個人都是山溝溝裡出來的苦哈哈的娃，這一頓有排骨湯，宋明軒也胃口大開，吃了滿滿一碗飯，連碗底的米粒都數得一顆也不剩。

「這白米飯果然比高粱飯好吃，怪不得有錢人家都要吃白米飯。」

趙彩鳳開口道：「這算什麼好吃的飯？要那種磨光的精米才好吃呢，叫什麼碧粳米的，聽說比這個足足貴了三倍，這邊討飯街的糧油鋪子都沒有得賣，只怕還要到外頭的鋪子買去。等你高中了，我就買上一斤，慰勞慰勞你！」

宋明軒都習慣趙彩鳳拿自己當孩子哄了，覺得面皮熱熱的。他放下碗筷，想了想，開口道：「等我以後高中了，我們就能天天吃上白米飯了。」

趙彩鳳喝了一口湯，反應過來，開口道：「那可未必，你要是高中了做貪官，我就算天天吃白米飯也不會開心的。咱不說為民請命吧，可至少要當個好官，你說對不對？」

宋明軒沒想到趙彩鳳還有這樣的想法，連連點頭道：「是是是，我怎麼會去和那些貪官污吏同流合污呢！」宋明軒覺得鬱悶透頂，趙彩鳳怎麼就拿自己和那些貪官污吏相比呢？

趙彩鳳其實也就是無心之言，她雖然知道不管是古代還是現代，其實貪官污吏滿街跑那也是尋常事，可是有句話說「出來混遲早要還的」，和珅貪了那麼多的銀子，乾隆一死，全便宜了他兒子嘉慶，有什麼用呢？評價幸福的指數從來不是看有多少銀子，而是看自己的心態，所謂知足者常樂。

就比如趙彩鳳現在就覺得要是能在京城安安穩穩地開一家麵館，把一家人的日子過得紅火起來，這對她來說就是最幸福的事情了。

「行了，你吃完了先去看書吧，我一會兒串門去。」

「大晚上的，妳串什麼門呢？」宋明軒有些不放心。

「不走遠，就左鄰右舍的看看，遠親不如近鄰嘛！你我還是鄰居呢！」趙彩鳳起身收拾了碗筷，到一旁打水洗了起來。

趙彩鳳下午的時候早打聽好了，東隔壁住著一對中年夫婦，沒有兒女，在討飯街巷口有一個豆花攤子，做賣豆花的生意，他們家的磨子從他們回來就沒停過，慢悠悠的，帶著木樁子咯吱嘎、咯吱嘎的聲音；對門的鄰居是一對小夫妻，帶著個老奶奶，家裡還有兩個滿地跑的娃兒，老奶奶平日帶孩子，小夫妻好像是在外頭打短工的，白天並不在家。

趙彩鳳初來乍到，覺得小夫妻應該好說話些，所以先去了對門的鄰居家裡。這時候正是用晚膳的時間，趙彩鳳今兒回來時特意買了兩根糖葫蘆，準備用來賄賂小孩子的。

院裡頭的人聽見門外有人敲門，站起身子道：「門沒關，自己進來吧！」

趙彩鳳便推門進去了，見一家人果真圍在院子裡吃飯呢，只是孩子和漢子都在，唯獨他老婆不在。趙彩鳳瞧見老奶奶正在桌子跟前坐著，笑著道：「奶奶妳好，我是今兒搬到妳家對門住的，妳叫我小宋好了。」因為對外宣稱是兄妹，趙彩鳳怕宋明軒說漏嘴了，所以乾脆先給自己改了個姓。

那老婆子瞧見趙彩鳳，一張皺巴巴的臉上堆著笑道：「妳就是伍大娘說的那姑娘吧？來來來，院子裡坐！」

趙彩鳳走進去，從兜裡掏了冰糖葫蘆出來，遞給那兩個小孩子。「乖，拿去吃吧！」

那老婆子見了，忙客氣道：「妳來串門子就串門子，還帶什麼東西？倒是讓我不好意思了。」

趙彩鳳笑著道：「沒啥不好意思的，咱不是鄰里嗎？以後少不得還有要請奶奶幫忙的時候呢！」趙彩鳳又掃了一圈院子，見院子裡收拾得乾乾淨淨的，但女主人確實沒回來，便問道：「嫂子人還沒回來嗎？都這麼晚了。」古代很少有晚上讓女子拋頭露面的活計，除非是特殊職業從業者，所以趙彩鳳見她家兒媳婦沒回來，才會這樣問了一句。

那老婆子開口道：「她今兒要值夜，不回來了，明兒一早才回來。」

趙彩鳳在心裡嘀咕，一家人住在討飯街，看著也不像是大戶人家的下人，怎麼說要值夜呢？

那婆子繼續道：「她這活兒隔三差五要值夜，好在月銀不錯，所以就一直幹著了。」

這時候，那漢子從廚房端了菜出來，趙彩鳳瞧著那幾盤菜，發現手藝比自己還好呢！嘆息道，這年頭男人都這麼下得廚房、上得廳堂了，讓女人怎麼活呀！

那漢子見了趙彩鳳，開口道：「大妹子，妳初來乍到的，可找到了什麼活計沒有？」

趙彩鳳這時候心裡也沒有什麼好去處，在城裡也不過就認識一個八寶樓，便小聲道：「還沒什麼活計，明兒出去打探打探，若是找不到好的，倒是要請大哥幫我留意留意了。」

那漢子瞧著趙彩鳳這麼俊俏的一個小姑娘，憨笑了一聲。「那敢情好，我姓余，妳以後就叫我余大哥好了。妳若找不到中意的，我便替妳留心著些。這是我老娘，還有兩個娃兒。」

「他們真可愛，叫什麼名字呢？」趙彩鳳瞧著兩個娃兒總有三歲的樣子了，看著是一對龍鳳雙胞胎，真是好福氣呢！

「男娃叫阿狗、女娃叫阿貓，先養活了再說，咱也不識字，等大點再說吧！」余大哥隨口說道。

趙彩鳳差點兒就忍不住笑了起來，沒想到在這裡還能遇上宋二狗的弟弟了！

瞧著那麼可愛的一對雙胞胎，管他們叫阿貓、阿狗，這對父母可也真狠得下心啊！趙彩鳳想了想，道：「我兄長是個秀才，這次我們上京主要就是為了他考舉人來的，你要是不嫌棄，我讓他給孩子取個名字吧？」

那漢子還沒反應過來呢，余奶奶倒是興奮了起來，眉開眼笑道：「那敢情好！我上回原本想讓巷口寫信的先生給取個名字的，誰知道他還要收錢，氣得我就沒去問了。咱不求什麼多好的名字，只要唸起來順口就好。」

趙彩鳳點了點頭，心想這樣的小事應該難不倒宋明軒，便開口道：「余奶奶放心，我保證取一個不大難的，省得到時候孩子連自己的名字也不會寫。」

「這就行了、這就行了！」余奶奶聞言，笑著道：「妳湊過來，我悄悄地把他們的生辰八字說給妳聽。」

趙彩鳳一聽取名字還要看生辰八字，頓時就頭大了，她不會拉皮條給拉錯了吧？萬一宋明軒搞不定怎麼辦？不過趙彩鳳雖然這麼想，還是老老實實地把兩個娃兒的生辰八字給記了下來。

又閒聊了片刻後，眼看著天色越發晚了，趙彩鳳這才拜別了余家，回到自己院中。

這時候宋明軒還在院中看書，聽見吱呀一聲的推門聲，就知道趙彩鳳回來了，抬起頭，瞧著她從外面進來。

趙彩鳳見他手裡還拿著書呢，便在石桌邊上坐下來，衝他招招手道：「來來來，看了好一會兒書了，咱也要勞逸結合！幫我給對門鄰居家的孩子取兩個名好不？」

宋明軒沒想到趙彩鳳出去一趟，還給他接了筆生意回來，納悶道：「取名倒是可以，但是妳得告訴我孩子的生辰八字，可千萬別取了犯沖的字在名字裡頭，那可就不好了。」

「取個名還這麼講究嗎？」趙彩鳳這下算是知道為什麼余奶奶會把孩子的生辰八字告訴自己，也算知道了為什麼巷口的寫信先生說取名要收錢了。

趙彩鳳便把方才余奶奶告訴自己的生辰八字說給了宋明軒聽，見他拿著筆在紙頭上寫了下來，又金木水火土地劃了一圈，最後開口道——

「這兩個孩子命中缺水，看來還是要取個帶水的名字，男孩不如就叫余涵，女孩就叫余淼吧？」

趙彩鳳一聽，讚嘆道：「余淼？那不就是余三水了嗎？」

宋明軒擱下筆，抬起頭看著趙彩鳳，萬分不解地問道：「彩鳳，妳是什麼時候識的字呢？」

趙彩鳳一下子就被問成啞巴了，這回可真是露餡露大了，宋明軒又是個聰明人，再不可能隨便糊弄一下就糊弄過去的，況且之前好幾次宋明軒都沒計較，隨便讓她糊弄，這次只怕是難了。

「宋大哥，如果……我跟你說……我、我自從那次投水之後，醒過來忽然就識字了，你信不信？」趙彩鳳抬起頭，一臉期待地看著宋明軒，表情前所未有的認真。

宋明軒也看著她，他分明知道她的表情並非像在騙人，但理智還是戰勝了情感，他堅定地搖了搖頭。

趙彩鳳在內心哀嘆了一句，而後嘟囔著道：「你不相信，那我就不說了，反正如今我能認識幾個字了。」趙彩鳳看見宋明軒寫好了放在石桌上面的名字，便伸手拿到了自己跟前，正想送去余家呢，才走了兩步，忽然就停了下來，轉身道：「還是明天再給他們吧，就說你整整想了一宿呢！不然這麼快就取好了，人家沒準還認為你壓根兒沒花心思呢！」

宋明軒聽趙彩鳳說的似乎有些道理，可再認真一想，卻又覺得不是這個道理，無奈地笑了笑，開口道：「妳能認識字，我很高興。」至於其他的，妳不說，我也不問，但是我相信，總有一天，妳會願意告訴我的。宋明軒心裡懷著這樣美好的希望，反倒也不覺得有什麼遺憾，又垂下頭繼續看書。

趙彩鳳這時候才覺得宋明軒真的不是她心裡所想的孩子，他聰明、睿智、沈著、冷靜，偶爾透露出來的孩子氣，不過就是因為他相對年輕的容貌。趙彩鳳不得不承認，這個時代的孩子，實在是太早熟了。

「我先休息了，今兒一天也夠累的了。」趙彩鳳見宋明軒沒再繼續糾纏，可心裡卻還是多少有些心虛，便推說要睡覺，自己先跑了。

等趙彩鳳洗好了打算睡的時候，才發現入睡也是一件相當困難的事情，因為西頭的房間裡曬了一天的太陽，這會兒熱得跟蒸籠一樣！而古代的帳子又厚實，掛著簡直就跟蒸籠裡的蒸籠一樣！趙彩鳳在床上翻來覆去的睡不著，可是打開帳子又要餵蚊子，就在這種極度矛盾的心態下，趙彩鳳終於忍無可忍，跑到院子裡頭納涼去了。

宋明軒悄悄抬起頭看了一眼搬著小板凳靠在牆頭上打瞌睡的趙彩鳳，嘴角稍稍勾出一絲笑意。果然過了不一會兒，趙彩鳳已經扛不住，靠在牆上，安安靜靜地睡著了。

這個時候夜幕沈沈，只有蛐蛐在院子裡嘰嘰喳喳的聲音，宋明軒合上書卷，走過去將趙彩鳳攔腰抱了起來，想了想，往自己東面的房間裡走了進去，將她放在了床上。

宋明軒為趙彩鳳蓋上了薄被單，低下頭的時候，就著銀白色的月光，看見趙彩鳳穿著的交領中衣胸口露出一抹雪白的顏色來，頓時覺得腦門一熱，一股子熱流往頭頂上衝，鼻子裡頭就感覺到有熱呼呼的液體滴了下來。宋明軒急忙摀著鼻子，單手拉下了簾子，轉身往院子裡去，有些懊惱地看了一眼掌心裡的鼻血。

一連洗了三把臉，臉上熱辣辣的感覺才消退了下去，宋明軒再抬起頭的時候，心情已經平復了不少。

想了想剛才那尷尬的一幕，幸好趙彩鳳沒有瞧見，不然的話又要被她給取笑一頓了。

宋明軒嘆了一口氣，閉上眼睛默唸了兩句佛偈。「色不異空，空不異色，色即是空，空即是色……」可等他睜開眼睛的時候，卻又有些迷糊了，搖頭道：「空怎麼可能是色呢？色也不可能變成空啊……」他抬頭看了一眼房中安睡的趙彩鳳，苦笑地道：「色，明明就睡在那裡……」

——未完，待續，請看文創風460《彩鳳迎春》2

2016年8月出版

一妻獨秀

文創風 439～441

重生於他的意義，只有一個——
再好好愛她一次，絕不錯過有她的每一天！

你儂我儂　唯愛是寶／芳菲

前世從小婢女升級許國公世子最寵愛的姨娘，卻糊裡糊塗死在世子夫人手中，
今生再次被賣為奴，阿秀忍痛決定——慎選主家，保住小命優先！
但她左挑右選，居然還是進了一心想把女兒送進許國公府當世子貴妾的商戶，
主子正是被寄予厚望的大小姐，萬一事成，她這個貼身丫鬟不就要跟著陪嫁？!
那遠離國公府、遠離世子爺、只想過平安日子的願望，豈不全化作泡影……

哭棺竟哭回了八年前，蕭謹言還顧不得驚嘆自己的神奇遭遇，
如今的當務之急，是依照記憶尋找讓他又疼又憐又不捨的阿秀，
上輩子沒能護住她已經大錯特錯，這輩子哪還能讓她「流落在外」、「無家可歸」？
雖然此時的她仍是個小姑娘，他也心甘情願養著她、等她長大！
可他來不及阻止她當別家丫鬟了，現在該怎麼把人帶回許國公府啊……

不求雙飛翼　願能一點通／芳菲

2016年10月出版

彩鳳迎春

她的老鄉在京城開了鼎鼎有名的寶育堂，她的天衣閣也不遑多讓，
如今她不僅事業得意，愛情也頗為圓滿，
只可惜，相公的科舉之路卻不太順，遇上歹人惡意阻撓，
與此同時，婆婆又驟逝，連番打擊下，相公會否一蹶不振啊……

文創風 459 1

趙彩鳳，年方十五，自小便和隔壁村的一戶人家結了娃娃親，
誰知那短命鬼活到十六歲竟開始害起病來，且還病得不輕，
男方家於是急忙要把婚事給辦了，順便看能不能沖一沖喜，
不料，轎子才抬到半路上，那小子就嚥氣啦！
所以，退親的轎子還沒抬回家門口，小閨女一個想不開就投河自殺了，
然後，再睜開眼時，她這個21世紀的趙鳳竟莫名其妙地成了趙彩鳳！

文創風 460 2

穿來一陣子後，她也算是對趙家幾口人有些瞭解了——
頂樑柱趙老爹已不在人世，由寡母獨力扶養四個子女，
因為要照顧弟妹們，所以家中能外出工作掙錢的只有母親，
想當然耳，一家子的生活能有多好？真是窮得連狗都嫌啊！
幸好她沒那麼輕易被打倒，家裡沒錢，那就想辦法賺嘍！
女子最好在家相夫教子那一套，她這個現代人可不打算奉行呢！

文創風 461 3

嗯？母親與隔壁的宋家寡母密謀著把她和宋家獨子湊成對？
宋家這個大她幾歲的窮秀才她是略知一二的，畢竟是鄰居嘛，
老實說，他長得也算斯文俊朗，是貨真價實的小鮮肉一個，
若不是他家實在窮極了，想嫁他的姑娘應該不少才是，
可姊在現代已是近三十的輕熟女了，這麼嫩的鮮肉她實在沒臉吞啊！

文創風 462 4

這回宋明軒要上京考舉人，她被點名跟著去替他張羅生活起居，
可沒名沒分的，她這個鄰家妹子跟著去算個啥啊？
偏偏她也想去京城考察一下做生意的可能性，便就答應了，
這天子腳下果真繁華熱鬧，若能弄間鋪子應能賺點錢定居下來，
剛好她家姥爺廚藝佳，招牌的雞湯麵更是遠近馳名，
不若就把姥爺、姥姥接來住，開間麵店，還能就近照顧二老呢！

文創風 463 5

這個宋明軒不僅中舉了，還是頭名的解元，也太厲害了吧？
看來這小鮮肉不容小覷，好好栽培說不定將來還能中狀元呢！
既然另一半這麼有前途，那這賺錢養家的責任就包在她身上吧！
首先嘛，先想個鴛鴦火鍋的點子賣給酒樓，每年分些紅利，
接著再拿筆錢開間綢緞莊，把日子過得紅紅火火、滋滋潤潤的，
唉唷，這光是想想，她都覺得銀子要滾滾而來了呢！

文創風 464 6 完

手工量身訂製服這門手藝在現代也是頗受推崇的，
畢竟它走的是獨一無二的路線，並且還絕不會跟別人撞衫，
對滿京城的千金小姐們來說，這是多大的福音啊！
衝著這一點，趙彩鳳決定好好開發頂級客層這條線，
試完水溫後甚至還直接開了間天衣閣，專門經營這一塊，
果然，她的判斷無誤，貴女們爭相下訂，花錢都不眨眼的啊！

2016年10月出版

鴻運小廚娘

文創風 456～458

一覺醒來，她從現代上班族變成了古代小丫鬟?!
命在別人手裡的日子，她以退為進，保命就好，萬事不爭，
但怎麼她不想惹麻煩，麻煩卻自己找上門啊……

一手烹出好滋味　一手收服男人心
細火慢熬的溫柔　韻味綿長的情味／初語

迷迷糊糊醒來，怎麼她就變成了一個被打得奄奄一息的小丫鬟了？
幸好她硬是在這陌生的古代活了下來，本以為要換主子了，
沒想到身分貴重的未來世子爺、國公府大少爺忽然半路攔胡，
竟然把她「截」到自己的院子裡當小廚房的丫鬟！
原來廚藝太好也是煩惱，那還是先窩在大少爺的院裡安身吧……

2016年10月出版

收服小蠻妻

文創風 454~455

古代的男人都那麼會記仇嗎？
不過是撞了他一下，犯得著追到她隔壁當鄰居，
還天天用眼神騷擾她，看得她心頭怦怦跳……

初心不負　細水長流／一染紅妝

別人穿越，她也穿越，可陳蕾一穿過去就被打破了頭，
再看看這家徒四壁的光景，年紀尚幼的弟妹們，她的頭更疼了！
既來之，則安之，身為長姊的陳蕾決定上市集賺錢養家去，
但意外卻是一樁接一樁沒個消停，她在街頭不小心撞上了趙明軒，
奇的是，這人渾身硬得像一堵石牆，
可憐陳蕾舊傷未好，又添新痛，還得賠錢，真正是倒楣透了。
沒想到趙明軒得了便宜還賣乖，竟然就這樣纏著她不放！
不但在她家旁邊蓋了房子當惡鄰，還時不時就投來居心不良的眼神，
陳蕾低下頭看看自己，沒胸、沒腰、沒臀，身子骨都還沒發育完全，
敢情趙明軒就是個蘿莉控啊！
但她可不是沒見過世面的小姑娘，才不會被白白吃了去……

為流浪貓狗加油 和貓寶貝 狗寶貝 廝守終生(一定要終生喔！)的幸福機會

亮亮

晶晶

對人來說，貓寶貝狗寶貝只是生活的一部分，但妳(你)對牠們來說，卻是生活的全部，領養前請一定要考慮清楚——

▲ 活潑可人的俏姊妹　晶晶&亮亮

性　　別：都是女孩
品　　種：晶晶為黑白賓士；亮亮為混暹羅
年　　紀：皆為5個月大
個　　性：非常親人、愛撒嬌、愛呼嚕嚕、愛蹭蹭
健康狀況：均已施打三合一預防針，已除蟲除蚤，
　　　　　二合一過關(愛滋、白血)
目前住所：新北市永和區（中途之家）

本期資料來源：台灣認養地圖http://www.meetpets.org.tw/content/62422

第272期推薦寵物情人

『晶晶&亮亮』的故事：

可愛的晶晶和亮亮是一位愛媽在防火巷餵養的流浪貓所生，本想等牠們斷奶後，要幫母貓結紮並將小貓送養的。然而，在晶晶和亮亮一個月大左右時，卻因呼吸道嚴重感染，導致滿身跳蚤與螞蟻，緊急之下將晶晶及亮亮送醫治療，同時也安排了母貓節育。

亮亮

經過妥善的治療和照顧後，晶晶和亮亮兩姊妹已經恢復了健康，牠們不但愛吃、愛玩，也相當活潑好動，總是聚在一起嬉鬧，逗趣的模樣令人喜愛！

晶晶及亮亮一個月大時就在中途之家等待領養了，至今也有一段時間。牠們的幼兒時期幾乎是在籠內度過，真的讓人非常心疼。好希望牠們可以有自由奔跑的空間，也有柔軟的床可以休息，更重要的是有爸爸或媽媽的疼愛及照顧。

晶晶

幼貓在成長時就像小朋友一樣，愛玩、愛咬，有時會亂抓、打破東西等。牠們需要時間訓練大小便，也需要更多時間的陪伴，因此照顧幼貓要有很大的耐心與包容，希望請先評估自身狀況與環境是否可接受喔～希望大家能給晶晶及亮亮一個機會，給牠們一個溫暖的家。來信請寄globe1028@hotmail.com（范小姐）主旨註明「我想認養晶晶／亮亮」；或傳Line: globe1028。

認養資格：

1. 認養者須年滿25歲，有獨立經濟能力。
2. 須同意簽認養寵物切結書。
3. 同意送養人送養前的家訪及日後之追蹤探訪，請放心我們絕不會無故打擾。（主要是確認飼養環境是否合適，陽臺門窗是否有防護措施防止貓咪溜走）
4. 對待晶晶與亮亮絕對一輩子不離不棄。

來信請說明：

a. 個人基本資料：姓名、性別、年齡、家庭狀況、職業與經濟來源等。
b. 想認養晶晶或亮亮的理由。
c. 過去養寵物的經驗，及簡介一下您的飼養環境。
d. 若未來有結婚、懷孕、出國或搬家等計劃，將如何安置晶晶或亮亮？

國家圖書館出版品預行編目資料

彩鳳迎春 / 芳菲著. --
初版. -- 臺北市 : 狗屋, 2016.10-
冊 ; 公分. --（文創風）
ISBN 978-986-328-648-6（第1冊 : 平裝）. --

857.7　　105015127

著作者　芳菲
編輯　黃淑珍
校對　黃亭蓁　許雯婷
發行所　狗屋出版社有限公司
地址　台北市104中山區龍江路71巷15號1樓
電話　02-2776-5889～0
發行字號　局版台業字845號
法律顧問　蕭雄淋律師
總經銷　知遠文化事業有限公司
電話　02-2664-8800
初版　2016年10月
國際書碼　ISBN-13　978-986-328-648-6
原著書名　**《状元养成攻略》**，由北京晉江原創網絡科技有限公司授權出版

定價250元
狗屋劃撥帳號：19001626
網址：love.doghouse.com.tw　E-mail：love@doghouse.com.tw